新潮文庫

# なにもかも二倍

yoshimotobanana.com 2007

よしもとばなな著

目 次

本文カット

山西ゲンイチ

なにもかも二倍

yoshimotobanana.com 2007

Banana's Diary

2007,1-2007,12

1,1－3,30

## 2007年1月1日

あけましておめでとうって感じですが、倒れました。

本年もよろしくお願いします。脳細胞を破壊するような風邪をひいた。しかも全員。

## 1月2日

一日寝込む。TVも観《み》ないで、悲しくなって泣いたりした。奥にあったものが表に出て来た感じだった。昨日たわむれに飲んだ（たわむれに飲むな〜！）天仙丸のせいかも。なんかちょっとだけわかった。こういう感じをためていると、体の中で癌《がん》になるのかもしれないっていうそのなにかを体で会得《えとく》したかも。どうせなら、自由を見てから死のうとしみじみ思った。

自由は今日本でいちばん手に入れるのがむつかしいものだ。

とても親しい友達や愛する家族だけがそれを感じ合えるものだ。

1月3日

かなり復活したので実家へ行き、皆でお雑煮を食べる。
夜中に風邪どうししょぼく飲もうということで、結子の家にちょっと脱出し、ワインと生ハムとチョコレートとごま豆腐と数の子でしみじみとドラマを観ながらしゃべる。去年はあまりにもしょぼい年だった、脱出だ！　と言い合って意気を高めた。

1月4日

たかのてるこちゃんのキューバ紀行を録画したやつを観る。すげ～、てるちゃんってほんとうにすごい。私は古いつきあいだからてるこの短所をいやというほど身をもって知ってるんだけれど、それでもやっぱり大感動してしまった。一期一会《いちごいちえ》をあんなに輝かせられる人はいない。社会が閉塞《へいそく》しているので幸せの形が限られているキューバの人たちが、てるちゃんの笑顔でどんどん輝いて行くのがわかった。ダーリンのカメラも彼女を愛《いと》おしく思ってるのが伝わってくる感じだった。てるちゃんが今まででいちばんきれいに映っていた。

## 1月5日

昨日の夜中に高熱を出して汗をかいて大騒ぎしたら、やっと風邪が少しだけ治ってきた。ほっとして「哀《かな》しい予感」を観に行く。

いちばん賛否がわかれるのは「ゆきのおばさんの解釈」だろうと思う。私はもう少しアンニュイな感じを想像していたので。でも市川さんがどちらかというとぶっきらぼうなので、そろうとまずいという解釈だったのかな？とも思った。藤井さんの顔が大好きなので幸せだった。市川さんが大きなものにトライしているその分量を思うとハートが痛むほどだった。才能のある人だな、と思う。加瀬さんはあらゆる意味でやはりすばらしかった。パパもママもきゅんとしたし、ストーカーみたいなあの役の奥村くんも輝いていた。

全体的にきらきらしていて甘くて切なくて、私の作品の持つ奇妙な深さや味わいがよく出ていたのではないだろうか、と思う。なによりも監督の、作品に対する愛にうたれた。批評は私を決して変えないが、愛は変えるのだ。

そして音楽がとにかくものすごかった。品良くおさえめにしてあるんだけれど、飴《あめ》屋《や》さんの持つすばらしいセンスが炸裂《さくれつ》していて、彼の才能の大きさに頭が下がる思いだった。あの年代の持つセンスを凝縮させて飴屋さんの体をいったん通したような、そういう考え方で、彼はやはり静かに進化しているのだった。すごみさえ感じる。

安野さんの衣装もすばらしかったし、お母さんの電話の声もすごい。とにかく生で炸裂するプロの集いだった。

きっといろいろでこぼこしたところはあるのだろうけれど、全《すべ》てが自分の肌の内側にあるように感じる希有《けう》な舞台化だった。

**1月6日**

あまり声が出ないので、身振りが発達した。

たまたまひろみちゃんが寄ったのでスープを出して、声が出ないながらもなんとなくおしゃべりする。ひろみちゃんのまわりの世界はひろみちゃんの色と形をしていて、いっしょにいるとなんとなく安心する。

森田さんといっちゃんに完全に甘えてばたばた出発し、母のお見舞いと新年会へ。その頃には燃料（?）が切れていてあまり動けずしゃべれなかったが、鈴やんのとなりにいて落ち着いていたので、ただもくもくと寄せ鍋《なべ》を食べた。タイムスリップという言葉が浮かぶほど古典的な居酒屋だった。チビが車道を走り出すと間髪入れずに前田くんがそちらへささっと動くので、おお、運動神経がいい！　と感心した。

風邪が力を増していくあたりって、人生のつらいことの中でもかなりつらい。しかしそう感じる私やヤマニシ派と、ヒロチンコさんやうちの姉みたいにそうでない派ときっぱりとわかれるのはなぜだろう？　悲観派と楽天派のようないやな予感もちょっとするが、多分体の中のなにかが違うのだろうと思う。あるところではものすごい根性がある私やヤマニシくんが、ほんとうは大丈夫なことをだめと言い張る気がしない。

1月7日

母がいない淋《さび》しい七草がゆなので、ハルタさんを呼んだ。

チビはハルタさんにみかんをずうっと剝《む》かせていた。そして、突然に走って来て「ママ～！　大好き～！」と言うので、こんなかわいさはおかしいと思い「いったいなにがあった」と言ったら、こっそりウンコをしてずっとそれを隠していた。

ふう。

そして家ではタマちゃんがさかって、おしっこをするかわりにウンコをもらしながら床にすりすりしている。変な猫……。時期も変だし。

1月8日

やまだないとさんに会ったら、でかくてきれいなのでびっくりした。あんなにでかくてきれいだというのは写真ではわからなかった。声が甘くてなにかをしゃべってるだけでうっとりした。大人の女っていいなあって思った。チカさんは小さくてかわいくてていねいでやっぱり彼女の世界から出てきた人みたい。

漫画家さんはみんなシャイで頭がシャープだ。

そしてこのあいだ書き忘れた、しゃべりやすい写真家の人と言えば、永野雅子さんもそうだ。ほとんど初対面に近い人と一日旅行したのに、昔から知ってる人みたいだった。彼女はいつも目で見えたことをしゃべるから、心が静かなままで聞ける。安心できる。そして今でもたまに青森のことを思うと、奈良くんの創《つく》った町と彼女の横顔が浮かんでくる。かけがえのない思い出だったなあ。

1月9日

尾崎さんのインタビューを受ける。

尾崎さんはきれいでかしこくて話が早くて仕事も速いのに、子育てもしたという希有な存在で、しかも私の作品を普通に、なめらかに、なんの偏見もなく長く読んでくださっているほんとうに珍しい人だ。尾崎さんは私の作家としての生き方をほめてくださるが、私からしたら尾崎さんのような人がいなかったら、いくらずぶとい私でもここまで来られなかったよ、といつも思う。

昔、自分の子が死んだらどうしようっていつも不安、という話を私がしたら、尾崎さんが「ふたりめを産んだらやっと、その気持ちが、一番目がかけがえないということとは関係なく、少し薄らいだ」と言った。これ、案外みんな共通の思いだが、かなりタブーに近い思いで、そんなにしっかりとコメントしてくれた人はいなかったので、心細くなるといつもその言葉を思った。自分だけではない、あの強い人でさえそうなんだ、と。

人は人の言葉に育てられるのだ。

1月10日

新しく事務所に入ったりさっぴをじっと見ていると、なぜか深い森の上に星がきらきらしている（奈良くんがよくこれをモチーフにしているあの感じ）のが見えてくる。す、すてきだ……。

それが見えるだけで、なんかほっとする。

うちで働くことに疲れて、その風景が消えないように、私もよいバランスで仕事をしよう。

江原さんと対談。去年よりもずっと元気そう。よかった。ああいう人が元気ないととっても切ないのだ。うまく言えないが、魂の上でも同級生な感じの俺たちだ。

生駒さんもいつもながらのパワーを炸裂させていた。生駒さんの派手で出たがりさんでまっすぐなところ、私は大好きだ。前田くんもそう言っていた。ああいう人が、ほんとうに仕事をばりばりやって、楽しんで、いい雑誌を作って、生き生きと生きていてほしい、そういうふうにも思った。

そして長いつきあいの太田さんがいたこともあり、同世代の友達が会ってるみたいな楽しい対談だった。仕事がいつもこんなに楽しいといいな。

**1月11日**

しゃれにならないくらいの咳《せき》。病院行こうか迷いながら、マヤちゃんの個展を観に行く。どうしてか「これからの人なんだな」と思った。可能性がいっぱいだ。マヤちゃんがこれまでためてきたものがもう少しでひとつにまとまって産まれ出てこようとしている、今はそのときなのだな、と感じた。作品としては今まででいちばんよかったように思う。早稲田《わせだ》のときはまだ遊びがありすぎたと思う。遊びで書いた絵を飾ると空間は粋《いき》になるけど、何かが減る。

息が止まるほど咳が出て、一回バーニーズ銀座店で会計をお願い中にほんとうに倒れそうになったが、店員さんはお人形みたいにきょとんとしてぼ～っと立って、ただじっと私の咳が収まるのを待っていた。咳が収まってやっとお願いしたら聞き取りにくかったみたいで、「は?」「なんとおっしゃいました?」と何回も聞き返された。すごいな～、人間同士じゃないみたいだ、と思った。そのあと階下のグッドウィルの色白美人、金子さんの笑顔を見たら、あまりにも人間に見えすぎて感動してしまった。時代はお人形さんをいっぱい創ってるな、と痛感。クレーマーになるわけでもない、ただ通り過ぎて人間のいる店に行くだけだ。それでいいのだ。お人形さんはお人形さん同士の交流をしていけばよい。

## 1月12日

初めてのフラ。咳がこらえきれず、半分見学みたいな感じだった。太極拳《たいきょくけん》をやっていたらちょっとフラのこつもわかったし、とにかく遅刻しないように今年はなるべく仕事が早く終わる金曜日を目指そう。

大好きなのんちゃんのお誕生日だったので、豪華な晩ご飯をみなで食べに行った。好きな人が年を重ねて行くのは大きな幸せだ。今どきこんなすばらしい人がいるのか？　と思う、そんなのんちゃんの歌うものすごい「ボヘミアンラプソディー」が耳から離れない〜！

元々優しく人の痛みに気づくタイプかどうかというのもあるけれど、好きな人たちに優しくあろうとすると、ありえないような力が倍々に増えて行くことがある。これはフラの最大の教えだと思う。

1月13日

咳こみながらケイキクラス見学。子供たちがかわいくてのたうちまわった。チビはまだとても踊るまでいかないので、一生見学の覚悟でたまに顔を出してみようと思った。

帰りにいっちゃんとチビとキディランドにレゴを買いに行った。チビはレゴを手に取ったら、もう他のおもちゃなんかちっとも見ないでレジへ。レジでお姉さんに「もう青はおうちにありますので、赤にしました」と自己申告。こういうところ、パパ似だな、と思った。

**1月14日**

「ママ、見て～」と言われてふと振り返ると、チビがフランク・ロイド・ライトかと思うようなすごい建築物を作っている。しかしここで「天才では」と思うほどおめでたくない私。このすごさは、私がお誕生日にもらった高い積み木（ブルーノ・ムナーリの）のすごさなのだ。でもこんな魔法に接したら、子供は嬉《うれ》しいだろうな。ただの四角の連なりのはずなのに、窓のバランス、天井のアーチの角度などがあまりにも洗練されているので、何を創ってもものすごくよくなってしまうのだった。

夜、ハワイのちほちゃんと飲みに行ったら、私の超行きつけの居酒屋でものすごいでっかい声で「まほりんが『アオカンは絶対ダメ、相手にホテルを取らせろ』って言ったときちょっと現実にもどったんよ～！」と言いやがった。静かな店内にその声は響き渡った。行けない場所が増えて行く……。

1月15日

パパが留守だったので、リフレクソロジーに行った後、三茶のおいしい韓国おそうざい屋さん「ちるちる」にて、牛テールがどばっと入った立派なおでんをたくさん買ってきて、チビと楽しく食べた。私はチャンジャも買ったので、つまみにした。そこはお世話になったおうちのおじょうさんが始めたお店なので、行くといつも感動してしまう。成長して、店までやってる、私よりもしっかりしてる！　と思う。

1月16日

レゴの学校へ行く。なんとも言えない気持ちになる。先生もいい人たちだが、あの短時間ではなにもできないよね。でもチビは楽しそうだったので、まあいいかと思う。「お母さんもどうぞ」と言われて、子供をおしのけてパーツを奪い取り立派な「いけす回転寿司《ずし》レストラン」を作っている、こんな自分がまず人生をやりなおせ！　という感じだ。

1月17日

ここぺりに行ったら、脇《わき》の下にどっしりとかまえていて「ガン？」と思っていたぐりぐりが魔法のように取れたので嬉しかった。体に固いところがあるとうまく動かせないからもっとあちこちが固くなっていく。マッサージ中爆睡で終始意識不明の私だった。風邪のときの体っていつでも半分寝ている感じがする。

夜は再度「哀しい予感」へ。

市川実日子《みかこ》さんの顔がすっかり変わっていて、弥生になりきっていたので感動した。ゆきのおばさんも今日のほうが演技の解釈暗めではらはらさせられるところがよかったと思った。明るいと弥生がただ暗い人物に見えてしまうのだ。こわい顔をしている藤井さんはよりいっそう美人。そして加瀬さんは今日も実にうまく「明るいのは心のつらさを隠してるから」という感じを演じていた。

飴屋さんの音楽も絶妙で、絶好調だった。毎回様子を見ながら音楽をいれているからこそ、あんなに守られている感じの舞台になるのだろう。監督ももちろん毎回いて内容を日々進化させている。

こんなに愛されたいい舞台はなかなかないと思う。二回も見ることができて幸福だった。梅田の人たち、期待していていいわよ！

かえりはおだしまさんの炸裂《さくれつ》する「業《ごう》の深い人生トーク」に、からみづらいながらも必死でたかのてるこちゃんが食い下がりからんでいくという珍しい名人芸を見て、ものすごく得した。

1月18日

風邪がぶりかえして咳が止まらず、眠れなかったので予定はみんなあきらめて寝込む。寝込んだら少しよくなってきた。しみこさんがチビを見ていてくれた時間、とにかく出かけずフルに寝た。夕方チビが「餃子食べに行こう」と言い出したので、這《は》うように家を出て餃子やさんへ行く。三人で四人前頼んだのに、かなりたくさん食べて「さあ帰ろうか」という段階からチビはカウンターで勝手にお店のマスターに「餃子をもうひとつください」といきなり自分で頼みだした。しかもポケットに入っているお年玉袋を出してお金を払おうとしていた。

まだ三歳なのにもう少しでおごられそうになってしまった。

1月19日

ロルフィング。

体の調子がめちゃくちゃ悪い時は、ここぺりに行ってほぐれたあとでロルフィングを受けると効果がめざましいので、そうしてみた。腰のぎゅうっと固く縮まっていたところがにゅうっとのびたので嬉しく思った。あと頭の神経みたいなものがぴしぴし音をたてる感じで反応していてびっくりした。

帰りにつばめグリルでハンバーグを食べ書店で大量に本を購入しているうちに、次第に視界が明るくなってきて「そうだ体調が悪いと視界が暗いんだよね」と思った。問題は視界が暗い時は明るい時のことを思い出せないので、ほんとうに具合が悪くなるまでわからないというところだ！

夫婦でごはんを食べて、本を買って、チビへのおみやげにドーナツと「ぜんまいざむらい」（いいことをするとぜんまいが巻かれて寿命が延びる、意外にシビアな設定）のDVDを買って帰宅、こんなあたりまえのことが貴重に思えるくらいにいやなムードの日本だが、おびえないで幸せをかみしめることが、おかしな世相でまともな人たちができるひとつの行動だと思う。そうすることでしかまわりを幸せにできない。決してやりすぎて啓蒙《けいもう》しようとしないで、まわりの小さい範囲に自分の考えを見せるだけで充分と思う。逆にそのくらいは行動しないと無力感でいっぱいになってしまう。

たとえば森先生は一見好きなことばかりしているように見えるが、良い小説を書き、周囲の人に知的なアドヴァイスを与え、仕事のやり方をノウハウとしてかなりのところまで公開し、一人の人がきっちりと哲学を持って生きていることを示すことで周囲に勇気を与えている、そう思う。そういうのが行動というものだ。いやだいやだ、こわいこわい、もう先がない、うらやましい、忙しい、などと言っていても何も変わらない。変えなくては！ と大騒ぎして周りを巻き込むのも幼稚だ。大人ができることをできる範囲でしていけば、子供たちはきっと変わって行くだろう。

1月21日

「仮面ライダーカブト」を朝早起きして観《み》る。最終回だ……。

予算や時間の都合でばたばただったが、テーマがすばらしくてやはりちょっと泣けた。このプロデューサーの考え方が好きだし、子供向けということで手抜きもしていない。先週天道くんが病院にオムライスを差し入れするところでもぐっときた。ヒーローそして男はやせがまんできることが大切だ。カブトはすばらしかった。私の中にもう一度夢が戻ってきた番組だった。

……そしていちばん悪い人が広告代理店の人みたいだったのも笑えた。

「哀しい予感」が本多劇場での最後の日だったので、打ち上げに参加する。

塚本監督といろいろしゃべって、ほんとうにすばらしい人だなと思った。私たちはダリオ・アルジェントの子供たちだ。アルジェントのした仕事がこうして私たちの中でしっかりと根付いているんだな、と思った。「シャドー」の話をする監督のキラキラした笑顔を見ていたら幸せになった。こんな良い人、そして才能あふるる人が自分の作品を舞台化してくれるなんて、ほんとうに幸せだと思った。藤井さんもどんどんゆきのさんになってきていたし、打ち上げの席で「哀しい予感」の登場人物たちがみんなで焼き肉食べてるのを見たら、なんかハッピーでぐっときた。

帰りに今いちばんこの世でかわいいスターのような赤ちゃんくるみちゃんが家に寄ってくれたので、家族みんなで「かわいかったね〜」と言い合いながら寝た。チビも含めて。

**1月22日**

チビが歯医者でものすごく泣いて、転院を余儀なくされる。はじめは笑ってごまかそうとしていたが、だんだん事態の深刻味がわかってきてまた泣いていた。わかるよ〜、と思ったけれど、多少厳しくしてみた。子供はたいへんだなあ、と思う。成長していくのはほんとうにいろいろなことやあんなことがあって、傷ついてばかりだろうな。彼の場合は親が厳しくてもいろいろな他人に逃げ込めるというのが大きな救いだと思う。大人になっても人間はそうだ。私も親のことなどでどんなにいじめられても、近所の子たちは普通に遊んでくれたりして「自分という人間はここでは別に悪くないんだな」と思ったものだ。狭い世界で総スカンというのがいちばんこたえるんじゃないかな。

1月23日

韓国の雑誌の取材でかわいいおじょうさんたちが来て、インタビューを受ける。こちら側のエージェントの栗田さんも来てくださり、豪華な席になった。どうしてあんなにきらきらしていてかわいくっていっしょうけんめいで仕事も楽しそうなの？ と言いたいくらいみんなすてきだった。

この気持ち、台湾でも感じた。

「この人たち、これから晩ご飯食べに行ったら、ものすごく楽しそうに私に会ったことをしゃべりあうんだろうな。インタビュー受けてほんとによかったな」という気持ち。

今日しかない仕事を今日きらきらとやりとげる感じ。そのことによっての疲れなんか吹き飛ばしちゃうような明るさ。

なんで日本人は失ってしまったんだろう？

でも考えてみたらヨーロッパではそのきらきらはあまり感じられないかもしれない。その国がちょうどそういうきらきらした時期ということなのか？

イタリアではみんなわりと静かだけれど、個人個人が毎日を生きていることとか自分の国を誇らしく思う様子などはやはりきらきらしていたし、息がつける場所がいっぱいあったように思う。

いただいた韓国のりをチビがほとんど一袋食べてしまったので、驚いた。

## 1月24日

英会話。マギさんとバーニーさんは例外的に韓国の人みたいにきらきらしていた。私もマギさんもスピリチュアルな本が好きなのできゃあきゃあ言いながらなんとか英語で話したり、聖書の話からホテルでの会話まで盛りだくさんな一時間だった。

私は日本が大好きだけれど、やっぱりなんか閉塞感《へいそくかん》を感じるし、みんなきらきらしてなくて人のきらきらにはがつがつしていて、情けない国だなあと思わずにいられない昨今だ。街を歩いていても「楽しいな！　週末だ！」みたいな空気はまるっきりない。なんでだろう？　マギさんももはや日本人とは言えない生活だからだろうか、気が楽。それにお顔がきれい。ひがんだりねたんだりしない幸せな人の顔だ。

帰りは「ちるちる」に寄って、おいしいおそうざいを買いまくってそれを晩ご飯にする。韓国料理なら毎日でもおいしく食べることができる私。あけみさんにシュークリームをいただいたので、デザートまでついた！

**1月25日**

ものすごく珍しい事件に巻き込まれ、成田空港の警察署に行く。「トカレフ用盾」「けん銃辞典」など珍しいものを見る。犯罪さえおかしていなければ刑事さんたちは優しいということを知った。「ふわふわばなな」とかいう感じの名前のお菓子を持ってきてくださり「ばななさんこのお菓子の名前に気づくかな？」と黙って待っている間の刑事さんの目はもう少年あるいは犯人にカマをかけるデカそのもの！　警察で飲むコーヒーは緊張感のある味でした……。

まあ、全《すべ》てが平和に解決したのでよかった。日常の隙間《すきま》にぽっかりとあいたおそろしい穴をかいま見た。人はいつ今の平和な毎日を失うかわからないのだな。

チビの新たな幼稚園面接。なんと受かっていた。だめもとで受けてみたので、びっくりしたのは親。

なんで幼稚園に行く気になったのか、わからない。レゴの教室でたった一時間を必死で楽しく過ごしているのを見て不憫《ふびん》になったのかもしれない。その幼稚園のブログがうっとりとした夢のようにすばらしくて、ここなら子供をあずけてもいいと思ったからかもしれない。いずれにしても言えることは早起きとかお弁当を作るとかって、子供のためならできるんだな、ということだ。途中から「仕事なんかどうでもいいや、子供が小さいのは今だけだし。健康管理さえできれば仕事はあとからでもできるや」と本気で思えてきた。だらしなくて寝てばっかりで夜更《よふ》かしの私がだ。親の愛というものはすごいなと思う。

1月26日

フラ、全然風邪が治りきらず、いつももうろうとして参加している。今年もなんとかついていくのだけが目標。この状況で習い事をできるとは思わなかった。常に蟻《あり》のはいでる隙もないスケジュールの中をかけぬけている。人間にある意味限界はない、と思う。ただ、なんとなく人と会ったり、お茶を飲みに行ったりすることがめったにできないだけ。仕事の予定はなんと三ヶ月先までほとんど休日なしでみっちり埋まっているし、執筆は三年先まで決まっている。一ヶ月前くらいに仕事を頼んでくる人がいると「この人のんびりしてるなあ」と思うくらいの忙しさ。

たまに「自由業がうらやましい」とか「才能があっていいですね」とか言われるが、「じゃあ三ヶ月俺と代わってみろ、きっと死ぬぞ」と言いたくなります。言わないけど。それなりに楽しいし。楽しさを見つけなければやってられないし。

でも、オガワさんのお誕生会には喜んで参加した。

昨日まであたりまえだったことが、今日はもうなくなっているということをこれまで何回経験しただろう。あまりにもそれを経験すると、変わらないものがこわいくらいだ。でもここでも去年はいっしょに笑い合っていたあやちゃんやしほちゃんがもういない。来年もこの人たちと過ごせるかどうかはわからない。だからこそ、あたりまえにごはんを食べて笑い合えることを泣きたいほど大事に思う。人生にマンネリ感を感じるのは合わない場所にいるか足りないところばかり見ているか単なる想像力の欠如だと思う……。

1月27日

カブトのファイナルステージを観に行く。ショウ自体はなんてことなかったんだけれど、東映で働いているたかのてるこちゃんのはからいで、楽屋に入れてもらえた。

ホッパー兄弟や天道くんと加賀美くん（みんないい人なうえに、とても細長く死ぬほどかっこよかったです）にはさまれて写真を撮ったり、カブトとガタックと写真を撮ったりしているうちのチビ、世界でいちばんの幸せものだ。

今回の役者さんたちはみんな頭もよくて、これからの伸びがある気がする。てるちゃんの行動力や人気がとっても誇らしかったし、頼もしかった。

最後にかっこいい立ち姿の人がやってきたと思ったら、それはヒーローについてしっかりした考えを持っている白倉プロデューサーだった。この人の知性が現代の仮面ライダーを支えているんだな、と思ったら、いちばんときめいた。そして武部プロデューサーがこの忙しさの中でおじょうさんを育てているのにも衝撃を受けた。まだまだ上がいる。人生は果てしない修行だ〜。

武部さん「あのね、この人はえらい作家でなかなか会えないような人なんだよ」

かわいいおじょうさん「じゃあなんでこんなとこにいるの？」

そのとおりです！　全くです！

チビが舞台にワームが出てきたら泣いたのでおかしかわいかった。

そして俳優さんを生で見るときにはいちいちベルトをチェックしていたのもおかしかった。ふだんはしてないんだよ、っていうか、なんていうか……。

三十五年前の、仮面ライダーを観るためなら飯を抜いた幼い私に言ってやりたい。「お前は四十二歳にもなって、まだ仮面ライダーと写真を撮って喜んでいるぞ！」

もうほんとうにカブトは終わりなんだと思うと、しんみりもした。すばらしい番組でありました。

**1月28日**

八時に起きてついつい「仮面ライダー電王」観ちゃった。

あの人たちが作っていると思うと安心できる。内容はデスノート＆９９９という感じだった。近所の踏切でロマンスカーを見るのにも力が入りそうなビジュアル。そしてスイカか？　という感じの変身であった。

明日からチビは幼稚園だ。

赤ちゃんの日々が終わると思うと、家の中のひとつひとつのものにも、チビの言うひとことひとことにも胸がきゅうとしめつけられる。親の世界しか知らなかった君に会えるのは今日が最後なんだね。

でもこういう胸がきゅうとしめつけられる経験こそがいちばん人生を展開させる大事なものだと、大人はせちがらいからもう知ってしまっているのだな。

ほんとうに久しぶりにヒロミックスさんとお茶。前に会った時は妊婦だったなあ、私。いっしょに夜道を歩いたり、文房具屋に行ったり、チワワに触らせてもらったり、うちのチビと遊んでもらったりした。楽しかった。変わりなく天使みたいだった。あんな心のきれいな人はいないと私は思う。そうでない人がいるとしたらきっとその人がどこか曇っているんだろう。ふたりでいると天国にいた頃のことをなんとなく思い出す、そういう感じ。人間として生きているのが不思議な人だ。もしかして人間ではないかもしれないな、私は本気でそう思っている。

1月29日

チビの初幼稚園。

昨日の夜は、なんだか切なくてなにを見ても、ちょっと泣きそうになった。

しかし！　チビはたくましく楽しく幼稚園で過ごし、お弁当も食べて帰ってきた。

なんだかなあ。

夜は加藤さんの送別会と「はじめての文学」の打ち上げをかねた食事会。

春秋のお料理が安心して（背伸びしないで）食べられる年齢になったことが嬉《うれ》しい。

そして加藤さんが来たらちょっと泣きたくなった。懐《なつ》かしいやら、淋《さび》しいやら。でも平尾さんのすばらしいトークが炸裂《さくれつ》して、笑い合っていたら、やっぱりこの人たちと知り合えて仕事ができたことをほんとうに幸せだと感じた。進んで行く船、未来は明るい。

1月30日

ゆりちゃんえりちゃんとスピリチュアル新年会（笑）！

気の合わないところが一個もない人たちなので、ものすごく楽しかった。なんでも12月28日からなにかの（詳しくは忘れた）ゲートが開いていて、いろいろ選択もしなくてはいけないし、いろんなことが倍になって来るし、激動、淘汰《とうた》、しかしここで決めたことが後々まで生きるという意義ある時期だそうだ。わかる。風邪も二倍だったし、できごとも絶対二倍。

みんなで「麻」に行って、健康的な麻料理を食べまくり、お肌つるつるになった。「麻」のお姉さんが大好きなチビは、途中からいきなり飲み物を持ってひとりでカウンターに移り「今なにやってんの」などとお姉さんを口説きだした。誰が教えたのだろう、こういう技を。いや、本能だ！

## 2月1日

穴八幡《あなはちまん》へ。

軽食&ラーメンのメルシーでお昼を食べたり、茜屋《あかねや》でコーヒーを飲んだりして早稲田を満喫する。

帰り、いつもの焼肉屋さんに行ってまたもみんなに優しくしてもらう。息子さん夫婦のすばらしいCD、おじょうさんにいただいたチビの名前入りラベルの焼酎《しょうちゅう》もいただく。あの家族を見ていると、家族のすばらしさをいつも再認識する。あんなにすばらしい演奏家でありながら、愛ゆえに厨房《ちゅうぼう》に入りお料理を手伝う美しいお嫁さんの笑顔や、やはりすばらしい演奏家でありながらお父さんを手伝ってる息子さんの肩がお父さんにそっくりなのを見ると、人類は続いて行くものなんだ、としみじみする。おじいちゃんはもういなくなってしまったけれど、店にはいつも面影がある。

チビがいらいらして乱暴なのでじっくりと怒ったら、めそめそ泣いて「ようちえんにいきたくない～」とか言っている。そうだろうそうだろう、そうでないとおかしいよ、と思いながらも、もうちょっとだけ経験してからやめるならやめさせようと思う。ちゃんと見極めないと。

たまに人生を変えるような本にめぐりあうが、今日読んだ「生かされて」と父の「真贋《しんがん》」は二冊ともすさまじい迫力の本だった。

「生かされて」に関しては、ほんのちょっと前にこのようなことが行われたということがまず信じられなかった。私の人生も人が思うより楽なものではなかったといえるが、それにしてもルワンダで虐殺《ぎゃくさつ》が行われていた同じ時期に私はのうのうと日本で暮らしていたのだ。イマキュレーさんの写真をマリ・クレールで見て「なんと美しく悲しい顔なんだ」と思って、本を買ったのであるが、書かれていたことは想像を絶していた。すばらしい本、すばらしい人だ。傷が癒《い》えることはないだろう。しかしいかに汚されても魂の尊厳が失われることはないということを、この本は証明している。彼女の最愛のお兄さんが死を前にして取った行動の気高さに涙が止まらなかった。これは現代に、現実に起きたことなのだ。信仰の得ばかり求める人々にこそ読んでほしいと思った。それから学問ができるチャンスがこんなにも開かれている日本で、それを生かさずただ生きて食べて死んでいこうとしている人々に。

それから自分の家族をベタぼめするのもいやらしいが、父の「真贋」はこのところのこういう父の「読みやすい」本の中では構成、意図、内容の深み、研ぎすまされた思考、どれをとってもトップだと思った。構成する編集者が自分を出さずに真実だけをひきだそうとしているので、このようなすばらしい本になったのだろう。あまりにも現代を生きることのヒントがありすぎて、自分の親の書いた本だということも忘れてのめりこんだ。こんなことをさらっと人に教えていいのか？　というくらいに、これからを生きて行く指針になるものだった。これを一冊持っていれば普通の意味での迷いはなくなる。

たまにこういうとんでもないことがあるから、読書はやめられない。

2月2日

幼稚園に迎えに行くと、チビはちょうど獣医さんにあずけた動物みたいにちょっとよそよそしくなり、それからだんだんまたいつもの明るいチビになる。いけないなあ、と感じる。しかしひとりで行動できるようになり、顔の表情にも感情表現にも複雑さが増し、外遊びのおかげで体の動かしかたがわかってきた感じだ。ものごとにはいいところも悪いところもあるな、という話。

夜はフラへ。よくわからないことをすごい早さで踊るので、自分が時々ものすごく面白い形になっている。顔も面白くなっている。ううむ。

ちはるさんのお誕生日なので、韓国料理を食べに行く。私があげた「ギャートルズマンモの肉」とのんちゃんがあげた「仮面ライダーアマゾンのベルト型ブレスレット」が悲しいくらいにしっくりと似合っていて、やっぱりオタクなのか？　とても美人なのに。キカイダーに出てくる光子さんそっくりなのに（こんなのに似てる段階でやばい？）。

ちはるさんは生きることを楽しんでいるということにおいて、頂点に立つ女性だと思っています。秘訣《ひけつ》は多分無理をしない、挑まないこと。でも楽しむことに手を抜かないこと。こういう生き方ができる人はなかなかいないので、尊敬している。

2月3日

新年だしと思って、占いに行った。思っていたことや希望していたことがみんなずばりと言われて、しかもかなり困難だが実現できる見込みがあるというので勇気が出てきた。子供が幼稚園に行きだしたことで時間の牢獄《ろうごく》がまたタイトになった気がして落ち込んでいたので、希望がわいてきた。とても品のいい占い師さんだったし、数秘術に興味があるので嬉しかった。久しぶりにちょっと明るい気持ちになった。

原さんの立派な新居にお母さんのお見舞いに寄って、チビが絵を描かせてもらっていた。あとギターもいじらせてもらっていた。贅沢《ぜいたく》だなあ。

お母さんは白くつるつるで小さくなっていたけれど、きれいだった。原さんがお母さんをきれいに保つのにどれだけがんばっているか伝わってきて、それは報われていると思った。

お部屋に何畳分もの大きなカンバスがあって、下絵がうっすらと描いてあったので、目黒美術館の展覧会に出すの？ と聞いたら、「図録に間に合わせようと思って〜」と言っていた。図録にのせる私の文章の締め切りすらもうとっくにすぎているので、「絶対むり、ありえない！」と希望をくじいて……いやいや、現実を教えてあげた。

そのあとは実家に寄って、豆まきをした。前田くんを人の家の豆まきにつきあわせて悪かったなあ。でも前田くんはもうすぐ辞めてしまう予定なので、一緒に過ごしているあいだいつもキュンとします。思い出つくらないと。それで前田くんにもらったお友達のバンド、□□□（この表記でいいんだと思う……クチロロ）のCDを聴いたら、彼らがどういう音楽と共に育ってきたかなんとなくわかって、夢いっぱいで、その世代の中では頭ひとつ出ている感があり、とてもよかった。

2月4日
高橋先輩とミカちゃんとお茶。先輩の写真を見せてもらった。ほんとうはみんな所有したいけれど、貧乏で買えないのだ！　でも目に焼き付けた。今回は特に天国で撮った写真みたいだった。具体的にはプリントの力なのだと思っていたし、親さんも言っていたのでそうかなと思っていたら、全然違って、目の力だった。うちのデジカメで撮った写真さえ違うってことは、そういうことだ。この人たちに会うとどんなに心がほっとするか、言葉につくせない。しかし！　うちのチビはそんな先輩に向かって「な〜、先輩よう」などと呼びかけていた。すごいなあ、高橋恭司さんに向かって「な〜」と言えるなんて！

2月5日

やっと幼稚園をいやがりだしたチビ。予断を許さない状況です！

しかし行ってしまうと楽しいのが子供というもの。案外楽しそうにしているが、迎えに行くとやつあたりされていつもけんかしながら帰ってくる。

でもちょっと寝たら優しいチビに戻った。ほっ。

夜はグットドール・アッキアーノで慶子さんの結婚祝いとアレちゃんの就職祝いの会。あまりにもりさっぴが堂々としているので、みんななぜか彼女にオーダーしてしまうという不思議な現象が。お料理はとてもおいしく、なんというか、なぜだか乙女の夢を感じさせるシェフであった。自分の夢を大事に持って、あまり心をあちこちにゆらさずに修行してきたんだろうなあ、と思った。

2月6日

成田空港警察関係の事件が全《すべ》てすっきりと終わってほっとした。今日最後にその人たちとお話しして、ちょっと淋しく思ったりした（笑）。日本の警察は評判が悪いが、こういう、常識的に白を黒と思わない、形だけでものを見ないでちゃんと判断する人たちが基本的には多いんだな、と思ってほっとした。最近自分で考えない人が多く、目の前のコップにたとえば水が入っていたら「透明だから水です」と疑うことなく言いそうだ。そして水だという書類を書いて、想像力を使わないで処理しそう。ところが今回の人たちはそうではなく、将来のことやこれまでのことを全部総合的に調べて判断をしていた。法的な厳密さを保ちながらも、最後は人間の判断が重要、という感じで気持ちが明るくなった。

2月7日

朝取材、午後お迎え、そのあと打ち合わせ、そして渡辺くんとお好み焼きという忙しい一日をかけぬけた。

朝起きるすばらしさが次第に実感できてきた、老後どっちにころぶのか、生きて見極めたいものだ。というのも、朝がいやなのは、夜楽しいことをして寝るのが遅くなったのに、いやいや小学校や中学校に行ったあのつらいつらい日々がトラウマになっているからとわかっているからだ。起こしてくれていた親には悪いが。おかげで高校は朝の時限は出なかった。大学も。どうやって卒業できたんだろ？

お手伝いさんのMさんのお子さんたちは五歳から畑仕事を手伝い、中学生になったら当然毎日自分でお弁当を作っていたそうだ。きっと彼らは私と同じ歳《とし》くらいでも根性が違う、そういう気がする。

2月8日
チビの誕生日。
しみこさんがすてきなリュックをくれて、チビ大喜び。
でもしみこさんは来年の今頃にはここにいないんだな、辞めちゃうから。
そう思ったら、じんときた。すてきな時間をありがとう！　と思った。
しみこさんは頭がいいから、どこにいても人気者で重宝される。でもこれからは自分の幸せを優先する時間が始まりますように……。

目的の餃子屋さんが閉まっていたので、なぜかお祝いの鳥鍋《とりなべ》を食べた。チビがものすごい勢いでつくねを食べていて、しぶいなあ、と思った。四歳になりました。

2月9日

また風邪がぶりかえしてきた。三回目くらいだ。そのたびに奇跡の復活をとげるのだが、すぐに戻ってくる。なんなんだ！

咳《せ》きこみながら、フラに参加する。クムのお友達とお仕事のことでちょっとお話をして、信じられないくらい甘いみかんと香り高いレモンをいただいた。レモンにナイフを入れたら、シチリアの景色が勝手によみがえってきた。そうだ、レモンってこういうものだったと思った。お忙しいのだろうに「仕事を頼むから」と柑橘類《かんきつるい》を持って足を運んできてくださった。形式でなく、そういう人なんだな、と思って感動した。

宗教でもなく、憧《あこが》れでもなく、尊敬だけではなく、私にとってクムは絶対的な存在だ。生きているうちに、生きている人にこういう気持ちを持てたこと、そして踊り以上のことを教えてもらえることの幸せ……これが人生の幸せだろうと思う。

いつもいっしょにごはんを食べて笑っているのんちゃんが踊りになるときりっとし

て「先輩」に変わる。基礎がしっかりしているうまさと、クラスのレベルに合わせてうまくなりすぎないように押さえていたのを、やっと本気を出してきたのだとわかる。そういうとき人ってすばらしいと思う。

ただあっちゃんが、陽子ちゃんが、のんちゃんが、ちはるちゃんがとなりにいるだけで、今日も大丈夫だと思えた。風邪以外にちょっと落ち込むことがあったので、ますますそう思った。人は心弱いときのほうが、謙虚になるし時間をじっくり味わうから、イケイケのときよりもいいと自分では思う。

2月10日

チビに遅い誕生祝いに電王ベルトを買ってあげたら、一日中変身していた。よかったけど、うるさい。夢の中までデンライナーが走ってきそうだ。

これって書いていいことかどうかわからないけれど、芥川《あくたがわ》賞の人の文章、すばらしかった。うまい！　とうなるところが数カ所あって、こういうのが文学というか、同じ女性として私とか金原さんとか山田先生とか川上先生とかランディさん（これもいっしょにしていいのかな）って、なんかちょっと違うのかも、と思った。きっとみんな作家が長くなってどんどんうまくなっていてなにかに到達してるんだけど、なんというかなあ、私小説的でない？　純文学的でない？　ううむ、評論家ではないのでうまく言葉が出てこない。

たとえば高校の時に、男と別れ、ただただ泣いてぐずぐずしていた日々、ブスでがりがりでやる気なく、卒業も危うく、親やきょうだいや友達とはかみあわず孤独……そんな時代を私はきっちりすごしているが、ちっとも書く気がしないし、そこで起こった少し心動くことを、丁寧に書いてみよう！　それが自分をなんとなく救うかも、というふうに、私はちっとも思わなかった。なんでだろう？

また、右記のようなテーマをランディさんが書くと、どうして私は進んで読みたくなり、救われるんだろう。

なのにどうして今回の芥川賞のあんなすばらしい小説を一読者になって読んで「なんか救われた、読んでよかった」とは思わないんだろう。胸に残ったざらつきを自分の青春と重ねてみることができないんだろう。もっとめっちゃ悲惨な「蛇にピアス」よりもエンジョイできなかったのはなんでだろう。

多分……夢見がちなバカなのだろうな（あ、これはもちろん私だけ）。

## 2月11日

かなり注意深く、しかし感情的にはニュートラルにデパートにいる人たちの顔を見てみた。台湾やアルゼンチンの全く同じようなショッピングモールにいる人たちと比べてみた。幸せそうな人がやっぱり明らかに少ないのが東京。名古屋、大阪はちょっと違う。ちょっと勢いがあるのだ。どうしてだか。

仕事のあとちょっとどうしても服が買いたくなって、デパートに行って、その険しい顔の人たちがいる人ごみにいたら、もう服なんて一枚もいらないしデパ地下でおいしいものを買えなくてもいいから、家に帰っていっちゃんやMさんやチビに会いたい、と思った。

淋《さび》しいと人はほんとうに買い物をするし、淋しくなければ普通に家にいるのだろうなとかも、思った。そういえばあのバラバラ家族、ほんとうに心もバラバラみたいで、家族の思い出はといえばプレゼントをあげたとか買ったとかばっかり言っていた（ランちゃんも書いていたが、私もニュースを見て変なの、と思った）。思い出のトップがそれというのがいちばん淋しいかもしれない。

夜はチビの誕生会で、姉の「巻き放題手巻き寿司《ずし》」だった。実家のみなさんからクレーンゲームをいただき、石森さんが死にものぐるいで飴《あめ》を一個取り、チビは「やっととれた～！」と走り回り、「ほらほら、労働して得た飴は簡単に手に入る飴よりもおいしいだろう……」と親はさとす、という予想通りのすてきな時間を過ごした。クレーンゲームよりも大事なのはそれを取り巻く思い出だと思う。

2月12日

幼稚園が休みなので惰眠をむさぼるチビ、しかし午前中に起きてきた。すごい（あたりまえという気も）！

私は風邪がぶりかえし、信じられないくらい咳が出る。腹筋が痛く、あばらが折れそうな気分だ。

結子の家に行って、いろいろしゃべった。人はいつどうなるかわからないし、神様はきちんと人の人生を区画整理してくれるわけではない。今日やった一個のことが明日を作る。毎瞬の行動が全てにつながっている。それでもやっぱり愛する人たちには生きて天寿を全《まっと》うしてほしいから、祈るしかない。

自分に関しては今年は家族を大事にして時間を過ごし、小説は一日一行でも書き、そしてなによりも「俺様」にならないと仕事に殺されるな、と思った。例えば対談を頼んでくるとはそもそもどういうことか、それは私という人間存在をそのページに載せたいということである。しかし編集者はその場ではなにもできなくっても平気で

「よしもとさんの発言が少ないから書き足して」などと言ってくる。たとえ私が一言もしゃべらなくても、そこにいるのは私である。それが依頼である。例えば映画を観《み》て感想を書けという、いつまでに？「来週月曜です」ありえない。それは映画ライターの人に頼みなさい。「よしもとさん以外にありえないのでこの本を読んで帯を書いてほしいのです」いつまで？「3月です」3月は日本にいませんので無理です。「じゃあ他の人に頼みます」頼めるやん！　ありえなくないやん！

ということで、これまではそういう仕事でも修行だと思っていろいろな職業のいろいろな面を取材するつもりでやったりしたが、もう四十二だし、安売りはやめなさいと結子にもトルコ人占い師にも怒られたし私もその通りだと思います。

天道くんとかモモタロスとかをイメージして俺様道を進んで行こうっと。

2月13日

チビ「それなに？」（筋子を指差して）

私「おさかなのたまごだよ～」

チビ「ああ、いくらか」

なんだか大人だわ……。そして朝の車の中でパパに「車の中でジョン・レノン聴くんじゃないのか?」とリクエストしていた。

午後はヨグマタ相川さんと対談。偉大なヨギだった。だいたいこんなすごい行をした人に生でお会いするのは初めてで、緊張した。一見普通の人としてふるまっていても、目が澄んでいて厳しくて全然普通の人と違う。人間の可能性を信じようという前向きな気持ちになった。

夜はしほちゃんに久々にちょっと会えた。かわいくて食べちゃいたくなった。淋しいなあ、いつも会えないなんて。

**2月14日**

ここぺりに行って、かちかちの体をほぐしてもらった。関さんに出会ってから、他のマッサージに行こうという気持ちがあまり起こらないし、たまに時間があって肩がこっているからと旅先で受けてみても「これが関さんだったらなあ」と思ってしまう。足裏はまた別なのでけっこう受けているんだけれど。

関さんの家でチビが走り回り、陽子さんが遊んであげている、そのにぎやかな声の中でうとうとする幸せ、かけがえのない時間。しかしそれだって永遠に続くわけではないのだ。人生は有限だから、毎日無造作に幸せを消費したい、と切に思った。

2月15日

激しく咳こんだらぎっくり！　と音がしてぎっくり腰になってびっくりした。

しかし安田隆さんと果敢にグットドール・アッキアーノにランチを食べに行った。あの有名な三階までの階段が永遠かと思うくらい長かったが、ごはんはもちろんおいしかった。

安田さんの話術、もはや名人芸の域に達している。一生忘れないようなおかしい話をいっぱい聞いた。例えばあの工事現場にいる人形、平面だと安全太郎、立体だと安全次郎だそうだ。知りたくてわざわざ店に見に行ったそうだ。しかも価格はだいたい十万円と二十万円。「じゃあ電光掲示板みたいなのにバーチャルに人が旗降ってる奴《やつ》は？」「三十万円で三郎か？」と推理をしたりした。笑いすぎて腰が痛い。

安田さんは経営コンサルタントもしているので、「どうしたら楽してばかすかお金が入ってくるんでしょう」と聞いたらいろいろアイディアを出してくれたけれど、どれも全然やりたくないことばかりで衝撃を受けた。なるほど！　となにか自分のことがわかった感じ。安田さんいるだけで最高……。

蝶々《ちょうちょう》さんともなんだかんだメールでやりとりをしているんだけれど、やっぱり最高の女性。ひとめ顔写真を見て「あれ？ この人知ってる、この人に会うな、きっと」と思って、思い切って新刊を送ってみたんだけれど、つながってよかったと思う。今私がいちばん必要としている「本能で動くこと」の先生みたいな人だ。つまり現代の女の子たちに必要な人。

本を書く世界にいるけど少しはずれたすてきな目上の人たち、例えば安田さんと蝶々さん（年下だけど絶対！ ある意味目上）と森先生……みたいな人たちがこの世にいるから、まだこの世にいようと思う。面白いことがまだありそうだから。うちのパパにもまだ期待できるのもとても幸せなことだ。弱っていた時期を知っているので。

2月16日

ロルフィングを受けたにもかかわらず、腰が動かない。家の中も這《は》っている感じ。ついに病院に行って咳止めと鎮痛剤をもらう。病院に行かず一ヶ月半ねばったが負けた（勝ち負け？）。今年は健康第一でいこう、と思いながら寝込む。

それでも振りが見たくて、三十分だけフラを見学に行き、咳きこんだり靴をはかせてもらったりしてほとんど介護みたいにみんなに親切にしてもらいながら、なんとか一日を終えた。

どんな格好も長く続けられないので、いろいろな形で痛がりながら寝るのだが、咳が出るとまたこれが神経に触れるくらい痛い。痛さのあまり自殺したアナウンサーの人の気持ちが、ほんのちょっとだけわかった。これが人生ずっと続くとしたら、どれだけ暗い気持ちになるだろうと思う。咳止め効きやしないし腰も診てもらいに明日また病院に行こうっと。

別件でかなり落ち込んでいて、でもほんとうにみんな優しくて……ちはるちゃん休むって行っていたのに来てくれて、顔見たら泣きそうになった。そしてりかちゃんがきっぱりと「暗くなったらだめ、絶対信じなきゃ！」と言ってくれたので、なんだか大丈夫になってきた。私のこの異様な弱さ……いろいろなことを経験してきたのにこの弱さだけはいつもフレッシュだ。ほんとうに、多分私のまわりの人は大変だろうな～と思う。いつもありがとうと思う。

2月17日

起きられなくて病院に行けず。痛み止めを飲んでのろのろ過ごす。

今日撮影だったのだが、不可能。だって自分のお尻《しり》をふけないような状況なのよ（下品でごめんなさい）！　どうやって撮影用の服を着るのだ。靴もはけないのだ。

というわけで、靴下をはくのにのたうちまわりながら二十五分かかっておかしかった。

しかし！　ロルフィングが効果を発揮しだして、しだいに歩けるようになってきたので、そうっとそうっと近所までお肉を買いに行く。五分の道のりがなんと三十分かかった。なんか笑えた。晩ご飯のおかず、サラダと肉のみ！

井口先生の「Zちゃん」をまとめ読みしてさめざめと泣いた。なんて悲しい世界なのだろう。鈴木志保さんに通じる哀《かな》しみだ。この人はこの世界をチャネルしてるんだから、これだけでいい、こんなすごいことをしているのだから、これだけでいいのだ、親御さんにもそれがわかればいいのに……切にそう思った。

## 2月18日

いつもの日曜日。いつもの日曜日だからこそ、貴重で涙が出そう。

陽子ちゃんとチビが「ぜんまいざむらい」と「仮面ライダー電王」を観続けていて、その音の聞こえるなかでちょっと仕事をしたり、腰が痛くなってまたちょっと寝たり、どうしてもいるものをやっとこさ買いに行ったりして一日が過ぎて行く。

いつまでも続くものはないとわかっているけれど、チビも大きくなってどこかに行ってしまうんだろうけれど、こういう凪《なぎ》のような時間がいちばん後で残っていたりするものだ。

2月20日

腰が痛くてなにもしていなかったので、日記もなし。

というか書くようなことがなかった。いてて、とゴホゴホ、だけの日々である。あとどうしてかわからないが風邪薬を飲むと血糖値が上がる気がする、のでちょっとダイエットモードだった。野生動物のように身をひそめて。

稲熊さんと連絡を取ったり、西尾さんの元気な声を聞いたりしてしみじみと大神《おおみわ》神社はいい神社だなあ、信仰していてよかったなあとあらためて思った。私は自分が信仰を持っているなんてある程度のところまでは知らなかった。信仰とはまさに、自分という本体にハードディスクをつけ足しているようなものだと思う。あの場所が好きだから、友達もいるから、と二十年通い続けてやっと気づいた。あとフラを五年もやっていてやっと自分がハワイとつながっていることとやすてきな仲間がいることに気づいた。なんでも遅いのだった。子供がいることに気づくのもあと三年くらいかかりそう……。

2月21日

咳き込みそして腰を押さえさらに鼻水まで出しながら英会話へ。

この家にいる人たちがほんとうに私の知っている意味での普通の人たちなので、ほんとうに普通に勉強して帰ってくることができて、安心する。バーニーさんの完璧《かんぺき》なイギリス英語も耳に残りやすいし、マギさんのセクシー&キュートな教えかたもすてきだ。

久しぶりにヤマニシくんとごはんを食べて、あれこれしゃべったので嬉《うれ》しかった。最近友達としゃべる時間もなかったしいつも体調が不良なので全く面白くなかったのだ。

2月22日

腰をのばして直立不動のままえりちゃんとデートしてから、ゲリーに会いに行く。

えりちゃんとしゃべっているといろいろなヒントがある。もし人に過去世があるとしたら、こうして机を囲んで、いっしょに何かを追求し合ったんじゃないかな、と思う。えりちゃんが笑顔だと素直に嬉しくなる。

仕事とのやり方などに関して、おそろしい量と質のアドヴァイスをもらった。いちいち納得して、反省もしたし、取り入れようと思ったら気持ちも明るくなった。いつも通り全くまじめでない晩ご飯の会だったが、ほんとうにスピリチュアルな人たちとはそういうものなのだと思う。小説家よりもなぜか同業者という気分がするのはなぜでしょう。普通に話が通じて楽しかった。

2月23日

ヨグマタ相川圭子さんと二度目のダルシャン。誘っていただけて光栄である。でも、私は多分これでヨグマタになにかを教わりに行くことは当分ないだろうと思う。何かよほどの機会があり、質問があればもちろん行くだろうけれど……。

私は作家で、生き方がちょっぴりだけ違うから。そのちょっぴりが大きい、大切ななにかだから。こだわりや執着ではなく、今回の人生ではヨギの道を選んでないから。

でもヨグマタはほんとうに信頼できる人だから、ヨガをまじめにやりたい人、インドに行きたい人は信じてついていっていいと思う。いる人たちも良い人たち、とてもまじめで優しくてキュートだった。変な宗教に入るくらいなら、あそこでヨガを習った方が絶対によいと思います。

私ももう他で瞑想《めいそう》とか本格的なインドのヨガとかを習うことは決してない。ダルシヤンを受けて、自分だけの瞑想を習うことはそういうことだ。そして、そのくらい大きなものを短時間で授かったと思う。ヨグマタといるときの気持ち、それは河合隼雄先生といるときと全く同じ気持ちだった。お顔も話し方もきれいで深い目も少し似ていらっしゃる。なのでずっと親しみを感じていた。そしてたいしたことをしゃべったわけでもないのに、しゃべっただけでなんだかほっとして肩の荷を降ろしたような感じ。りさっぴにつきあってもらえたことも、大きな喜びだった。

十年前にゲリーに「あなたは何年かのうちにものすごい人にシャクティパットを受けるだろう」と言われて、「え〜、ありえない」と思いつつ、インドに行く時はちょっとドキドキしていたが（笑）、それがほんとうになったので「人生は小説よりも奇なりだなあ」と思った。

奇なことを取材して行く人生の秘密の旅は続く……。

2月24日

安田さんから、安全次郎はもしかしてないかも、ということや、平面のはまもるくんと呼ばれていて、立体で初めて安全太郎なのかも、という説があることや、安全花子というお辞儀専用女子がいたが今は生産中止とか、やはり生産中止だがジャンボ太郎という黒い人の巨大なのがいたとか、またどうでもいい知識がどんどん増えるようなすてきなメールをいただいた。厳密にはわからないが、深そうな世界である……。あとは「バーチャル太郎」（私命名）がどうしてあんなに激しく「ゴール！」みたいに旗を振っているのかだけが謎《なぞ》である。あれじゃあ車がぶつかってきそうだけれど。
ヤマニシくんに留守番をお願いして、やっとちょっとだけ髪の毛を切ったり、チビの穴だらけになったジャージの替えを買いに行ったりできた。あと自分のビーサンなども買った。旅行の買い物ぎりぎりセーフ。

2月25日

出発前にこんなにエンジンをかけてどうするのだ、というくらい午後仕事が奇跡的に進んだので、いい状態で取材旅行に行けそうだ。一時はどうなるかと思った。なのでラム肉を買いに行ったり、良いスモークサーモンを買ったりして、ハワイの後しばらくお休みの陽子ちゃんとちょっとビールなど飲み、いつもの日曜日を楽しくしめくくった。淋《さび》しいけど、またすぐに帰ってきてくれるからとチビもヒロチンコさんもいっしょに見送った。まあハワイはいっしょに行くんだけれど。日曜日ってだれもバイトに入ってくれないので、陽子さんにお願いして週末までにたまったいろいろなことを片付けて、みんなで晩ご飯を食べるのがすっかり習慣になっていた。すてきな習慣だ。続くといいな。

アダムという十六歳のヒーラーの人の本をちら読みしたら、言ってることがほとんどリコネクションのエリックと同じ感じなので、ああ、こういう新世代が出てきて時代が変わるのだな、といい予感がした。たまにタクシーの運転手さんなどにもいるあの奇跡的な高い人格の感じ。高いところを吹いている風だけに焦点を合わせてひょうひょうと、そしてわくわくと人生を泳ぐ人たちの匂《にお》いがした。

2月28日

ハワイに行く日の朝から昼ってすごく好き。家族みんなや動物が愛《いと》おしく思える。光もきらきらしている気がする。

でも花粉症なのでその時間を生かして病院に行った……。「今年は早く来ましたよ！」と言ったら、先生に「もはやものすごく遅いです」と言われて笑われた。そのあと調剤薬局に行ったら、信じられないくらいまじめでいいお兄さんがきちんと薬を出してくれて、感動さえ覚えた。自殺したい人を助けて列車にひかれて死んでしまった警察官みたいな、ああいう人はまだまだいるんだな、と思った。そういう人がこうやってまわりの人たちを支えているから無法地帯にはなりきらないんだな、と。

## 3月1日

いきなりチビが熱をどかんと出して夜中にエクソシストみたいに三回もぴゅうぴゅう吐いて、ゲロまみれの服でどろどろのベッドの上に寝ていたら、集合時間をすっぽかしてしまった。

申し訳なかったです。

ハワイにいるだけで幸せな私たちを不幸にするくらいにまずいルームサービスを食べてから、イルカプールのわきのカフェに行く。イルカが「ほれ！　ジャンプしただろ！　ごほうびくれ！」「さあ、一周したぜ、魚くれ！」という感じでせちがらい性格になっているのは、きっとすぐそこが海なのにプールで暮らしているからだろう。動物園で檻《おり》の中に鳥がいるのに、鳩《はと》がフリーに歩いているのと同じ感じ？

夜は、エロ……いや、セクシーで有名なカートさんひきいる星ツアーへ。

女性が好きなカートさんに「男、子持ち、スポンサーでもない」ヒロチンと前田くんはほとんど話しかけてももらえませんでした。

でもとってもいい人だった。彼の持ってきたビストロ YOKOHAMA のお弁当は日本のお弁当よりもおいしかった。

満月なのでほとんど星は見えなかったけれど、ものすごい望遠鏡で土星や月を見せてもらって満足した。マウナケアも登れるところまで登ったし、オニヅカセンターにも行けたし、シルバースウォード（とても珍しい植物）も見たし、説明も聞いたしばっちりだ。

私は天文部のインチキ宴会部員だったので、手動の望遠鏡で星を画面の中に入れることさえできなかったが、それでも百万回くらい星の説明を聞いたので（そして全てきっぱり忘れた）、彼の言っていることをなんとなくみんな先取りして知っていて「デジャビュか？」と思ったら、単に脳の底に残っていたのが登ってきただけだった。人間の記憶力ってすごい（？）。

夜は星の話でもりあがって、深夜まで大宴会をした。

チビに「ゲームは前田くんの部屋にしかない、うちの部屋にはコントローラーしかないんだ」と言って、前田くんの部屋でだけゲームをさせてあげたが、信じるっていうところがかわいいところだ。

3月2日

コナに行くのは生まれて初めて。

晴れていてとても幸せな観光地。驚くような公《おおやけ》の場所にアフエナヘイアウがあった。

でもきっと昔ここはなにもなくとても景色がよく気もよくカラカウア大王はここが大好きだったのだろう、と推測できた。

王族の家も夢みたいな家だった。だれもが描くハワイの夢の家という感じ。窓から港と湾が見えて、ちょっと松崎みたい（笑）。

ちほちゃんおすすめの店でベトナムサンドイッチを食べたらものすごくおいしかった。レモングラスとスパイシーチキンや豆腐が入っていた。

帰ってから夕陽と追いかけっこするみたいにあわててハプナビーチに行って、荒波の中で遊んだ後、夕陽と満月をいっぺんに見た。考えられないくらい美しかった。

3月3日

ヒロへと向かう。

途中でＴＥＸに寄り、なにもかもおいしいそこでポルトガルのドーナツを食べる。

いや、ブラジルなのか？　とにかくふわふわでおいしくって、みんなにこにこしてぺろりと食べた。

前回は夕方について全《すべ》てが閉まっていたので、ファーマーズマーケットで果物や野菜やはちみつを買ったりして、ちょっと幸せ。ただしやはりヒロ名物の雨だった。ヒロの雨はなんとなく町並みが日本的なので七〇年代日本の匂いがする。

カフェでおいしいピザを食べて、久々にまともなコーヒーを飲み、幸せ。

やはり住むならヒロだっていう人たちの気持ちが初めて理解できた。

自然食品店でサプリメントも買った。いかにもいそうなヒッピーたちがいっぱい。女性は世界中どこにでもいる自然食の人たちそのままなのだが、男性はなぜかみんな他はスリムでヒゲでピースフルでジョン・レノンみたいなのに、お腹《なか》だけがぽっこりと出ている。さすがハワイだ。他の国の男性ヒッピーは全身スリムが基本……。

帰りは大雨&夕方なのにぬかるみの山道をむりやり歩いて下って、天然のスチームサウナにあたりにいく。火山の熱であがってくる蒸気でぴかぴかになるが、帰りにどろどろ道を登山してプラマイゼロ。アウトドアにうとい私と陽子さんははげましあって登った。

でもみんなで助け合って笑って、お肌はつるつるになって、最高に楽しかった。

おそろしい雨の中、すごい距離を運転しても全く動揺していないりさっぴをみんな陰でものすごくほめたが、面と向かってほめてもよかったような！

そして在住のちほちゃんが心から私たちにハワイ島の良さを知ってほしくて助けてくれているのがよくわかって、言葉につくせないくらいに彼女に感動した。いちばん面倒なときに笑顔になれる人だ。今も美しく優しい彼女の姿が目に焼き付いている。

3月4日

ホテルのトラムが壊れていて、いつもものすごくえんえん歩く。トラムか船でないと移動できないくらい大きいホテルなのだ。おかげで体重が増えない。

今日は一日キラウェアの日。チビが風邪でぐずって態度悪い悪い。まあこういう時期もあるという感じでママ怒ってばかり。人に鬼母と思われてもいい、ここが正念場。行きにクジラが見えるへイアウでほんとうにクジラを見て感動した。潮をふいたり、たわむれたりしていた。それもジンくんのおかげだ。一日運転してくれた彼は本当にナイスガイで頭も切れて話もポイントをつかんでいて融通もきき、すばらしい人だった。日本人による日本人のための細かなサービスができるマイカイ・オハナ・ツアーズばんざい！

しかもまたTEXでドーナツとハンバーガーとロコモコ食べちゃった。

キラウェアも珍しく晴れ。有名な火山ガイドさんである知識が豊富でかっこいいフクちゃんも合流した。ちほちゃんの紹介で、案内してもらえたのだ。奥様もセンスがよくすてきな方であった。全身が柔らかくきらきらしていて真珠みたいな人だった。こういう人を妻に選んだフクちゃん、それだけで信用できる。

火山の説明をいろいろ聞きながらのカルデラまでのトレッキングはすばらしかった。うっとりするような緑と空気だった。しかしヒロチンコさんはずっとぐずる18キロのチビを前田くんにたまに代わってもらいながらもずっと抱っこしていて、パパは偉大だなあと思った。

それから最近あの江原さんの番組でにわかに脚光を浴びたラバチューブを見に行った。ほんとうにオーラが見えるのでやっぱりびっくりした。ついにハレマウマウ火口に着いてジンを捧《ささ》げたが、前田くんがおっとっとと酒びんからお酒を出しているのでなんとなく学生コンパみたいだった。携帯電話にクムの歌声が入っているので、流しながらカヒコができるちほちゃんに踊ってもらい、大満足。なんとなくインスタント感がいなめないお参りだが、やりとげた感があった。

そのあとはサウスポイントで絶景を見る。

風力発電の機械が立ちならびこの世の果てという感じ。西日の中でゆっくりと草を食《は》む牛たちはとても幸せそうに見えた。視界がほとんど海と崖《がけ》という異様な景色をしばらくただ眺めた。

コナのフジママズで最後の晩餐《ばんさん》。

ちほちゃんにみんな大きな感謝をする。そして石原さんと渡辺くんはやはり国内の編集者の中でも最高峰に仕事ができるだけのことはあって、どんなときにも人間的な判断をしてくれたのでとてもいい取材になったと思う。

ちほちゃんも石原さんも渡辺くんも常に現場第一の人、そしていつも人に与えることを惜しまない人で、ちっともけちなところがないすばらしい人たちだ。

3月6日

ちほちゃんが部屋を出ようとすると、「ハワイのお姉さん、まだずうっとずうっと帰らないでね、チビちゃんのお部屋にいるの」ときゅんとさせてひきとめるチビ。

そしてちほちゃんが帰ってしまい荷造りをしてベッドに入ったら「淋しいよ~」と一晩中泣いていた。旅の終わりってそうだよね、でも寝かせて！　と思った。

「チビちゃん、ハワイのお姉さんと暮らすんだ」と言っていた。うんうん。わかるわかる。「お姉さんと、パパと、ママと、チビちゃんでおうちで暮らすの」同居かよ！しかし！　翌朝にはもう「陽子ちゃんとりさっぴと手をつながないと歩かない」と転向していた。ふたりがとてもチビに優しいのですっかりいい気になっている。りさっぴはいちばん年下なのにあまりにも安定していて運転もうまいし頭も切れるので、常にものすご〜くお姉さんに思えた。でも寝起きは全体的に餅《もち》みたいでとてもかわいいのがミソ。

帰りの飛行機の中で「主人公は僕だった」と「サッド・ムービー」を見た。前者はよくある話なんだけれど、音楽センスと映像センス、そして役者の選び方が秀逸で案外感動した。後者はどこをどうやったらこんなに悲しい話をていねいにつくれるんだ！　というくらい悲しさのオンパレードで泣きに泣いた。また演技がみんなものすごくうまい。子供も中年もお金持ちも貧乏もおしゃれさんも地味さんもみんなうますぎる。

ちなみに私は「イル・ポスティーノ」でも「ライフ・イズ・ビューティフル」でも「世界の……」でも「冬のソナタ」でも、ちょっとも泣かないような、創作者の泣かせる意図にはひっかからないタイプだから、そうとうよいできだと思う。韓国は今ほんとうに熱いなあと思った。

帰宅して動物たちに顔を埋めて欲求不満を解消し、久しぶりに小さいポーションで晩ご飯を食べた。ちほちゃんからメールが来て「前田くんをまだいじり足りないから辞めないでって言っておいて」と書いてあったが、確かに常に「前田！　もっと飲め！」「ここは波にもまれにもっと行っとけ！」「崖を下れ！」などとかなりきびしくいじられていた。また前田くんの見た目、年齢、性格その全てが年上美人にいじられることに似合いすぎだ。

3月7日

「チビちゃんはもうこの靴ハワイでしかはかない！」ハワイで買ったサンダルを見て怒っている。わかる！　わかるよ〜!!!　その気持ち。怒りたくなるくらい楽しかったんだよね。

どうでもいいネタ二点。

加藤典洋さんの文芸時評にチエちゃんの批評が載っていた。この方はいつも偏見なくオープンに読んでくれる方で、前に「ハチ公……」を書いた時に「これは失敗作だけれど、主人公の心がたまに小説を超えて現実空間に広がるのに感動した」みたいなことも書いてくださり、すごい批評だ、よくぞわかってくれたと泣いたものだが、そしてもちろん今回もそのようにわかってくれているのだが、めっちゃネタバレ（笑）！ 著者もびっくり！ でも愛してるからゆるしますわ（業界の癒着構造）。

チビが虫かごにぎっしりと仮面ライダーたちをつめてさっき「見て～！」と持ってきた。げっ、と思ったけれど、考えてみたら元々は虫なんだから、いいのか……。

3月8日

夢見がものすごく悪く、やっぱり東京はおかしい！ なにかが覆っている！ と思ってどんよりしていたが、よもぎ蒸しをしたら復活した。とても人には言えない場所を人には見せられない方法で蒸すのだが、全身つるつるになって、韓国は今熱い！ とやはり思ったし、ほんとうに熱かった。

3月9日

ハワイ効果でまだ多少元気。

でも体がはっきりしないので、ひとりでルビーパレスに行って思い切りアカスリをしてもらい、生まれ変わる。帰りにぼ～っと歩いていたら、道に牛骨が落ちていて、さすがコリアンタウンだ！ と思った。

それでも腰がぎりぎりのところで治らずどうしてもアミができないんだけど、それでも振りを知りたいと思ってフラへ行った。そうしたら百万ドルくらい出してもいいあっちゃんの踊りを見ることができたので、もうなにもいらない！と思って満足した。あっちゃんを見るたびに体で振りを覚えるってこういうことなんだなあ、と理屈なく納得する。

3月10日

リコネクションのセミナー。

なんだかばたばたしていて少しクオリティが落ちていたが、日本のＴＡ（ティーチングアシスタント）がちゃんとしていたので、ほっとした。あとはエリックのがんばりでなんとか存続してる感じだった。正直に言うと。

会場でお弁当を売ったり、お水を配ったり、ジュエリーを売ったりすることって、なんとなくむだに思っていたけれど、そんなことないんだなあ、としみじみ感じた。今回は少しばかり殺風景で淋《さび》しい。

一回デモセッションのときにものすごくうまい人にあたり、ほんとうに宙に浮きそうになるくらいに体の中が動いたので満足し、それによく考えてみたら自分が人にリコネクティブヒーリングは一生やると思うが、リコネクションは受けただけでいいな〜、と思い、そしてなによりも自分が人にリコネクションをしているところが全く浮かんでこない。こらあかん、とりあえず撤退だ、と思った。

いちばん気になったのは、こういうのってレベルが上がるごとにいる人のスキルもアップしていくはずで、向学心に燃えた人々が集っているはずなのだが、ど〜してもそういうふうに見えない。悪化して見える。まあたまたまのことなんだろうし、みずほさん、民子さん、じゅあんさんなど向学心できらきらしたすばらしい人ももちろんいたけど。

というわけで、う〜ん、もうここに私はいなくてもいいな、と思ったので、半分だけ参加して腰を養生することにした。

じゅあんさんって一見「な〜んて押しの強いおばちゃんやねん!」と思うんだけれど、そのオープンさ、キラキラ感、正直さ、無邪気さ、強さなどにいつもうたれる。自分を飾らず、いつも向学心に燃えている。いいなあ、と思う。

それからエリックを見ていると「ほんとうに頭がいい人だな」と思う。いつも頭が冷静に回転していて、目的を見失わず、やるべきことをやっている。神様が彼に意味なくあの不思議な力をあげたわけではないんだなと納得する。

## 3月11日

なぜ腰を養生するのにエステに行くのかわからないけれど、顔の日焼けかぶれとか足のがさがさをケアしてもらって、じっくりと低温のサウナに入って、なんとなく腰がよくなったような気がする。エステの台の腰のところにヒーターが入っていたのも効果的だった。韓国エステは全体的に甘く優しくないのがかえって喝が入っていいみたい。

チビがあまりに意地悪いのでおいおい泣きながら「チビが意地悪いと悲しいんだよ〜」と言ったら、チビは「ママ〜！」と泣き出してふたりで泣いて仲直りする。アホ親子。人生はこんなものかも。

岡本太郎記念館の鐘をヤマニシくんとチビと三人でゴンゴン叩《たた》く。カフェで敏子さんを思い出して毎回ちょっと泣くけれど、今回もぐっときた。会いたいなあ。

それからマヤちゃんの個展に行って、マヤちゃんがほんとうに人好きなことにしみじみと感動する。熱い人だなあと思う。作品もだんだん方向性が見えてきた感じがある。

そのあとビリケン商会に行って杉山実さんの展示を見るが、ＤＶＤ作品の中でソフトクリームさんやカエルさんがびしゃっとつぶれるオチを見るたびにチビが大爆笑して、こんなに受けたら作者も嬉《うれ》しいだろうなあ、と思った。でもシャイな方でただ微笑《ほほえ》んで立っていらした。家に帰ってもまだチビは興奮してそのアニメのことを語っていた。

ヤマニシくんとも「こんな雰囲気いやだねえ、戦時中みたい」とおばさん同士のようにしみじみとしゃべっていたのだけれど、ナチュラルハウスの中でチビが大声を出したり走ったりしたら、マスク眼鏡の若い女がものすごい舌打ちをして、何回も振り向いて「子供を」にらんでいった。もちろん公《おおやけ》の場所で騒ぐのはいけないこと。注意は何回でもすべき。もちろんしていたし、していない親とは話が別。そこは自信がある。

そういう人は親に「少しうるさく感じるので静かにさせてもらえませんか」と大人同士として言うことはできないし、子供の目線になって本人に注意することもできない。

前も同じ体験をしたが、幼児と同じで、自分のイライラを弱者にぶつけているだけなのだ。

だいたいあそこはレストランではなく単なるスーパーだ。ナチュラルとはなんぞや。それは子供ができちゃったり産んだりそれをまわりに助けられながらよれよれになって育てたりする過程のことであって、静かな高級スーパーで豆や玄米を買って食って自分だけがきれいになることでもなく、うるさいガキがいたら舌打ちして子供に向かって世にも醜いイライラした顔をすることでもない。私はいい人でないから思ってしまった。いつか自分が子供を産んで同じ目に遭いなさい、あるいは人に優しくしてもらって、とりかえしのつかない自分の醜かった過去を悔やみなさいと。

日本はいつか後にするけれど母国なのでもうあまり言いたくないけれど、韓国エステではいい仕事をしたおばちゃんたちににこっとするとにこっと笑顔が帰ってくる。たとえ全く趣味も合わず接点もなく言葉も通じない人たちでも。誰かが戸を開けっ放しにしたら、「ちっ」と舌打ちをしても自分で閉めに行き、あとはけろっとしている。相手にそれを見せつけようとはしないというか。私は「戸を閉めていただきありがとうございます」なんて時制がわからない変な張り紙がべたべたしてあって、面と向かって口では注意をしない風潮よりもそのほうがずっと気が楽。

3月12日

ランディさんの「ソウルズ」を昨日サウナでじっくりと読んだ。お昼にビビン麺《めん》を食べているあいだもどきどきして目が離せず、すっかり作品の中に入っていった。なんでこんなことが描けるんだろう。ことに「真似《まね》の上手い人」「学校の幽霊」は秀逸だった。輝くような気高さと恨みと憎しみと子供みたいな優しさが自由自在に入れ替わる、それがランディさんの世界だ。ますます透明になったかと思えば、あっというまに沼の中に深くもぐってどろどろにもなれる。それから人間のこわさをしっかり描けるのに、言いっぱなしにならないんだなあ。

チビが歯医者でものすごくがんばり、三回分の治療が一回で終わった。自分でもさすがにえらいと思ったらしく、ものすごく誇らしげだった。

りさっぴと車に乗っていたら、よれよれでよぼよぼの立てないゴールデンが空き地につながれて放置されていたので、盗んで帰ろうかとあとから戻ったら、保護されたのかもういなくなっていた。そんなことする人はもう今すぐに地獄におちてほしいな。

私が見ていた時に、通りすがりのお兄さんが今にも泣きそうな顔をして、何回もその犬をなでていった。そして振り向きながら去って行った。犬は嬉しかっただろうと思う。

3月15日

「チビちゃん、幼稚園に行きたくないよ」「どうして？」「だって悪い子供がいるんだもん、ふたつも……」

気の毒だが笑ってしまった。ふたつですめばいいほうなんだよ、という感じ。

でも、本人には深刻なんだろうなあ。この時代だと見極めて行かなくてはいけないことがたくさんだ。親も変だったりするし。今行っている幼稚園のいいところは少人数であることだ。それだけでいろいろなことがずいぶん軽くなると思う。

3月16日

じゅんじゅん先生に来ていただいて、太極拳《たいきょくけん》を習う。

たったふたつの型だけでも、わけがわからずにずる〜っとやっているのとわかるのとは大違いだった。ものすごく感動してしまった。茶道と同じで動きには全くむだがなくて、常に敵の存在、相手の動きから身を守りながらも攻撃するという考えがぎっしりつまっていて、つまりは武道なんだなあ、ということがよくわかった。北京体育大学に留学していた竹林さんの詳しいメール説明のおかげで頭ではわかっていたことが、体に入ってきた感じだ。ふたりとも私の太極拳の先生という感じ。

素性がわからないときの自分の得体のしれなさについてはじゅうじゅう承知で、お店でも習い事でも私が何者かわからないときにはある種の敏感な人は私をいやがる。野生の本能でいやがるのだ。気持ちはわかる。例えばランディさんも山田さんも川上さんも同じ感じだろうと思う。年齢不詳、そしてある種の濃さとでもいうか。

それで、昔はそんな自分が嫌われっ子かと思っていじけていたが、ある時突然「近くにこない人のことは考えなくていい」と思うようになった。フラでもその頃からあやちゃんやりかちゃんやオガワさんが目が合えばにこっとしてくれるようになったからかもしれない。

ちょっと前に習っていた中国人の先生は決して私と目を合わさなかったし、ほとんど話しかけてはくれなかった。武道をやっているから異質なものに敏感なんだな、とわかったけれど、やっぱりそれでは「師」と思うことはできなかった。じゅんじゅん先生は常に自然な動きときらきらした目で、行動にむだが全然ない。やる気を出せばそれをわかってくれる、すばらしい人であった。ほっとした。やはり先生と名のつく人は変な人が来たらまず「おもしろい」と思う人であってほしい。

3月17日

先日のハワイ旅行……すばらしい波が寄せる白い砂のハプナビーチで、真っ赤な夕陽が海のきわに輝きながら沈んで行き、そして、反対側の椰子《やし》の木の陰から大きな満月がどか～んと上がってきたとき、そんなすばらしい景色だというのに、私と陽子さんとヒロチンコさんが同時に言ったことは「ほ、ほんとうにお日様が沈んでもお月様が出てきた、なんて贅沢《ぜいたく》なパラダイスだ！」であった。ぜんまいざむらいの見過ぎである。

3月18日

道を歩いていたら、前からおかしなふたりが手をつないで歩いてきた。どう見ても親子ではなくて長年のカップルのデートみたいなんだけれど、大人とちびっ子なのである。もっとよく見たら、それは陽子さんとうちのチビだった。なるほど～。でもとっても美しい眺めだった。

この場合はうちのチビがチビらしくなく、陽子さんが子供を大人のように対等に扱っているということなんだな、と思う。

夜も「さっきママはもう寝たいって言っていたでしょう！　おふとんに入るんでしょう！」と言ってるから何かと思えば、自分が眠いけどひとりでは寝たくないということであった。おかしいなあ。

3月19日

お弁当早起きの眠さをおして、お台場にグレゴリー・コルベール展を観《み》に行く。クォリティの高いすばらしい映像、すばらしい写真、しかしなによりもすごいのは全体を通した「企画力」だった。どうやってあんなふうにパンフレットを作らせなかったり、絵はがきを作らせなかったりしてグッズを管理できるのだろう。最近たまに見る、この形式の展覧会。大きな企画力と財力……。動物と人間の写真のようでいて、実は違う。自分の空想を現実世界に持ってきてものすごく根気よく撮ったということで、ドキュメンタリーでもない。

でも観に行ってよかった。いずれにしてもでっかいものを見ると気が晴れる。

3月20日

百合子さんと新宿デート。百合子さんが、彼女のために作られたとしか思えない、信じられないくらいぴったりのとんぼのネックレスと恋に落ちてしまい、ほとんど即決で買ったので、私まで楽しくなってかごを二個も買ってしまった。春は購買欲も高まります！

夜は焼肉命のいとこのたづちゃんと、その友達ゆみちゃんといっしょにいつものお店へ。

たづ（ラムともみカルビを食べつつ）「あまりにもさっぱりとおいしすぎて、これはもう肉じゃないみたい！　どんどん食べれるね。わかった！　これはつまり……野菜だ！」

それは絶対違うだろう！

3月21日

ここぺりへ。体がほぐれて歯が浮いたのでびっくりした。活力もわいてきた。やるぞ～（なにを？）！

そう、作家の場合は執筆するとなると、やる気と同時にひきこもりが始まることになるので、ちょっと悲しい。しばらくはお外の仕事絶対厳禁になる時期だ。

チビはみんなにかまってもらえて最高に幸せそうだった。しまいにはマリコさんの手をひいてさらって帰ろうとしていた。マリコさんもなんとなくそのまま歩いてきて、いっしょに月を見たので嬉しかった。帰りにおもちゃ屋さんでクッキーのセットとデイリークイーンの豪華お菓子セットの甘そうなおもちゃを買い、虫歯が痛い私は見ているだけでもっと痛くなった。

3月22日

奈良くんのドキュメンタリーを観に行く。

もはや絵でもなく、AtoZでもなく、奈良くんを観るための映画だった。監督は奈良くんに惚《ほ》れたんだなあ、と思った。まあ誰でも惚れるよな！この数年、私の中でうずまいていたいろいろな思いが、ますますはっきりとしてきた。そしてやる気がアップした。絵を描く時の彼のやり方はもうほとんど呪術《じゅじゅつ》。どうしてあの子たちに魂が入っているのかよくわかった。何回も重ね塗りをしているからではない。たくさんの儀式で魂が入るのだ。秘密中の秘密をちらっと見せてくれた奈良くんに感謝する。

そして澤くんが出てきて胸キュンだった。私もヒロチンコさんもそしてきっとたくさんの人がいつも澤くんに片想《かたおも》いだ。どれだけたくさんの人があまり姿を出さない澤くんの存在に支えられているかと思うと、彼もまたほとんど魔法のような人だと思う。

3月23日

虫歯が欠けたから痛いんだと思い、泣く泣く歯医者さんに行ったら、結果的に突然歯を抜くことになったのでびっくりした。麻酔もうまく技術も最高の中野先生がやってくれたので全然痛くなかったが、抜けたときほんとうに歯が歯の形なのでびっくりして「うわ～！　歯ってほんとうにこの形なんだ！」という私の感動の声が病院に響き渡った。奥様が歯を入れるピンクのケースに私の親知らずを入れてくれて「これ、大人にあげるのはじめてかも……」と微笑んでいた。感動が伝わったのだな。

しかしお水を飲んでもずうっと血の味がするし、フラに行ったらステップをふむごとに血の塊が口の中に落ちてくるのでとっても気持ち悪かった。しかも激しく踊るとずきずきと頭が痛む。踊ってハイになって痛みを忘れたのと、血の巡りがよくなって痛くなったのとでプラマイゼロだ。

久しぶりにクムにお会いしたらキラキラと輝いていて嬉《うれ》しかった。自分のクムを決めるっていうのはほんとうに不思議なことで、もちろんめぐりあいもあるし偶然もあるけど、たとえばどんなに親しい友人同士が同じハラウに通っていても、私のクムが彼女のクムになるとは限らない。最後の最後は自分でしか決められない。人の意見も関係ない。魂と魂の契約なんだろうと思う。

かといってともちゃんやちほちゃんやあやちゃんは違うハラウなんだけれど「フラ仲間だね！」というだけでなんとなくわかりあえたりする。

陽子さんと私は体調不良で晩ご飯はおかゆのみ。みんなの食べているおいしくて固そうなものをよだれをたらして見つめていたが、笑える話がいっぱいで幸せでおなかいっぱいになって帰った。

**3月24日**

この感じ！　と思うことがたまにある。体で覚えておこう、この感じ、と思うこと。

事務所に犬を連れて行けないのがあまりにも不便なので、更新はよそうかなあと思った。あと狭くて車通りが多いところを通るのでチビを連れて行きにくいのも難だった。道も夜は真っ暗。残業の多いりさっぴを思うとちょっと気が重い。

それを不動産屋さんに言っておいて、いい物件があったら教えてもらおうと思っていたが、忙しくて結局今日やっと顔を出せた。すると「あ、おうちの近くに今日一件出ましたよ」といつものすごく優秀でシャープな安川さんがその場で内見を手配してくれて、すぐに物件を見に行った。そうしたらそこがものすごくいい感じで、明日が見える気がしたので、即決。自分でもびっくり。

しかしうすうすわかっていた気もした。

というのは、少し前から「事務所」というものを思うたびに、庭が浮かんでくるのである。にぎやかで、庭があって、縁側みたいなのがあるイメージだ。

どっちかというと高級マンションっぽい(あくまでぽいだけだけれど)今と正反対の感じなので「?」と思っていたのだった。

うまく行くこと特有の、この「流れる」感じを体感するのが人生はとても大事。

夜は固いものが嚙《か》めないいながらも実家へ行って「痛い! うまい! 痛い!」と思いながらたけのこご飯と羊肉の天ぷらなどを食べる。いっちゃんもいっしょでチビが大喜びだった。

チビ「いっちゃん、いっちゃんのおうちに帰らないでチビちゃんのおうちに帰ろうよ、いっしょに帰りたいんだ」

いっちゃん「いっしょに寝てくれる?」

チビ「……」(そこまではわからないけれど、とにかくいっしょにいたいという沈黙)

悪い男のテクニックのルーツを今見た!!!! いるいる、こういう奴《やつ》!

3月25日

ミカちゃんがクリームをわけてくれるというので、結子の家で集合し、しばししゃべる。クリムトがウィーンの街中でトーガみたいなものすごい服装をしていたことが話題になり、やっぱり獣だよね、基本は……みたいな話をした。もう慣れたが考えてみると知久くんだって下駄《げた》とかはいていつも特殊な服を着ているしなあ（一緒にしていい問題なのかなあ）。ジェーン・バーキンはおしゃれとしてじゃなくてマジですごいボロボロの服装でパリのレストランにいるしなあ。やはり基本は自分ってことだな。

3月26日

那須《なす》へ。

微妙にしゃべれるようになった子供との接しかたが本人のむつかしい時期と相まってむつかしかったが、なんとなくコツがつかめてきたのでお互い楽しい。

いっしょにお風呂《ふろ》に入って泳いだりした。

「じーじといっしょにくらそうよ～」と言ってヒロチンコのパパをしみじみとさせていた。孝行ものだなあ。

そのとき私はいなかったが、ヒロチンコのママのお仏壇のところで「じーじはばーばが大好きだから、夜中だけばーばはこの部屋にくるんだよ」と言っていたそうだが、こんなすてきなことは大人では考えつかないし、多分ほんとうなんだろうなあと思う。

3月27日

ヒロチンコのパパの家の庭の棚に置いてある二十年以上前の缶詰とか、十年以上前の加島屋の鮭瓶《さけびん》ののこり、もともと黒いが今は漆黒になっているオタフクソースなどをしみじみ見つめ、中がどうなっているのかじっくりと考える。汗が出る思いだった。長ネギは庭に埋めて保存……チェーンソーで切った木を庭先で燃やし……やもめの楽園だ！　このあいだの火事で黒こげになったこけしとか、車の足下に思い切り積んである灯油とか〜。とうふにつまずいて命を落とす人もいる昨今、人が生きているってすごいバランスですね（多分この結論がいちばん正しいかも）！　男！　という感じでかっこよすぎる。

薪《まき》ストーブをいよいよ入れたいと笑顔で語るパパから、ヒロチンコさんは目をそらしました……。焼け石に水？　それとも火に油？

大好きなのでも〜、ずっと長生きしてほしいです。嫁じゃないからこそ堂々と言える。前に占いに行ってヒロチンコさんのママの思いを質問したら「私はお父さんとは他人だけれど、あなたは血がつながっているから大変ね～」とヒロチンコさんに対してしみじみ言っていると言われ、「お父さんをよろしくね……」とかじゃないところに妙なリアリティがあって大笑いした。とにかく昔の男は型にはまらず命がけの体験をいろいろくぐってきているから、ダイナミックなのだ。

奈良くんおすすめのSHOZOコーヒーに行ったら、ほんとうにいいお店だった。

普通の家の一部に突然カフェができているんだけれど、近所の「プレハブにてきとうに看板つけてそれなりにやるのがスタンダード、地元の看板の業者に頼んで、それから大きな交差点のあるところに広告板出しとこう、バイトも近所の学生がいくらでも来るし」みたいなお店とは全く違う、周囲の景観さえ変えるようなすてきな考え方。波照間《はてるま》のパナヌファを思い出すような強い意志だ。

もし自分に親の土地があって、そこで店を作ろうとしたら、周囲は無難にやれと言うだろうしその方が楽だろうけれど、そこには冒険も快楽も涙も切なさもない。

結局人間の意志だけが世界を作るんだな、と大げさではなく思った。

## 3月28日

英会話。行ったらシーズーのニニちゃんが少し前に亡《な》くなっていた。淋《さび》しくてしかたなかった。英会話をしているといつも足もとに座っていてくれたのになあ、と思うと、涙が出てきた。マギさんもとても淋しそうだった。ニニちゃんはマギさんをいつも守っていたし、ほんとうに飼い主さえいればなにもいらない犬で、亡くなるときもいっしょに寝ていたというので、ハッピーな犬生だったと思う。一度スーパーの前で誘拐され、そして保護され、戻ってきたこともあった。しかし戻ってきてからのニニちゃんはがくっと弱った。なにかされたわけではなく、ほんとうにこわくてストレスが大きかったんだろうし、それでも少しでも長くマギさんといたかったんだろうと思う。小さいけれど偉大な犬だった。

夜は歌子さんがうちに来ておいしい料理を作ってくれたので信じられないくらいたくさん食べてしまった。ヨーグルトとクミンとにんにくのソースは何にでも合う。ぴかぴかの笑顔は健在。うたたねしながら聴いた歌子さんの歌、演奏による「イマジン」はすばらしくて、天国にいるみたいだった。音楽の才能って自分にはないからわからないが、いちばん神様に近づくことができる清い才能のような気がする。

3月29日

旅のような一日。

朝は取材で豪徳寺へ行って、せっかくだからと招き猫を買う。

それから職安通りに走り、タムくんとヴィーちゃんと木村くんとあめやさんとコロちゃんと赤ちゃんがごはんを食べているところへ乱入してビビン麺《めん》をむさぼり食い、あめやさんちにちょっと寄る。いちばん懐《なつ》かしい感じの家でカエルも金魚もトカゲもいて、みんな優しくて大好きな人ばっかりで赤ちゃん欲も満たされ、夕方でお天気が夏みたいで、最高に幸せだった。

その勢いでアカスリに行って、ぴかぴかになってからヒロミックスさんと、お兄ちゃんの華麗な職場に肉を食べに行く。お兄さんはハンサムで妹に優しく料理がうまく、どれものすごくおいしくて、肉の焼きかたも理想的で、ヒロミックスさんはあいかわらず虹色《にじいろ》にキラキラしていて、チビはぽ〜っとなり、さらにはお兄さんにごちそうになってしまい、嬉しすぎて子供のようにもじもじしてしまった。

3月30日
キャロル・アドリエンヌさんのセッションを受ける。
本のままに誠実で、あたたかく、静かでしかし深く輝いているすばらしい女性だった。しかもいっしょにいる時間、彼女がほんとうに私の幸せとはなにかを見極めつつもそれを願ってくれているのが伝わってきて、感動した。たくさんの人のいろいろな場面を見て、自分もいろいろなことを体験して、そして今がある、だから自信を持って人の手助けをしたいというゆるぎない姿勢を感じた。

ご招待してくださった樽見さんのおじょうさんがうちのチビに性格も顔もそっくりで、人の家の子とは思えなかった。キャロルを囲む人たちがとても優しく明るくあたたかかったので、それも嬉しかった。

前にアメリカ人サイキック女性のセッションを受けた時に、周りのスタッフがものすごく意地悪く、いつもエロ話ばっかりしていてなんだかがっかりしたことがあるが、今回はそれと正反対で、甘やかされているのではなく良い意味で包まれているような感覚があった。

数秘術で人生の秘密を明らかにしていくのがキャロルさんのやり方だが、それもかなり学問として興味深いものだった。あまりにも当たっているので、衝撃を受けた。また彼女には現実的なセンスと芸術的なセンスの両方がそなわっているので、イメージが伝わりやすい。

ほんとうに行ってみてよかったと思った。全身が喜んだ感じだ。

夜はフラ。クムの不在を埋めるかのような豪華講師陣が華麗に踊っていてまぶしかった。いちばん前の列があまりにもずっと華麗だったので、ホヌちゃんがすぐに「あれ？　私もう後ろでいいんだっけ？」と真顔で列を下がっていってしまうのでぐいぐい押して前にいてもらった。最後のほうにさらに華麗にクムが登場して今宵《こよい》の目の満足度はパーフェクトだった。帰りはあの信じられないくらい辛い麻婆《マーボー》豆腐の店に行き、みな沈黙のうちに口中しびれながら食事を終えた。それまでにぎやかにしゃべっていてもあの麻婆豆腐が出てくると必ず沈黙になるのがあの店の特徴である。

4,1－6,30

4月1日

お花見。

その前にみっちりとチビとお散歩していたので、私はよれよれだったが、チビはばりばりのやる気で墓場の中を走り回って鈴やんと前田くんを困らせていた。

そして「ここは陽子ちゃんとチビちゃんのおうちだよ〜」と人の墓の中に住もうとしていた。縁起でもない。

両親もなんとか来たし、暖かかったし、ハルタさんや慶子さんも来ていい感じであった。

4月2日

親知らずのその後をなんとかしてもらい、虫歯をばりばりと削る。

中野先生「これはよしもとさんの話じゃないから、あくまでたとえとして聞いてね。

もしも奥よりも手前が先に治って来たとする。そうすると血がせきとめられてたまり、そこでいつまでもぐずぐずして膿《う》んだりすることもあるかもしれない。その場合はわざと傷をつけてもう一度そこから早く治るようにしてやることもたまにないとは言えない。よしもとさんの場合はそこまではいかないと思うけど、もしかしたらそういうこともある場合もあると考えてください」

どの角度から考えてもばりばりに私の話である……。

私が痛がりでこわがりなのを知っているから優しい中野先生はなるべくショックがうすいように話してくださっているのだな。ふっ、お見通しさ。

中野先生「日に日にえらくなっていきますね、前はとてもこんな治療できなかった」

私「いや、日に日にえらくなくなっていきます」

こわいことが多すぎるこの人生、小さく小さく生きていきたいものだ。

4月3日

もうおかゆも食べ飽きたと思いつつ、おかゆばっかり。

痩《や》せはしないのはなぜ。

チビも歯医者さんへ。彼は小児歯科なので、だましだましやはりばりばり削られていた。

その後のちょっとの時間に伊勢丹とバーニーズに走り、変なネックレスとか餃子とかを買う。今日食べたいものを今日買って来て食べると、案外量を食べないものだなあと思う。

「ばーさんがじーさんに作る食卓」のブログをよくのぞくんだけれど、写真もうまいんですよね、料理だけでなく。今日は書籍のほうを購入して読んだらあらためて感動してしまい、同じ感じの野菜炒《いた》めを作った。

**4月4日**

朝、ほとんど偶然に田中さんとお茶。

チャカティカの下北店にいつもいるようになったみたいだと思った矢先に、明日から旅行だそうだった。田中さんの、料理の才能ばつぐんなのにいじけてるところが魅力。

ヤマニシくんが来てくれたので、いっしょに超おいしいベーグル（上原の有名な店。具が絶妙で、一歩間違えたらすごくだめな組み合わせなのに最高のバランスで作ってる）を食べてから結子の家に行って、お茶したりしゃべったりする。外はあられが降りものすごく寒くて悲しくなっていたけれど、結子としゃべっていたら楽しくなってきた。友達はいいなあ。人に親切にしすぎないようにとまたも言われた。そして私がしてる変なネックレスを見て「それ首が痛くなるよ、その上変だよ、特にパワーもないしさ」と言われた。いいもん、好きでしてるんだし。

結子「私も自分の気にいった変なものを身につけるとき、今のまほちゃんみたいに見えるのか、気をつけようっと」

そこまで!?

**4月5日**

歌子さんのところにチビがちょっとだけピアノを習いに行く。

ほとんど遊んでいるだけだったけれど、初回にしてはよかったと思う。あまりにも今のままだったらやめよう。まあ歌子さんに会えて生ピアノを聴けるだけで親は得だ。

夜は蝶々《ちょうちょう》さんのラジオにゲスト出演。

あまりにも話が合いすぎて、会話がいらない感じ。

私は、蝶々さんはもう少し計算高いところがあるのかと思っていたら、まるっきり結子といっしょ。野獣で、本能しかなくて、まわりのことをちゃんと見て感じているけど、自分がどうにかしてあげたいって思ったりしない。ばつぐんに頭がいいけどそんなこともどうでもいいと思ってる。いいな〜。あとうちのチビと頭の丸さ重さの感じがいっしょで、なんかなでなでしたくなる人だった。とてもきれいだったけど、知ってる感じ(知らないエロさだとこわくて緊張する)だからあまり緊張しなかった。匂《にお》い立つようなエロさでもなくって、さわやかでむきだしの感じ。

となりにいてずっとくっついていたので、丸い完璧《かんぺき》なケツを触らせてもらって、得しました。思ったよりもずっとずっと懐《なつ》かしい、好きな感じの人だった。いやなところが一個もなかった。

蝶々さんのやっていることは、街にいる本を読めないような女子をきらきらさせてはげますこと。でも彼女の生き方はもうそこを超えている。そのむつかしい時期でさらにまわりは「銀座ホステスから作家へ……でもこれまでのフォーマットで書いてない、生きてない」からわけがわからずおっかなびっくりで見て見ぬ振り、あるいは未知数なので様子見。周囲もみんないい人たちだし彼女のこれからを楽しみにしてるのかもしれないけれど、彼女の道は彼女にもわからない。なにも目指してない莫大《ばくだい》なエネルギーと文才。

さぞかし孤独なときもあるんだろうなと思ったけれど、本質を見る目でちゃんと見ると、彼女の才能はものすごいから全然大丈夫だと思った。あの人は残るし、書いていくだろう。

4月6日

邪宗門でりさっぴと事務所の引っ越し契約完了のお祝いコーヒーを飲む。珍しくマスターが手品をしなかったなあ。あのご夫婦が生きているだけで幸せを感じるようなお店だ。森茉莉《まり》の気持ちがよくわかる。私も歳《とし》をとったらどこかの街で半径五キロ以内に異様な幸せを見いだしたいものだ。もしこの街だとしたら、行きつけの店のりえちゃんが長生きしてることが必須《ひっす》だな。あの人がいなくなったら引っ越しちゃう！

久々に海藻パックなどして、春先のかさかさを解消！

パックしてくれたのはものすごくかわいく優しいお姉さんだったが、全《すべ》てがもう少しいいかげんになって！　と言いたくなるくらいのていねいさで、自由がなさすぎた。私にはやはりアカスリくらいいいかげんなのがいいわ、という感じがした。あの「やばい、体に悪いかも」というリスキーな感じが全身を活性化するというか。

4月7日

というわけで陽子ちゃんとよもぎ蒸しをした。蒸し蒸しに蒸されて外に出るとあたたかい夕方で、陽子ちゃんが「わ〜、なんかすごく気持ちいいわ〜!」とにこにこしていたのでよかった。銭湯ってきっと昔はこうだったんでしょうね。

オハナちゃんの全身のかゆさが春とともにひどくなってきたので、病院に行く。蓮《はす》の植え替えに来ていた丹羽さんに病院まで乗せて行ってもらった。今年も蓮は咲くだろうか、どきどきする。メダカが池の泥の中で七匹も生きていたのでびっくりした。しかも金魚大になっているのまでいた。赤いのは全滅で、黒いメダカばっかりだった。すごい生命力だ!

オハナちゃんをつないで飼っていることがつらくて、かゆみもそのストレスだろうとうすうすわかっているので、もうなにか飲み込んで死んでもいいから放し飼いにしよう、と思った。ヒロチンコさんもうなずいていい感じだったが、その直後に革靴の中にみっちりとウンコをされてしまい、私がそれを全部掃除し疲れ果てて「またつなぐぞ!」とみんなで怒った。人間って勝手ね。

**4月8日**

昼間は珍しい楽器ソヘグムのコンサートのためにJTのホールへ行く。

「行きつけの焼き肉屋さんの息子さん夫婦が音楽をやっていてそのコンサート」といったら、なんとも義理っぽい低レベルのものをみな思い浮かべるだろう。しかし私が見たものはものすごい高レベルのものだった。さすがあのすごい店の人たちだ。今現在あの楽器は世界でもほとんど彼らがトップだろうと確信した。

確実に腕も上げているし、珍しい楽器だし、天性の素質もあるし、知性もあるし、ルックスも良い。言っては悪いが、これまで楽団に属していたことで彼らがレベルを下げざるをえなかったのだな、ということがわかった。あらゆる意味で彼らは世界中に呼ばれるだろう。そして家業を手伝い料理をし人と触れ合うすばらしいその手で楽器を演奏し、どんどん伸びて行くだろう。多分だれも見ていなくても、あの人たちは練習するだろう、楽器と愛し合っているからなあ、と思った。夫婦で全く才能の質が違うところも競演するにはぴったりだ。志を高く持ち、そして家族の生活を続けてほしい。家族の支えの強さそしてそこからも飛翔《ひしょう》して音楽とひとつになりたいという思いを強く感じた。

楽器の音を聴いただけで涙が出たのは久しぶりだった。どっちにしても弦楽器の音には弱いんだけれど。夫は切れがあり確信を持ちまっすぐで素直、妻は柔らかさの中に暗い複雑さがあり、違う持ち味が高い技術の中に溶け合い、ほんとうにすばらしかった。

夜はのんちゃんのお誘いで清水ミチコさんのライブに行く。しほちゃんや和田先輩もいてとっても幸せだった。

とてもここには書けないネタばっかりだったが、時事問題が絶妙にさしはさまれていて最高、腹が痛くなりアイラインが全部取れるまで笑った。なんてすばらしい人なんだろう、かっこよすぎる〜。面白いことのために生きている人生のすばらしさ、隙《すき》がない面白さだった。

4月9日

チビが「イマジンゼア〜ズノーサンキュー、イマジンゼア〜ズノージョンレノ〜ン」と歌っていて両親大爆笑。まあ、ある意味では合ってなくはないけど、それじゃあいけないというか、だいなしというか、もはやパンクだ。

英語の幼稚園に行かせているかいが全く感じられない……。

4月10日

あるところのトイレに行ったら、そこのビルにほとんど住んでいる感じの人たちの歯ブラシなどが置いてあり、さらにいかにも（あくまでいかにもですが）ちょっとだけ出てしまった、という感じで人間のウ……が落ちていた。かなり驚いた。日本ではないみたいです。新宿区だったんだけれど。それでなんとなく精神的にダメージを受けた自分がかわいく思えた。

4月11日

小黒さんはよくお見かけするし何回かお話したこともあるけれど、ちゃんとお話するのははじめてだった。J－WAVEのお仕事。頭が切れて判断力があって、男！という感じの方であった。はじめてお会いしてからほとんど歳をとってない感じ。あいう業界にはこういう「男！　仕事！」という感じの人が少ないので、大事なことだと思う。ソトコトの連載でおなじみ、ヒロチンコさんの同じ分野の研究者でちょっぴり憧《あこが》れていた福岡先生がいらして、かなり動揺した。狂牛病についての著書をいただき、読んでいろいろなことにぞうっとした。研究者の文章はたいていの場合かなり論文調なのだが、福岡先生は大胆な推論を文学的に書くすべを心得ていて、かなり読みやすかった。

ヤマニシくんと寒いのはいやだ、引っ越したいという話を切実にし合う。

寒いのがほんとうに嫌いで、風邪ばっかりひいているのがふたりの共通項であった。なんとなく悲しい友情である。

4月12日

朝、チビといっしょにデパートに行ったら、自分は一個だけと言われたおもちゃをしっかり買ってから、もうひとつ欲しいものを見つけて「そうだ！　これはママが買えばいい」と言っていた。なるほど。

ものすごい花粉症がふたたびおそってきて息ができないので、マスクをして一日過ごす。マスクをしてする太極拳《たいきょくけん》、マスクをしてするフラ、ほんとうに苦しくて目まいがした。

じゅんじゅん先生は一定のテンションで動きもゆったりしていて、常に目がきらきらと輝いていて、やはりただものではない感じであった。そしていきなり太極拳がむつかしくなったので、タコおどりみたいな感じでなんとかついていった。

フラは自分がこのところ忙しくてさぼっているのがいけないのだが、全く知らない部分がたくさんある踊りをがむしゃらに踊ったので、美しいインストラクターの人々が見ているのに緊張するひまもなかった。後から考えてみると、あの人たちの前で踊りを踊れるなら、ノーベル賞なんかちっとも緊張しないと思う（取れないけど）。

4月13日

昼は、渋谷のもとサンディーズフラスタジオがあった懐かしいあたりで、『すくすく子育て』のインタビューを受ける。子育てについてはなるべく語らないようにしている（全く自信がないから）のだけれど、依頼があまりにもきちんとしていたのと、天野ひかりさんにも小さいお子さんがいるということで受けてしまったが、やっぱり自信のないまま終わった……。天野さんがものすごくオープンな人で、「人の話を聞く時はちゃんと偏見なく裏表なく接しよう」という心がひしひしと伝わってきて、プロだなあ、と思った。こんな聞き上手のママがいたら、ママの目を輝かせたい、聞いてもらいたい、と思ってチビはいっしょうけんめいママに話すだろうなあと思った。

夜は森くんを連れて、ヒロミックスさんのお兄さんの鉄板の店へ行く。

今回はちらちらとお兄さんを観察してみた。うまい！　拍手したい感じ。決して素材をだめにするまで火を通さない。肉の焼きかたとガーリックライスで実力がわかるね。

チビをあずけているMさんの終電に間に合わないと思い、あわてて帰ろうとしたら、いただいたパンなどはしっかり持って自分のかばんを忘れていた。恥ずかしい……。

## 4月14日

いっちゃんと森田さんとチビがきゃあきゃあ騒いでいるのを聞いていると、とても幸せになる。その頼もしさ、ひとりひとりの力の大きさを思うと、気が遠くなるほどだ。

いつもの菓子屋に行く時、銀行や買い物に行く私はいっちゃんとチビといっしょに途中まで歩いた。私が「ここで別れるね、すぐ帰るから」と言うとチビがすごくしょんぼりした。いっしょに行きたいけど、用事があるから人を雇っているわけで、でもそんなことチビにわかるわけもなくて切ないなあと思っていたら、いっちゃんが「よし！　お菓子買いに行こう！」と元気な声で切り替えてチビを連れて行った。いっちゃんもこれまでの人生で何回そうやって切り替えて来たんだろうな、と思った。

私は人がこわいし、人間があまり好きではないんだけれど、無償で与える人の力のすごさを見るたびに何回も立ち直る。

## 4月15日

駅前で陽子ちゃんを張っていたらすごい早さで歩いて通り過ぎて行ったので、チビとふたりで走って追いかけてみんなで抱きついて、いつものカフェでお茶をした。チビはついにひとりでお茶をひとつオーダーする年齢に突入した。いつもはこんぶ茶を私と分けて飲んでいたのに。

晴れているし、高橋先輩のお誕生日でちょっとお茶をしたらふたりともかわいい顔をしていたので、とてもよい気分だった。カフェのコーヒーの樹《き》にコーヒーの実が三個だけついていたのもよかった。腎臓《じんぞう》を大事にする話でもりあがり、体をごしごしするブラシはとってもいいよ！　とミカちゃんが言ったので、その気になってすぐ買いに行った。

4月16日

チビは風邪でダウンして幼稚園お休み。またもよもぎ蒸しをして、下半身あたためを強化する。

かなりいい感じに温まったのでほっとする。寒くて真冬のようで、ものがなしいほどだ。ヒロチンコさんと待ち合わせをして、そばを食べる。カレー南蛮とせいろを両方食べてしまった。

夜は実家へ行き、姉の作ったおいしいものを食べる。いわしのリエットなんか最高だった。いくらでもパンを食べてしまいそうでやばい。ちょっと元気のない石森さんのためにこってりしたマンゴチーズタルトを買ってきたので、最後はそれでしめた。実家へ行くと必ず一キロ太るが、幸せなのでよしとしよう。

4月17日

あまりにも寒くてチビも体調が悪く夜中じゅう苦しんでいたし、なにもやる気が起きないので家がぐちゃぐちゃだし仕事もたまっていたがしばし寝込む。

夕方陽子さんが来た頃からじょじょに復活してかろうじて晩ご飯のおかずを買いに行った。

やる気が出ない時は出ないままでいるしかないので、気持ちはあせるがしかたないのだ。

4月18日

少し体調は戻るも、寒い。寒くてもう怒りさえわいてくる。

冬が暖かかったのはまあいいが、寒すぎだ！　コートを引っぱりだして、なんとか英会話へ。寒いのがきらいで楽しいのが好きな夢見がちな三人で楽しく英語をしゃべった。

用事をすませてから屋台系餃子こうちゃんへ走り、餃子をテイクアウトして、家でみんなで食べる。初めて買ったのだが、店の人の感じがとてもよくって、しかもおいしかった。ヤマニシくんが十キロ近く痩《や》せていてうらやましいが、もともとそんなにすごく食べる人ではなかったような気がする。痩せるときって、一回きっかけができてしまうと案外ずるずるとやせるかも。

そして大量のゴーヤチャンプルを作ったが、みんながみんな食べてしまったので、内心びっくりした。いつものだと少なすぎたかもと思って。

**4月19日**

チビのピアノ。

いつになく彼にしてはやる気で、前の日から練習したり「歌子さんとこ行く」と言っていた。ほとんどおしゃべりしていたけれど、多分いい感じだったと思う。歌子さんの生ピアノを聴けるだけで彼の人生にとっていいだろう。

麻布十番でおもちゃを買ったりおでんを買ったりして、いろいろ楽しんでから私だけフラへ。オガワさんに教えられながら難しいフォーメーションをなんとかこなす。みんなで帰りはめずらしく居酒屋へ行った。困ったことがあるとにかく真っ赤な偽《にせ》梅《うめ》のペーストをかけてしまうという手法の多く見られる居酒屋であった。りかちゃんから、目からうろこが落ちて青春をやりなおしたくなるようないろいろな恋の手管を聞いた。

蝶々《ちようちよう》さんとりかちゃんにはもっと若い頃に出会うべきであった。

**4月20日**

事務所の引っ越し。

ヤマトの人ってやっぱりすばらしい。あの会社がいつまでも今のようであってほしい。住む人の気持ちになっていっしょうけんめいいっしょに考えてくれるし、惜しみなく知識をさずけてくれるし。他のあらゆる会社に頼んだことがあるが、絶対ダントツだ。

一日にして事務所がいい感じにできあがったので、涙が出そう。

そのあとあわてて原さんの展覧会の内覧会へ行く。絵のあまりの数に圧倒され、色彩に胸打たれ、原さんがよれよれなのに涙した。

## 4月21日

ちょっと歩いて古本屋（下北沢のアイドル、愛《いと》しの蓮沼さんがやっているワンラブではありません）に行ったら、探していたすばらしい本が二冊もあったのでごきげんになる。狭いので、店主と同じテーブルでコーヒーを飲んだ。彼の顔に「よしもとさん？　いや、しかし、いや、よしもとさんだ、いやしかし」と書いてあるようだった。私の本もいっぱいあって、ブックオフとかで売られているよりもずっと幸せだった。こんな消費の速い時代に、よい古本屋さんが栄えなくてどうしましょうか！

慶子さんの結婚パーティへ。

あまりにも宴がたけなわだし慶子さんもいないし、きっとみんな聞いてないと思い、かなりいいかげんにスピーチしたら、ビデオに記録してあるのだった。そりゃそうだ。もっと亡《な》くなったお母さんのこととか語るべきだった。でも涙が似合わない会だったので、よかったのかもしれない。

後から同じくスピーチしていた高橋尚子さんの足首の細さとふくらはぎの全くムダのない筋肉をほれぼれ見つめた。応援してます……。

アレちゃんのサルサレッスンで綾子さんと密にサルサを踊ってちょっとぽわんとな

った。

昔同じクラスだった愛おしい人たちの踊りを見たり、慶子さんとオガワさんとみゆうちゃんのセクシーなタヒチアンを見て、とってもよかった。みんなとてもきれいだし、慶子さんも輝いていた。ほろり。

あの岸和田の中場さんが来ていて、これもどきどきした。チビが「なんや〜！」と言い返したりするので、やめとけ！と思った。

もちろんチビには怒ったりしないけれど、きっとあの人、本気で怒ってから喧嘩《けんか》の先手をうつまで一秒以下だろうなあ、と思った。そういう目をしていました。

そこでおとなしく小さくなって、森くんと陽子さんとヒロチンコさんとチビでピザを食べて帰る。

慶子さんおめでとう、人生の今の地点に、ほんとうにいい人が待っていてくれて、よかったです。

うちの事務所にいた時期、慶子さんの人生はどん底だったと思う。忙しく、恋愛はうまくいかず、お母さんの看病をし、お母さんを亡くし……。でも誠実に生きてきた彼女を神様はちゃんと見ていたんだな、と思った。

## 4月22日

チビの幼稚園のバザーに行って焼きそばを食べたりくじびきなどしていたら、原さんとの対談の時間にばっちり遅刻した。駐車場の精算機が壊れて車が出ないというハプニングもあり、どきどきした。

トークショーは目の前に永野さんが見え、加藤木さんと飴屋《あめや》一家も発見できたので、全然緊張しなかった。最後に披露された原さんの「海のふた」をうっとり聴いていたら、突然歌詞を忘れた原さんが露骨に私のほうを見て「なんだっけ……」と聞いたので、現実に引き戻されてびっくりした。

すらすらと歌詞が出てこなかったので、ヒントしか言えなかったが、ぴんと来たみたいでそのあとはすらすら歌っていた。考えてみたら歌手ってすごい。フラの振り付けみたいに体で覚えているのだろうな。

みんなで展示をもう一回見たら、一度目よりもずっと感動した。丹念に描かれた絵を見るときよく起きる現象だ。技術がどうとかではなく、絵と言うのはそもそも、なにか伝えようということがあって、それを人に深いところでわかるように描くから感動するんだとあらためて思った。技術的にはもっとすごい美大卒の人がいっぱいいるだろうけれど、原さんの作品の品格のようなものや、あの脳の中で起きている独特の世界を持っている人は他にいない。

4月23日

昼ご飯を食べる店の前の椅子《いす》に人が並んでいたのでそのあとに並んでいたら、なんとそいつらは先に飯が終わって連れを待っているだけの奴《やつ》らだった。ほんとうは席があいていたのだった。確認しない間抜けな自分も悪いが、ひとこと「僕らは人を待ってるだけで並んでないです」と言えないのかね？　と思った。でも間違いなく、彼らのやってる店（店をやっていることを語り合っていた）はそのうちつぶれるだろう。呪《のろ》いとかではなく、そりゃ～あたりまえだ。

そのあとヒロチンコさんと岩盤浴に行ったら、受付の人がこれまたものすごくって、飛び込みで来た外人さんに、彼が「はじめてなんだけどどのコースがおすすめデスカ」などとその前に三回くらい言ったのに「会員カードはおもちでしょうか～」と言っていた。

頭って使わないとほんとうに悪くなってしまうんだなあ……。

おじいとまりちゃんと打ち合わせで餃子を食べる。その店でチビが盛大に吐いたが、中国の人たちはちっとも気にせずに「また来てください」と言っていた。老辺《ろうぺん》餃子館、それでも残念なことに味ががた落ちであった。

ふたりにいただいたスナックパイン、食べていたら棘《とげ》がささって血だらけになっていたチビだった。「パイナップルと血の味がする」と冷静に言っていた。口元大変な一日。

## 4月24日

家の前に捨てておたまじゃくしというか置きおたま？　がしてあったので、動揺してあちこちに電話したが犯人？　は見つからず、結局チャカティカの田中さんのしわざであった。

先輩とミカちゃんと結子と陽子とチビで、小雪ちゃんの参加している展覧会へ行く。あらゆる意味でのびのびとしている彼女であった。相変わらず頭小さく色真っ白。

それからウェスティンの中華でいろいろな野菜料理を食べ、先輩とザーサイを奪い合ったり、チビの手品を見たりして、楽しく過ごす。店の人が若いお姉さんなのにすっごく優秀で、この人ひとりいれば、昨日の岩盤浴の店が一軒簡単にまかなえるなと思った。これからは人材が宝の時代だな〜。

チビ「あしたのおべんとうには穴のあいたレンコンをいれてもらうんですよ」
結子「いっぱい食べるの？」
チビ「いいえ、レンコンはきらいなんです」
結子「きらいなのにどうして入れてもらうの？」
チビ「残せばいいんですよ」
よくないんですよ！

4月25日

ヤマニシくんにチビをあずけて、ここぺりへ。昨日仕事で半分徹夜したので、ものすごくよく寝てしまい、寝ぼけてサイフを出しただけで満足してお金を払った気になって帰ろうとしてしまった。みんなが仮面ライダー電王にはまっていて、異様にくわしいのでおかしい。私はやっぱりカブト派だな。グルメ、妹萌《も》え、虫、暗い過去などあらゆる意味で私の好きなものが入っていた。

4月26日

電王もちろん見てるけど、それぞれのフォームの音楽も区別できる状態だけど。

マッサージのおかげでなんとか目が復活したので、またも徹夜で、なんとかしてハワイの小説の原さん用初稿を書き上げる。ちょうど徹夜のぶんだけ関さんにチャージしてもらった感あり。

細切れに書いていたのをつなげたので後で直すのがすごく大変だが、ひとまずほっとする。

東急の沖縄フェアのまりちゃんを冷やかし、チャンプルの素《もと》なども買い、フラへ。遅刻したらクリ先生とカオリンさんとちびしおさんとあゆむさんのあいだに入らされて、天国と地獄を両方味わった。その時間だけ自分のウェストも細くなり、踊りさえもうまくなった気がしたが、全《すべ》て錯覚だった……。しかし、なんとなく姿勢がよくなったので、美人といると美人になるがブスといるとブスになるっていうの、もしかしてほんとうかも。

そのあとはなぜか角川春樹さんに十五年ぶりくらいにお会いし、根本さんの真実など語り合い、たくさんごちそうになる。ご自分にも責任があるとはいえ、身内を含むほとんど全ての人に裏切られた経験が彼をよりいっそう愛情にあふれたオープンな人にしたと思う。日本刀だけど、ふんどしだけど。でもやっぱり生きて、暗くゆがまずに娑婆《しゃば》に出てきて、全く変わりなく独自の生き方を展開しているのは、頼もしく嬉《うれ》しかった。五歳くらいからの知り合いだからなあ。

「おまえ、いい女になったな！」と言われてごきげんな私、そして「春樹ぽ～ん！」と手を握る蝶々さん。すごく濃密な時間を（メンツが濃すぎだよ！）過ごした楽しい夜だった。蝶々さんはとなりにいると必ずもたれかかってくるのでものすごく得した。それで彼女は無神経に大酒飲んでいちばんはしゃいでいるように見えて、私と陽子さんがまだ晩ご飯をなにも食べてないのをすぐチェック、すぐさまお店の人にちょうどいい量を注文してくれた。そのことを決して悟られないように、でも計算ではなくって。こういうのをほんとうに育ちがいいっていうんだなあ、見破れない人たちがばかだなあ、と思った。

いちばんいい会話。

蝶々「春樹ぽん！　女の制服なにが好き？」

春樹ぽん「巫女《みこ》だな」

**4月27日**

陽子さんのパパ、ヘルニアの手術が終わって麻酔が覚め、看護婦さんに「ご気分はいかがですか？」と聞かれて「最高です！」と言ったそうだ。かっこいいなあ……。

それに感動し惚《ほ》れなおしつつ、ブッククラブ回のインタビューを受ける。とても賢そうな人たちだった。昔からとっても大事に思っている書店なので幸せだった。

夜はロルフィングを受け、腰がびよ〜んとのびたのでびっくりする。いつも写真を見てもそんなに痛快に変わらないのだが、今回はすごかった。大きく動けばいいってものではないと思うけれど、やはり感動する。腰がびよーんとのびると、かかとの後ろにちゃんと重心がのるようになったのも不思議。南国的なよい歩きができるようになる。

**4月28日**

新しいTシャツを着て、朝、机に向かっていたら起きてきたチビが寝ぼけながらやってきて「すてきなシャツですね」と言った。ううむ。うまい！

昨日足がつって（糖尿ぎみだからだと思う）ふと思ったのだが、出産のときやその前にかなり足がつった時期があって、はっきり言ってお産よりも痛い。連続して筋肉がつっていく恐怖というか、こむらがえりの痛みというか、ねんざよりも痛い時がある。実際つった部分は翌日も足をひきずるほど痛い。あの種類の痛さにすごく弱いというのもあるが……。そこで今朝はちょっと趣向を変えて被害者的気分から楽天的気分になってみたら、痛さが半減したのだった。ポジティブに考えたわけではなく、のたうちまわりながら「くく痛い痛い、でもまあそのうちいつか終わるだろう〜」くらいの投げやり気分。江古田ちゃんくらいのトーンで。

野口先生の「実はお産は痛くない、収縮する感覚を痛いととりちがえるのだ」というのをずっとそこだけは「うっそ〜ん！　ありえね〜、だって痛かったもん！」とすごくバカっぽく思っていたが、もしかして……という可能性が出てきた。もう一回産むことはないので、後続のみなさんにためしてみてほしい。

**4月29日**

朝、犬たちをいっぺんに洗ったらけっこうな重労働でへとへとになった。二匹いっぺんだといろいろなことをしだすのでものすごく大変。目を離すとすぐぷるぷるして周囲もびしょぬれになるし、乾かすとドライヤーの取り合いでけんかするし。でもみんなでびしょぬれになって楽しかった。

なので疲れを取ろうと陽子さんとよもぎ蒸しに行く。熱かったけど、すごく汗が出て、壮快。そのあと餃子でビールを一杯飲んだりしてふたりともごきげんで帰った。台湾に旅行に行ったような気分だった。

一作一応書き上げたので自分へのごほうびに指輪を一個買い、伊勢丹の地下でほうれん草のナムルとチヂミと辛い唐揚げとケジャンを買って、今日の晩ご飯はとっても韓国風だった。

**4月30日**

このあいだ沖縄フェアに行ったとき、ものすごく沖縄風の服装、長いひげ、三線《さんしん》まで持って「はいさい」と言っている沖縄的態度のおじさんがいたのでヒロチンコさんと「人間国宝か、いや、絶対違うだろうな」と言い合ったのちに琉球《りゅうきゅう》ぴらすのお姉さんに「あの人、人間国宝ですか？」とたずねたら「ただのおじさんだよ」と言われたのでおかしかった。

いつも思う。人はどうしてスタンダードに向かってしまうのだろう。ヒゲとロン毛と作務衣《さむえ》、体格のいい坊主《ぼうず》頭に黒Tシャツ、ゴムのパンツとつっかけでショートカット、などなど。そういう自分もライフスタイルに合わせてどんどんヒッピー調になっていくのを止められないのだが。ヒッピー調は、やってみないと決してわからないことなのだが、実はまだまだ人に自分を見せたい欲がないとできない服装でもある。

豪徳寺に行って、母への誕生日プレゼントのまねき猫を買う。そして実家へ。今日のメニューはふきご飯に柿《かき》の葉寿司《はずし》、羊のケバブなどだった。ケバブはみーさんのモンゴルみやげのスパイスをばっちりと使ってあって、ものすごくおいしかった。

母はもうあまり出かけられないから、数年前くらいはデパートで母の日などにバッグや靴を買ってあげている人を見てうらやましかった。でも今は「家で楽しめるものはなにかな」とまず思う。人は慣れる。慣れてそのなかで楽しみを見つけようとする。それが切ないところでもあり、すばらしいところでもある。

5月1日

チビが歯医者でものすごくがんばって三本も治療したので、帰りにデパートでおもちゃを買ってあげたらものすごく喜んで「このおもちゃの中で暮らしたい」とまで言っていた。りさっぴがいろいろ融通をきかせてくれたので、ものすごく助かった。

「今日の仕事は送迎だけじゃなかったっけ？　予定と違います、疲れちゃうな」と思うタイプの人には絶対できない仕事である。私も子供との生活でいちばん学んだことは臨機応変ということであった。それができない人とは決していっしょに旅行したりできないのだった。

歯医者さんで人間ではないようなすごい人を見た。半透明で光っていて、目がダイヤモンドみたいなのだが、ものすごくみすぼらしい服装で、歯がない女の人。どうぞお先に、と席をゆずりあい、お大事に、と別れただけなのに目が合っただけで涙が出そうなくらいにきれいな人だった。

5月2日

銀行に行って、やっと定期預金を作る。そんなにお金があるわけではないのだが、普通預金に入れておくのをやめただけである。いよいよ引っ越せなくなってちょっと嬉しい。そこでいろいろ話を聞いてしみじみと思うが、自分が全然賛同していない理念を持つ国や企業に投資するなんて、どんなに少額でも、どんなにどっちにしたってお金はぐるぐる回っているとしても、私には全然興味がない。ありえない。

姉が変な猫の記事を書くのでタマちゃんの取材にやってきたので、餃子など焼いてもてなす。チビはものすごく喜んでいた。ヤマニシくんもいっしょに早い時間のごはんを食べた。夏の早めの夕食ってこの世の幸せの中でもトップクラスに入ると思う。チビは姉といっしょに行った駄菓子屋さんでいっぱいお菓子を買ってもらえて、大喜びしていた。大人たちは「ねるねる」と「なるなる」と「金魚すくいやさん」をいっぺんに見て、その色彩におびえてふるえた。合成着色料は入ってないっていうけど、でも！

たまに来る大好きな人と、自分のいつも行くお店に行くのってこれまた最高なんだよね、わかるよ、と思う。

「今日はいい日だった、さわちゃんが来たから」とチビは寝るまで言っていた。

5月3日

フラへ。

ものすごく人数が多かったけれど、みんなお休みで気持ちが明るくなっているので楽しかった。帰りにたまたま美しいインストラクターの人たちといっしょになり、いつもの店でいっしょにごはんを食べたが、美しい人たちは薄着でいつも姿勢がよく、ううむ、なにかが違うと思わせられた。ちびしお先生がどんどんきれいになっていくので、高校生から見ている私はどきどきだ。りかちゃんが「よもぎ蒸しの椅子、ああ、スケベ椅子《いす》に似てるやつね」と言って、年齢とか経験とか知識の幅をうっかり公開してしまい、そのあとものすごく照れていておかしかった。

## 5月4日

亀有に行けば、きっと両さんの銅像があるはずよ！　と思っていたら、ほんとうにあったので、喜んで記念撮影をした。

亀有って昔はもっと下町だったような……大都会に変貌《へんぼう》していてびっくりした。

そこでフラのイベントがあったので、のんちゃんとせこさんを応援しに出かけたのだった。いつも親しくしてもらっているがひとたび舞台に登ればのんちゃんは大先輩なのね……と胸がしめつけられた。レイ先生の赤ちゃんも触れてとても幸せでした。クムがステージに出ているあいだ、太陽の光も風の感じもみんな突然にハワイそっくりになったので人の力ってすばらしいなあとあらためて思った。

そしてクリ先生の私服も超薄着だったので「美人ダンサー薄着説」がますます濃厚に。

少し寒くなるとすぐババシャツを買い込み、真っ黒いタイツと靴下重ね履き、アウトドア用ダウンなども着だす私は論外であることもわかってきた……。

慶子さんも来ていた。結婚して幸せだからなのか、お母さまを亡《な》くしてからの悲しみにくれて苦悩する慶子さんではなくって、いちばん楽しかった頃の優しい慶子さんに戻っていて、これまた会うたびに胸がいっぱいになる。

夜はたまたま集ったオガワさん、あっちゃん、りさっぴ、ヒロチンコさんというわけのわからないメンバーでアッキアーノに行き、がんがん飲んで食べる。冬の料理よりも数倍おいしかったのは、私がシェフの味に慣れてきたからなのか、春の素材のほうが得意なのか？　エビのだしがほんの少し生臭かったのと、バーニャカウダをもしかしてシェフがあまり好きでないのかな（前回も思った）？　というところ以外は、若いのにほぼ完璧《かんぺき》な料理であった。シェフって毎日「自分の店」というタイトルの絵を描くような仕事だな、と思う。最終的にはひとつの絵としての個性ができてくるというか。

## 5月5日

久々にいっちゃんが来て、チビ大喜び。ママなど見向きもせずにいっちゃんいっちゃん言っている。

そのすきに私は原さんと佐野史郎さんとエンケンさんというものすごい組み合わせのライブを見に行く。おふたりをゲストに迎え原さんが幸せそうでよかった。佐野さんもギターと歌がものすごくうまい上に、心の中を表現するのがさすがにうまく、とてもよかった。エンケンさんは前に観《み》た時の数倍くらい演奏と歌がスピードアップ！していた気がするけれど、もうとにかくかっこよくてしびれた。「不滅の男」を聴いてそうだそうだ！ とものすごく感動した。これは、昔はわからなかった気持ちかもしれないな。「踊ろよベイビー」はいつ聴いてもぐっと泣けてくる。同じく彼にしびれた陽子さんもためらいなくエンケンふんどしを買って「私が自分ではきます」と言って、エンケンさんを「それはいいなあ！」と喜ばせていた。

昨日ちはるちゃんの美しい妹さんに「男をいちころにするコツ」（だからもう遅いんだって、今頃聞いてもさ）を聞いたので、これも男だしな、と思ってチビにためしてみたら突然口にチュウしてくれた。反応良すぎだ！ そんな強者《つわもの》の妹を持つちはるちゃんからのんびりとメールが来て「チビくんって豆丸の衣装が似合いそう！」とか書いてある。こっちは子供もいないのにぜんまいざむらいの内容を熟知。どっちも大きく間違っている……。

と思っていたら陽子さんから「ふんどしをしめたらおしりがたれていてしまりない感じです」などというものすごいエロメールが来て、これがいちばん間違っていると思った。

5月6日

どうしてもやりたくてはやりの足裏デトックスをしにいくが、どうも納得がいかない。なにがどうというわけではないし、どろどろとものすごい何かが出てきたのだが、なんだかわからないけれどすっきりしない。ううむ。

ダニエル・ジョンストンの映画をやっと観て、涙する。すごい才能。紙一重のところで狂気に転ばなかったたいへんさ。愛はあっても相容《あいい》れることのない思想の家族。特典映像のところに何十年も思い続けた初恋の人が笑顔で出てきて、ほんとうにすばらしい女性だったので、ものすごく感動した。

5月7日

「バベル」を観る。外国の人が撮った日本にしてはかなりよく描いているのではないだろうか……。

菊池凜子《りんこ》さんは、ろうあの人の顔の筋肉の動かしかたまで演技していてすごいと思った。あの使い込まれたヌードを処女の高校生と見てくれるのは海外の人だけであろうな～。でも、そんなちゃちゃを入れられないほどによい演技だった。

あまり詳しくは書かないが、あとはケイト・ブランシェットがものすごくよかった。

映画以外の感想としては、
1役所広司の役の人はあらゆる意味でハンティングをはじめないほうがよかった。

2お手伝いさんの地元が遠くても地続きだったら子供をあずけて家をあけないほうが賢明。

私の中にあったメキシコ欲とアフリカ欲が最後の一滴まで消え失《う》せた名作だった。

**5月8日**

最近のチビの名言。

指を小さくケガしてちょっと血が出たら「こんなに血が出たら演奏できなくなってしまう……」とひとり小さくつぶやいていたが、おまえはいったいなにを演奏してるんだ！

それからいっちゃんとお花屋さんに行って、ママのための母の日のお花を選ぼうよ、と言われて、

「み〜んな買えばいいじゃない、なめざえもんみたいに」

と言っていたそうだ。なめざえもんはぜんまいざむらいに出てくる「お金ならいく

らでもあるでやんす」が口ぐせの人である。
いっちゃん「まさかそこでなめざえもんが出るとは思わなかったなあ」

5月9日

いろいろあってゲッツさんのおうちにちょっとだけ行く。前田くんと珍道中。帰りは深大寺に行ってそばを食べ、観光気分まで満たされた。

お父様もゲッツさんもやはりただものではなくって、目がものすごくきれいでかっこいい人たちだった。わけもなく本になることとなんてこの世に一個もないんだなあ、と思った。

男の子のお母さんがどんな気持ちで息子の人生を見ているか、私には最近わかるようになった。しぼりだしてもしぼりだしても出てくる愛情に自分が圧倒される。だから最高のお母さんを持っていたゲッツさんにはむりせず、健康で、楽しく、急がずに書いてほしいなあと思う。

映画がどういうふうかわからないけれど、原作に関しては「ワルボロ」から「メタボロ」になったとき、もう子供ではいられないあの憂鬱《ゆううつ》な感じがぐっと濃くなった。あんな緊迫感のある少年時代でさえもまだまだ無邪気で楽しかったんだなあ、という切なさの書き分けができている。計算してできているわけではない気がする。それでも彼には、他の「ワルの自伝」と違う、芯《しん》から文を書くようにできている人の持っているなにかがあるように思う。ある種の知性とか内気さとか内省とかやさしさとか余裕とかそういうものかもしれない。

5月10日

チビはピアノへ。けっこうやる気があるみたいだ。すごく楽しそう。後からピアノの学校の近所にあるおもちゃ屋さんに行くのが目当てか？

でも楽しそうだし歌子の演奏が生で聴けるので私は嬉《うれ》しい。

そのあと、前田くんのお姉さんが働いているお店を冷やかしにいったら、冷やかすどころか考えられないくらいかわいいお姉さんだったので衝撃を受けた。自分のお姉さんがあんなにもかわいかったら、私だったらもう一生結婚なんかできない！

チビがむずかってばたばたしたりいろいろなことがあって遅れてフラに行き、なんとか参加する。あまりにも必死でとなりにいたちはるさんしか覚えてない。

帰宅したら森先生からとてつもない規模のプレゼントが届いていたので、チビが喜んで発狂しそうになっていた。ヒロチンコさんがさくさくと組み立てて、家の中に重厚な機関車が走り出した。線路を重いものが走っている確かな音がしてきて、こんな幸せなことだとは思わなかったな～、という気分になる。高校の三年間、あんなにNゲージを見てきたのに、それでちっともよさがわからなかったのに！　まさか自分がこっち派だとは。

　だって山手線とか中央線なら行けば見れるじゃんとか思ったし。小さくなくても。あと創《つく》られた線路脇《わき》の緑がどんどんほこりまみれになっていくのとか、もの悲しくて。

　でもみんな徹夜で作っていて、それには感動したけれど。

**5月11日**

作者ことさくら剛くんの打ち合わせにむりやりに顔を出して、かえってみんなに気をつかわせる……。

　思った通りのすばらしい人だった。旅っていうのはだいたい自問自答と内省とみじめな待ち時間と自分のちっぽけさと向き合うもので、その中に突然どかんとすごい景色があったり、泣けてくる出会いがあったりする。その両方が書けないとだめなんだけれど、彼はほんと～うに珍しくそういうのが描ける人だと思う。根気があって頭がよくて、やっぱり文章を書く側の人。自分をとことん笑ったあとに出てくるもっと静かな気持ちを知ってる人。

それからえりちゃんちに行って、最近の自分について語りまくった。えりちゃんがあまりにもばしばしといろいろ言い当てるのでなんだかスポーツをしたような爽快感《そうかい》があった。それからいっしょにゲリーと大野さんに会いに行く。ゲリーは前回よりもいっそう若く見えたが、大きなプロジェクトの最中だけあって緊張感が感じられ、えらくかっこよかった。彼はとても複雑な人だが、最高にラブリーでもある。いつもはひとりぼっちの長い日本出張だが、今回は奥様が後からやってくる。「あと数日でリンダがここにくるんだ、信じられない……」とつぶやいていたのがかわいかった。

5月12日

なが～いほうきを買いに行く。見つかった時は嬉しかった。タクシーの運転手さんとどこに売っているかずっと語り合っていたからだ。短いのは見るけど……あそこにはあるかも？　いや、あっちで見た、などと話はずみまくる。

私がいろいろ用事があって週に何回もいく自由が丘、しかも狭い道にがんがん通る車を避けたくて毎回歩く屋内の商店街に、ものすごくにぎわっている数珠《じゆず》の店がある。

昨日えりちゃんにそこは若い女性に大人気だよ！　というのを聞いて、今日も通りかかってみた。いつも通るところなのでいつものように。できあいのでかわいいお数珠があったら自分と陽子さんとヒロチンコさんに買おうかな、くらいの気持ちで。そうしたら、ものすごおおく混んでいて、予約は一ヶ月先になると書いてある。店頭ではもう質問も受け付けられないかもしれません、という感じの記述。とても人のよさそうなきょうだいがやっていた。良心的価格でクオリティも高く、とってもきれいな石たち、そして込み合う中にぐるんぐるんうずまく人々の欲望、接客で必死の妹さんを見ていてなんだか切なくなった。都会って……。

沖縄にいるときの彼らはどうだったんだろう、今はどうやって彼ら自身はチャージされているのだろう？　人の幸せのために働く人、人の欲望の渦にまみれている人ってみんなちょっと切ない。

でもそんな私も仏教徒ではなく神道《しんとう》なのに買おうかなって思っているひとりで、やはり欲と好奇心とはやりもの好きのいやらしい都会っ子……。

真っ向から人の幸せを考えてそれをわりとオープンな場所で商売（すなわち人の欲が商品を通じて自分に入ってくるお金に換わる仕事）にするっていうことのむつかしさをじっくりと見たような気持ち。

## 5月13日

母の日なので、ブタのペンダントを母に買って、実家へ行く。

ヒロチンコさんのお父さんやあっこおばちゃんも来ていてにぎやかだった。歳《とし》が上の人たちが昔のことを楽しそうに話していると若やいでいてとてもいいなあと思う。

あっこおばちゃん「飛行機をつくるのはジュラルミンの粉を吸い込むのが体に悪くてたいへんそうだったわよね」

母「農家のお手伝いに行くと、あまり役にたたないのにごはんがおいしくて悪いくらいだったわね」

にこにこしていて楽しそうだけれど話題は重く学徒動員！

ヒロチンコさんのお父さんが入れ歯はバナナか米粒でつけるのがいちばんだと言ったら、うちの父がものすごくうなずいていてとってもこわかった。ワイルドなガイズだ……。

姉の作ったあまりにもおいしい創作揚げ春巻き（アボカドとカニとチーズが入っていた）を食べ過ぎて陽子さんも私もおなかがぽんぽんになった。

チビは「ふたつのじーじがいっぺんにいて嬉しい」と最も素直な感想を述べていた。

実家の、脊椎《せきつい》を損傷している猫の説明を姉がしたらヒロチンコさんのパパが即「それはたいへんでしょう、安楽死させたほうがいいかもしれませんな」と言い、姉がげらげら笑い、ヒロチンコさんが小さく小さくなったのがいちばんの見ものだった。

## 5月14日

今日もわけあって自由が丘に行き、また通るに決まっているので、お金もしっかり持ってもう一回数珠の店に行ったら、妹さんが私をおぼえていて（私がだれかを知ってるわけではない）「ああ！　先日はごめんなさい、土日は接客が不十分でいつもいたらなくて、せっかく来てくださったのに」と言ってくれた。

実は妹さんが夢に出てきたので、寄らねばと思ったのだ。お互いに夜になってから「悪かったな」って小学生の女の子みたいに思ったのが通じ合ったような感じがした。サイキック（私はなんちゃってですがね）世界は話が早い……。

結局いちばん好きな石でできた数珠を買った。新しく作ってもらうのは先のお楽しみ。私のたったひとつのきれいな宝物はこの子。大事にしよう。この子の石が欠けたら、そこに少しずつ新しい石を足してもらおう。時間をかけよう、そう思った。

お兄さんはゴムがきちんとしているか調べて、それでも直したほうがいいから今すぐやるよ、とつけかえてくれた。あまりにもまともな、とってもいい人たちだった。お兄さんの目はきらきらしていて透明で、ああ信仰のあつい人なんだなと思った。本気で人の幸せを祈る商売をしている彼ら、誇り高く、疲れずにいてくれることを祈りたく思った。

あんないい人たちがまじめに作っているものだというだけで、価値がある。だから殺到したりひとり何本も作ってもらったりしないで、あのお店を長く静かに大事にしてほしいな、としみじみ思う。

タムくんにも感じたことだけれど、私は江戸っ子で、だから他のところから来た人が東京でとことん疲れてしまうのがいやで、いっぱいもてなしてよいところを見て好きになってほしい、そういう気持ち。

**5月15日**

ヒロチンコさんがすごく疲れているようなので、マンダラ・スパでシロダーラーをおごる。

海外に行ったときだけ奮発してスパに行く私だったが、やっと日本もここまで来たか……という感じであった。トリートメントをする人が真のプロフェッショナルとまではいかなくても、ものすごくまじめで訓練を受けていて技術があるというところもすばらしい。

日本人は疲れすぎているから体をケアする場所にちょっと立ち寄るような習慣をつけたほうがいいと思うし、特に働く女性は自分の体には投資すべきだと思う。思い切り差別的な発言のようだが、実感として女性の体は外で長く働くようにはできていないのだ。

年に一回くらい、車検のような気持ちでちゃんとしたカイロとかロルフィングとかを一週間くらいまとめて受けるとよりいいのではないだろうか。

何回も書いたけれど、台湾で若い女性たちが「今日は疲れたね、薬膳鍋《やくぜんなべ》行こうか」「食べ過ぎたから漢方茶飲んでおこうか」「足裏マッサージ受けてから買い物に行こうか」「セットのついでにヘッドスパ受けようか」と普通に生活の中に健康法をとり入れているのは、すごくいいと思ったのだ。あらゆる種類の健康にいいことが基本的に安価で日々供給されているのである。だからあの人たちは基本的に楽しそうで元気で長生きなのだと思う。

日本人が働きすぎるのは治らないとしたら、その方向がおしすすめられて、今は高すぎるそうしたものが日常の値段におりてくるといいと思う。

5月16日

英会話へ。

今まで特にイギリス英語とアメリカ英語の発音の違いを考えたことはなかったけれど、バーニーさんの朗読を聞くと「イギリス人が自分たちこそが美しい英語をしゃべっている」と言いたくなるのもわかるな、と思う。

マギさんが痩《や》せていてびっくりした。ますます美しかったが、今以上痩せないで、と思った。ほっぺたがフルーツのようにぷりぷりしているのが彼女の魅力。

足の上に掃除機が落ちてきてみるみるうちに腫《は》れて足が黒くなってきた。ヒロチンコさん「よく霊安室でそういう色の足が並んでいるよね」

うえ～ん！

5月17日

福岡先生から「生物と無生物のあいだ」が送られてきたので、さっそく読み始める。今私の読書は五分読んで家事をやってまた五分という感じだ。森先生や管啓次郎先生にも感じるが、教授でありながら自分の専門に関して素人《しろうと》に伝わるような文章を書ける人というのは、生徒にとっていくらお金を積んでも習うべき、得難い存在だと思う。大学時代は教科書として教授の本を買わなくてはいけなかったが、たいてい文章がでたらめだった。

福岡先生のこの本は「生命とはなにか」ということを、決して推論ではなくていねいに追いかけているとてもよい本だ。これまで「DNAは螺旋《らせん》状になっていてこんなふうに自己複製をします」と言われてさっぱりわからなかったところもしっかりと理解した。図もほとんどないのにこのアホな私にわからせるとはすごいことだ。PCRマシンがなんで画期的だったか、なにをする機械かというのもこれまで多分十回くらいは聞いているのにちっともわからなかったのが、はじめて理解できた。多分すぐ忘れるけれど、一度でもわかったことが幸せ。『古い大学の教授室はどこも似たような、死んだ鳥のにおいがする』す、すばらしい描写！

読み終えたらまた感想を書こうと思う。決して「自然にかえろう」的なことではなくって、今の世の中の流れの中で生物学的に問題のあるとされていることがなぜ問題なのか、を細かく書いているのがまたすばらしい。

じゅんじゅん先生と太極拳《たいきょくけん》。

先生の説明があまりにもうまいので、太極拳は武術なんだなあ……と毎回しみじみとわかる。踊りのようなものだと思っていた自分は大間違いだった。そしてつい踊りを踊ってむだに大きく動いてしまう自分。むだな動きは死につながるという思想が体得できないときっと太極拳はできないんだなあ。ただしうまくなればなるほどアイハア(フラ的にとっても低い位置で踊ること)になるところは同じで、突っ立ち気味の自分にはつらいところである。

5月18日

ダイソンはすばらしい……。

掃除機が壊れたので修理を依頼したら、修理代金はたった二種類で一律。修理すると本体よりも高くなるから買い替えな、という風潮の逆をいっている。

しかも問答無用で修理してしまえばお金になるのに、サービスセンターのお姉さんは私にかかりっきりでつまりを直す方法を説明してくれて、それはもう試した的なことを私が言ったら、時間が短いのかもよ、試しに五分間やってみて、それでもだめだったらもう一回電話してください、記録に残しておくから誰が出ても大丈夫、と言ってくれた。

なので逆に吸い出すのを五分続けてみたら、最後のほうでつまりがすかっと取れて、修理に出さなくてよくなったのだった。

よくダイソンは高いと人は言うが、高くないぞ！と思った。よい企業に投資するのは人としての喜びのひとつである。

中島さんの事務所に打ち合わせに行き、仕事は天才、人としてはキュートでスイートな中島さんの骨折のおそろしい話を聞く。あまりにもおそろしすぎたが、人は骨折していても歌は歌えるということと、今自分が骨折していないということだけはよくわかった。骨折したあとの足裏マッサージも、受けないほうがきっといいということも……。

5月19日

昨日はアーユルヴェーダのことを詳しくいろいろ聞いた。自分はどういうテストを受けてもヴァータがいちばん多い体質なのだが、カパばっかりの陽子さんといるとお互いが補いあうんだな、ということまでわかった。人間って露骨に体の生き物なんだな。

昼は「ホクレア」のワークショップに行った。太刀打ちできないむつかしさであった。こんなに太刀打ちできずアハハと笑うしかなかったのは「ビューティフラ」のワークショップに出た時以来である。練習しよう……。

そして体中筋肉痛のままでちほちゃん、いっちゃん、結子と飲みに行く。家にちょっと寄ってもらったらチビが「ハワイのお姉さん、今日からいっしょに暮らそう」といきなり直球のプロポーズをしていた。ごあいさつは？　とはじめに言ったら「少しまだ恥ずかしいんですよ」と言っていたくせに、その五分後にもう！

流れでカラオケスナックに行き、ヌッくんはその場にいないのにヌッくんのボトルをみんなで飲み干してしまった。そして爆音の中で静かに競馬新聞を読んで赤ペンで予想をしている人がいたのにも衝撃を受けた。人に不可能はないのだな。

5月20日

アンチエイジングが話題になっているし、自分も白髪たるみ頻尿糖尿腹が出るなどさまざまな問題点を抱えているが、ひとつの体を何十年もメンテナンスしながら使っているのだから劣化してもあたりまえだろう。

体に対して唯一《ゆいいつ》できることは、スピリチュアルな意味ではなく自分が喜んでわくわくしてうきうきすることをどんどんやること（かの帯津先生もカツ丼《どん》を食べると細胞がわくわくするから体に悪くても食べちゃう！　とおっしゃっていたなあ）、そして

「メンテナンスしてますよ〜」ということを体に伝えることだと思う。歳を重ねることに抗《あらが》うということは、加齢による疲れのようなものが砂時計の砂のようにさらさら天井から落ちてきているとして、さらにもう腰くらいの位置まで自分が砂に埋まっているとして、絶対に無理とわかりながらもコップで毎日少しずつそれを外に捨てにいく、という感じだと思う。いっきょに若返ろうという考えだと挫折《ざせつ》するが、そのくらいの気持ちでのぞむといちばんうまくいく気がする。

5月21日

事務所開きのパーティ。

自分のお金を使ってパーティをしたのは生まれて初めて。でも実家での数多い大宴会の経験から、自分は実は大人数の会に慣れているんだなと知った。なんでも経験しておくと得だということも。

ありとあらゆる知人友人が来て、入り交じってみんな笑顔でおいしそうに飲み食いしているのでいい感じだった。きっと天国ってああいうところなんだ……と思いたい。安田隆さんと結子とミナミノさんとのんちゃんと高橋先輩と石原さんがいっぺんにいる光景なんて、きっともう一生見られないわ！　と心震えた。

そしてちはるちゃんが飴屋《あめや》さんを見て「あ、飴屋さんだ……」とすぐわかり、飴屋さんのくれたムーミンのご先祖さまのぬいぐるみを見て「あ、ムーミンのご先祖さまだ」とすぐわかったので、その両方を一発でわかる人生ってどんだけ～？　と思った。

## 5月22日

いつも行くすばらしい居酒屋さんにやっとヒロチンコさんを連れて行った。あとうるさいチビも。うるさすぎてもうだれも注意してくれなかったし、私もやけくそ。ヒロチンコさんが喜んでくれたのでよかった。いつ行っても満席で、活気があって、なんでもあって、お酒もおいしくて、おいしさとか盛りつけが行き過ぎていなくて、価格は高めだが素材がいいので順当だ。夢のような店だと思う……。

私には京都になかなか会えないけれど大好きな友人が何人かいて、そのつてでいただいた「ベニシアのハーブ便り」という本を最近読んだ。イギリス貴族の家に生まれ、小さい時は使用人と口をきくことも許されなかったベニシアさんは、大人になって社交界を捨てて日本に来て、京都大原の古民家を改装し、そこで様々なハーブを育てて生活に取り入れて暮らしている。小さい時からそのような暮らしを夢見ていたので根性が違う。大原の冬はしゃれにならないくらい寒いのだが、それさえも彼女は受け入れて自分のものにしていた。

イギリス貴族がどのくらい違う生き方考え方で暮らしているかというのは貴族がいない日本人にはわかりえない。イタリアで何回も貴族から文字が書けるサル扱いされた(いい人もいたが)ので肌でわかる。日本の自然が彼女にここまで愛されている喜びと、その暮らしのすばらしさをレシピつきで気前良く見せてくれているオープンな心にうたれた。化粧品やシャンプーの作り方もハーブの育てかたもみんな書いてあった。

いろいろな意味で長く大事にするべき珠玉の本だった。

**5月23日**

チビのおうたの発表会を見た後微妙に時間が空いたので、とてもとても腕のいい美容師さんにとってもとってもすばらしいマッサージを受けながら髪の毛にしっかりオイルのトリートメントをしてもらった。彼女はやる気でいっぱいで、優しくて、髪の毛の一本まできれいに流してくれて、手先も器用で、マッサージも完璧《かんぺき》。し、しかし!

リラックスしてほしいと思ってなのか、店は真っ暗。温かいハーブボールをあてながらマッサージを受け、オイルがしみこむのを待っている一時間くらいのあいだ、椅《い》子《す》の背はまっすぐに立っているのである。うとうとすると首ががくっとなり、これは拷問《ごうもん》か罰ゲームだな〜と私は思った。

店を考えている人が、人間を形でしかとらえていないってことがよくわかる。あまりのショックにここぺりに行って横になったらすぐに爆睡してしまった。やっとほぐれてすやすや寝て完璧な体調になった。

さらに！　すごい一日のしめくくりとしてロルフィングで足腰のがたがたしているところを調整してもらった。やっとしっかり歩けるようになった。ねんざしたところをかばっていたために膝《ひざ》とかあちこちがおかしくなっていたのだった。

これでしばらくはなんとかもちそうだ。拷問に耐えたかいあって毛もさらさら。

5月24日

ピアノ。

チビは終わった後「歌子さんに怒られた」としょげていた。私とパパが「それはいいことだよ」「音楽のことで怒ってくれる先生はいい先生だよ」と言ったら、チビは「でも怒ってもかわいいんだよ」と発言。親はぎゃふんとなった。

麻布十番のおもちゃ屋さんでおもちゃを買って、小腹が減ったからとヒロチンコさんのふるさと栃木の某有名肉屋さんの直営店に行った。高級店だけど夕方だから子供連れでも大丈夫だと思ったのである。そうしたら「ランチはもう終わっていますよ、それでもよろしいですか?」「この肉は（おまえたちには高いかもしれないけれどこの中でも安価なほうなので）焼きかたを選べませんよ」「あ、そこのランチのページはもう終わっていますので見てもしかたありません」などなど（つまりおまえらみたいな貧乏くさい人たちはこんな高い店ランチ以外で来れないだろう、の意）と店の気取ったおじさんに露骨に言われたので、ムカッときて高い肉をさらさら食べた。ただしお兄さんのほうは接客完璧だった。まあみすぼらしい服で子連れで行くのも悪いね、この場合、とは思うんだけれど、いちばんの問題点はあの高い価格で肉の焼きかたが今ひとつなところだろう。ガーリックライスも冷え冷えのべたべただった。ひろみちゃんのお兄ちゃんはこういうダメな仕事しないな、とあの誠実かつすばらしい腕前が恋しくなった。ちなみに栃木にあるその本店も肉の焼きかたはダメであった。

## 5月25日

はじめての占い師さんを取材。

特に悩みもなかったのにぐさりぐさりずばりと当てられてぐうの音も出なかった。なんというか、占い師って、結子もミラさんもそうだけれど、人の心の澱《おり》をていねいにすくって、この社会をしっかりと支えている大きな仕事だと思う。観《み》てもらったことがない人には決してわからないこの安心感。自分がなにか大きな流れの中にいるということを実感できる、はぐれていたものと再度つながることができる喜び。

ふだん観てもらっているふたりに自分がどんなに甘えてしまっているかも実感できたので、これからはもっと身をひきしめて会いに行こう。でも慣れた感じもまた最高だしプライベートでも知っているとよりいっそう助言がしみてくるんだけれど。

りかちゃんのおうちの近所のビストロで陽子ちゃんのお誕生会。

お兄さんがひとりで店をまわしている驚異的なお店であった。満席なのに作るのも運ぶのもひとり、ありえない！　上には上がいる……。しかもおいしかった。

帰りはりかちゃんの家でスイカとケーキを食べた。寒い雨の日にこのとりあわせ、我ながらよく腹を壊さないなあと思って帰宅しなにごともなく無事眠りについたら、和田先輩から腹を下したというメールが来ていて、やっぱりそれはそうだよな！　と思った。

私「みんな、俺のスイカの食いっぷりのよさを知らないだろう」（といってスイカを

七切れも食べる)

陽子ちゃん「私はちょっと知っているかもしれないわ」

ぎゃふん! つきあい長し。

りかちゃんの家はとてもきれいで愛があふれていてさすがだった。きれいにしている家でもなんか冷たい印象の家ってあるんだけれど、りかちゃんの家は全体的にりかちゃんの手がきっちりと入っていて、どこもかしこもきらきら輝いていた。

帰りにキヨくんの目をじっと見たらりかちゃんと同じ目をしていて、ああこの夫婦は愛しあっているんだなあとしみじみ思った。気が合う人たちがあまり自分を犠牲にすることなく絶妙にバランスをとりあって暮らしていると、いいしれない安定感がふたりのあいだに漂いだす。その重みやそれが生み出す日々の奇跡を見ていると愛とか恋とか口に出すのも軽々しく思えるものだ。

5月26日

晴れていたのといとこが倒れてホームパーティがなくなったことで突然時間ができ、いっちゃんとチビと公園に行ってひなたぼっこしたり、ビールを飲んでポテトチップスを食べたり、母子で踊ったりして休日らしく過ごした。

芝生のべたべたして青臭いところに寝転んで空を見るのは最高だ。太陽の光を浴びると夜よく眠れると思う。

5月27日

とっても淋《さび》しい気分の日曜日だったが、ハルタさんが来たのでチビといっしょに大喜びする。いっしょにスーパーに行って食材を選び、結局カレーと水茄子《みずなす》とゴーヤチャンプルというわけのわからないメニューになった。

てんとう虫の模様がついているボールをチビが持ってきて、ハルタさんが「あ！それっててんとう虫なの？」と子供向けに聞いたら、チビはきっぱりと「違います、てんとう虫のボールです」と厳密に答えてハルタさんの怒りをかっていた。

ハルタさんが帰るときチビが寝ていて、あとで起きてから「チビが寝てるあいだにハルちゃんが帰っちゃったの」とめそめそしていてかわいかった。かわいすぎだ！

5月28日

駒込病院の中をうろうろしていたら森院長がどうしてだか通りかかったので、ハグして別れる。あんな大きな病院の中でどうして会えるのでしょう？　ふしぎ……。日本人なのにいきなり抱きつかれても動じない森院長もすばらしいなあと思った。大勢の人の大腸を切ってきただけのことはあるね（？）。

お見舞いっていうのはいつも切ない。たまたまお見舞いに行った先の人が留守で、その人のいつも使っている手帳やペンや衣類がそこにあったりすると日常を思い出してもっと切ない。しかし、母が長く入院したときだんだんそこが母の部屋になっていくのを見ていたら、その空間にくつろぎさえも生まれたのを懐《なつ》かしく思い出す。人間の順応する力ってすばらしいものだ。

まあ、できれば病院に長居はしたくないというのが人情であろう。

実家に行って、たった7人しかいないのに15人前くらい作ってあった姉の料理をばりばりと食べる。おいしかったが満腹で倒れそうだ。石森さんは今日も1キロ増えたと思うと言って帰っていった。チビが幼稚園で習ったうろ覚えの英語の歌を次々披露しみんなに拍手されていた。孫ってほんとうになにをしても喜ばれるいい商売だな〜。

## 5月29日

ハルタさんが事務所に来てくれてゲラの見方をレクチャー。

彼女が当時どれだけ私の仕事を支えてくれていたかよくわかった。芸術家肌で実際芸術家なのだが実務は綿密で生き方には筋が通っていて、上品なのに気取っていない彼女のことを、知り合ってからずっと素直に尊敬している。本人にはそんなふうに言わないけど。

事務所に寄る前にいっしょにごはんを食べて、コーヒーを飲んだらなんだか神戸にいるような気がした。よく大阪や神戸でこんなふうにふたりで時間を過ごしたなあと懐かしく思い出した。結局場所じゃなくて人なんだな。

メモを取りながらやり方を聞いている事務所の人たちも頼もしかった。

仕事って、楽しんでやろうとかなんとかいう以前に、自分が自分のすることの範囲で責任を持とうとしているかしていないかが大きいと思う。していない人は顔ですぐわかる。無私の努力とかこつこつつみあげる評価のない時間とかって、一見むだっぽく見えるが大きな意味では絶対採算が合うようにできている。

事務所の庭木にチャドクガの毛虫がみっちりとついていた話をしあって、みんなとっても心が沈んだ……。

**5月30日**

チビがふりまわした棒が私のすねにびしっと当たり、「やったのはゲンあんだよ～」

とヤマニシくんの目の前でうそをついたので、「そうか、おまえがやったんだな！」と怒りをしめしながらヤマニシくんを棒でごんごん叩《たた》いて「ほら、あんたがうそをついたからゲンあんがこんな目にあっているんだよ！」と言ったら、チビはげ～らげら笑い、ヤマニシくんはにやにやしながら「あ～あ、こんな子になっちゃった！」と意地悪くきらりと目を輝かせて言った。

教育の試みが失敗した瞬間……。

**5月31日**

チビのための面談。

なんだかんだいって家ではぐずぐずでも外ではしっかりやっていて、先生やクラスメートにも好かれ、得意なことはとことんやっているようだった。

サオリ先生が「彼は自分の思ったことをちゃんと絵に表現できる才能がある、彼には私も教えられることが多いです。どうか彼のアートの才能をのばしてあげてください」と言ったとき、「ちゃんと見ていて、思ってくれているんだな」とちょっと感動して泣きそうになった。親ばか……。

久しぶりにフラに出たが、ホクレアのワークショップのおかげでなまっていなかった。美しい人たちに体中を押さえてもらって最後の床についてまた起き上がるところを練習したけれど、どちらかというと瀕死《ひんし》の感じだった。ますますのんちゃんを尊敬した。こういうことを言うと彼女はいやがるのだが、自分の思い出のために日記に書いておく。のんちゃんは私のいちばんもっていないものを全部持っていて、うらやましいというよりは素直に憧《あこが》れる。私は人をねたむことが一切ない。多分昔に心身が弱くてどん底を見たからだろう。そして妬《ねた》みよりは憧れがあるほうが、人はがんばれる。としちゃんとりさっぴを交えてフラのみなさんといっしょに楽しくおいしく食事をして、そのあと謎《なぞ》のバーでしみじみと飲んだ。なにが謎って、メニューにのっているものがなにもないのである。音楽がかかると常に体が踊りだすところがもうすっかりスペイン人のとしちゃんであった。

6月1日

あまりにもよれよれだったので、仕事で出かけたついでにハーブテントに入る。顔のマッサージもしてもらった。

信じられないくらい汗が出て、すっきりとしたし、なぜだか白くなった。

夜はめずらしくヒロチンコさんの仕事と歯の治療が早く終わったので、中目黒のりかちゃんの店（と呼んでいる店）でごはんを食べる。ふたりで思う存分食べて八千円。安いのにおいしすぎる。さすがおいしいものを知っているりかちゃんの行きつけの店だ！　とりかちゃんをほめながら馬頭観音のところのまるまるとしてる立派な猫をいじって帰宅。

## 6月2日

雨戸の桟にも植木鉢にもじょうろにも毛虫がいっぱい。じょうろなんてもう毛の生えたおしゃれなじょうろになっている（おえ〜）。そうです、今年はチャドクガの当たり年です（言っていても気持ち悪い）！　春先に幼虫を殺した気になって余裕をかましていたら、ちっとも取りきれていなくて思ったのと別の木にびっしりとついていた。幹も葉も表も裏もどこもかしこもびっしりだ。先輩のすてきな写真を一枚購入し、藤谷くんにもばったり会い、ご機嫌で帰宅ののち、森田さんに泣きついていっしょに枝を切りまくる。はじめはまったく役に立たずきゃあきゃあ言っていた私だが、しだいに強くなってきて箸《はし》で毛虫をつまんだり切った枝を手でもいだりできるようになってきた。もちろん手袋をしてですがね。奴《やつ》らはニームの液をかけるといちおう死ぬのだが、糸をひきながらどんどん降りてきて地面に逃げようとする奴がいっぱいいて実ににくたらしい。その毛の一本が残っただけで全身かゆくなるおそろしい毒を持っているのだ。なので死骸《しがい》も抜け殻も卵も毒だらけ。

私の中のロハスでオーガニックで自然と共に生きる魂が最後の一滴までなくなるようなおそろしい戦いだった。

きびきびと枝を切りまくる森田さんにほれたのだけがよい思い出。

結局防備しきれずにかゆくなって今も発狂しそうなのが悪い思い出。しかしこのかゆさ、懐かしいなあ、小さい頃よく味わったなあ。

あとは植木屋さんを待とう、ということで夜七時に戦いを終えた。

帰宅したヒロチンコさんに「マンションで暮らしたいよ。それから冬っていいね、虫がいなくてさ……」とふだんと真逆のことをつぶやいて笑われた。これだけ全身がかゆいとそうも言いたくなるって。

6月3日

あの小さかったアレちゃんにごちそうしてもらうなんて感無量だな、という感じで、あることのお礼にイタリアンをごちそうになる。いいよいいよと遠慮してみたんだけれど、どうしてもごちそうしてくれるって食い下がってくるところも大人になったんだなあ、アレちゃん。

久しぶりに行った「リーヴァ・デリ・エトルースキ」ひねりすぎてもはや日本人にはむつかしい味になっていたが、私は大好き。微妙な組み合わせの妙はちょっと「カメレオン」にも通じる官能の世界。

煮たリンゴの上に豚の脂身《あぶらみ》のそぼろ（いや、絶対この表現が間違っているのはわかってるんだけれどそう言いたくなるのよ）が乗ってるのとか、フォアグラとリンゴと何かがこってりとパテになっている奴に赤ワインのゼリーがつけあわせてあったり、形もわからないくらい練られたフンギとなにかがぎっしりつまったラビオリみたいなのにしっかりと甘いマルサラソース（のようでいてそうじゃないんだよ、またこれが）みたいなのがかかっていたり、鹿肉《しかにく》にベリー（これはかろうじて他でもあるかも……多分ブルーベリーだった）とかとにかくひねりにひねって宇宙の彼方《かなた》へ。

でもおいしいんだなあ、これが。

フランス以外のヨーロッパの、特に北のほうにいるとき特有のあの気持ちがよみがえってくる。どうしてヨーロッパ映画の中の人たちが日本で観ていると驚いちゃうような行動を取るのか、なるほど！　と肌でわかるあの感じだ。

## 6月4日

久しぶりに四の日に巣鴨へ行く。両親を連れて。

私ったら不器用で車いすの取り回しが全然できない上に、チビが乗ろうとして大騒ぎ。結局ヒロチンコさんが父の車いすを押してくれた……。チビは車いすの父のひざに乗って、父といっしょに粉だらけになりながら塩大福を食べていた。双方が幸せそうでよかった。しかもおもちゃまでいっぱい買ってもらっていた。孫ってうらやましい立場だ。

とげ抜き地蔵、昔はたわしでごしごし洗われていてすりへっていたお地蔵さんだが今はリニューアルされ顔もはっきりしていてなぜかみんな一枚百円で買ったタオルで洗っていた。しかもどう見てもそれはお地蔵さんでなくって観音さまだった。謎が多すぎる。

お参りしているあいだに母がよそのおじいさんにナンパされていた。おお！ まだまだ現役。さすがお年寄りの原宿だ！

ハルタさんや石森さんも合流して、実家に戻ってホットプレートを出し、焼きそばやビンバや焼いた塩大福を食べた。よい夏の日だった。

## 6月5日

半袖《はんそで》でばりばりと枝を切る植木屋さんに「チャドクガの毛がついても大丈夫なんですか？」と聞いたら、「やっぱりかゆいですよ！」と言っていた。お互いにまだらになった腕を見せっこした。空《むな》しい。

かゆさの峠は超えたらしく、まだかゆいもののあの「体がなにかに浸食されているときの熱」はひいた。

ふう、と思いながらかゆさでの寝不足を解消しようと喫茶店で抹茶を飲んでいたらとなりの席の人が「椿《つばき》につく毛虫の毛にやられて眠れず、皮膚科に行ったらひと目で毛虫ですねと言われた」話をしていて、かゆさがぶりかえしてきた。

旅行直前でシッターさんの星さんが顔を出したら、にわかにビーちゃんが弱くなった。この人が来たら、パパとママは旅行に行くんだとわかるのだろう、ふびんだなあ。

今日はついにワンラブで成田ヒロシさんのタンスを買った。このあいだも鏡を買ったんだけれど、なんともいえないのだ。彼にしか作れないなんともいえない懐かしく変なもので、その味にはまった。彼が木切れで作った「家シリーズ」っていうのも五百円くらいで売っているんだけれど、これがまたもうなんとも言えない。ちょうど電車の窓から見る家の感じで旅情を誘うっていうか。

## 6月6日

「ゲンアンがくるなら、チビちゃんは幼稚園を休んでゲンアンと遊びたい、そのほうがいいんですよ、お願いします」とチビにお願いされたが、とりあえず行っておけ、と送り出す。お気持ちはわかりますよ〜。

夜はレッチリのライブ。

アンソニーさんののどの調子がとても悪そうで、声の出が前回見た時の半分くらいだった。アンコールもぎりぎりの様子。調子が悪いときのライブというのもバンドのしのぎかたがわかっていいものだと思う。ただ立ってちょっとゆれながらライブを観《み》ているだけでだんだん疲れてくる中年の私、きっとあのチャドという人は確実に私の六十倍の体力があると思う……。ドラムがぜんぜんへたれないんだもの……まあプロだからあたりまえなんだが、あの筋肉の美しい動きが疲れることなく続いているのを生で見ていたら「同じ人類なのか？」と考え込まずにはいられなかった。

メンバー全員がとっても美しい井上さん一家といっしょに観たのでとってもハッピーだった。

## 6月7日

ちょろっとひくだけでうますぎる歌子さんの演奏に親たちはほれぼれ。あんなにいい音を出されたらぶたれても許しちゃうと思う。

チビは今日ずっと歌子さんといっしょにピアノで歌を作っていた。歌子さんの前では歌わなかったが「パパとママが好きよ」のところを後で「歌子さんが好きよ」と歌っていた。きゅ～ん。

ピアノのあとはいつもの喫茶店でお茶をして、商店街でおもちゃを買って、よい親子の休日。チビはごきげんで「ママは今からフラに行くからパパとなかよくね」と言ったら「フラに行かないで、サンディー（クムを呼び捨てかよ！）のところに行かないで」と言われた。きゅ～ん。

「夜帰るから大丈夫、それからサンディーじゃなくってクムだよ」といちおう言ってチュウして別れた。

そんなクムはハワイ帰りで今日もきらきらと輝いていた。私も下手なりに一生懸命踊り、仲間とごはんを食べて帰った。昔体が弱かった頃は、通学時に池袋西武でダンスを習って帰る人たちのきらきらした感じを見かけて「いいな、あんなこと私には一生ないんだろうなあ」と思ったものだが、いつのまにかかなっている。夢見ることは持続してみるものだ。

6月8日

フロルでリフレクソロジーを飛び込みで受けて熟睡。人の家であんなに熟睡したことってないかも……。でもところどころあまりにも痛いので飛び起きる。体が疲れています！

ぼや〜んとしながら旅行のためにトレーナーなど買い、和食しかない！ ということでいつもの居酒屋さんに行っていっぱい食べる。お刺身とか、竹の子とか。やはり日本はすばらしい、こんなにおいしいものがいっぱいあるなんて、と思う。この春夏ここには書いていないがあまりにもいろいろなことがあり、さっきまでいっしょにいた人が今日はいっしょにいられないかも、ということがどうしてだか五件も続いた。それで自分なりに身の処しかたというか、なにかを学んだ気がする。

それからチビはなんでも覚えていて「この道、なっちゃんとずっと抱っこしてもらって歩いたんだよ。また会えるかな」とか言う。かわいすぎる。今は就職して忙しくなってしまったなっちゃんに、いつかまたいっしょに遊んでもらおうね、といつも答える。

入院していた友達にお見舞い電話をしたら、チビが「ずっと病院に住むんですか？チビちゃんも病気になりました、病院にいきます」と変なお見舞いをしていた。会いたいっていうのは恥ずかしかったらしい。

明日からサンフランシスコだ。

6月9日

サンフランシスコってこんなにいいところだったのか！と愕然《がくぜん》となるほどいいところだった。

高級デパート&ブランドを無視して大好きなH&Mに。買い物が止まらず、バイヤーかよ！というくらい買ってしまった。ちほちゃんと店内で会うたびに「止まらないね！」と言い合った。しかも私はこのあとまた何回もそこを訪れるのであった。

ユニオンスクエアでさわやかなサイダーを飲む涼しい夕方、久しぶりにおしゃべりをしていたら、ずっとここに住んできたみたいなくつろぎがあった。

夜はフィッシャーマンズワーフへ行って、カニ食べまくり。カニカニカニカニ、サラダもカニ。おいしかった。

## 6月10日

朝は祭りがあるというのでヘイトアシュベリーへ。

ジェリー・ガルシア様の人をいっぱい見すぎて、目の中までヒゲとロンゲとサングラスでいっぱいになった。

でもすごい縁日で大きな下北沢みたいだった。チビまで「ここは下北沢ですか？」と言っていた。ヒッピーのじいさんから手作りのタイダイの子供Tシャツを三枚も買ったので、露店だし当然と思って、負けて～と言ったら、すごく悲しそうに「オーノーぼくはこれをひとりで染めている、とってもたいへんなんだ、だからぼくはディスカウントは決してしないんだ」と世にも深刻な顔で言われた。

ちほ「ヒッピーで生きると決めたら明るくあってほしいよなあ！」

名言です。

午後はキャロルの家のBBQパーティへ。おうちはかわいくて庭にはグレープフルーツがあり、彼氏はキュート、お孫さんたちも超かわいくて、ますますキャロルが好きになった。高津さん、高橋さん、聡子さんご一行も到着。ちょっともじもじしつつ思い思いに庭でおいしく楽しく数時間を過ごした。樽見家ご一行は房子ママ、薫さん、ご主人、チビ子ちゃんの構成。いっしょに旅をしたかわいらしいご家族であった。もうほんとうにチビ子ちゃんがかわいらしくて、チビははじめぐうぐう寝ていたがだんだん打ち解けてきた。子供はなかなかよくなるのが早くてすてきだ。大人もほんとうはそうなんだろうけど。

夜はシアーズで最高においしいミートローフを食べた。おいしすぎた。

6月11日

朝からマウントシャスタへ向かう。

奇跡的にパンサーメドウスのゲートが開いていたので、夢みたいと思いながら歩いたりちほと連れションしたりして過ごす。山が歓迎してくれているのが肌でわかり、ハッピーだった。きゃあきゃあ喜んでくれているような、そんな感じ。自然に笑顔が出てきた。白いもやみたいな光がずっとあたりを漂っていた。精霊がいるのかなあ、と思った。

このへんから直感力が全開になり、知らない画面がどんどん見えてくるようになった。バリでもそうだったが、帰ると消えるのがしょぼんである。

ホテルに着いたらコテージ形式だったのでチビがもう喜んで喜んで、ここでずっと暮らすと宣言していた。

チビ（いつもりさっぴが運転してくれていて、ちほちゃんがナビ、ゲロ対策でパパとママがチビを囲んで座っていたので）「あのさ、今度はパパが運転して、ママがとなりに座って、ちほちゃんとりさっぴがチビのとなりに座るといいんじゃない？」意図見え見え。

ナチュラルマーケットで買い出しをしたり夕ご飯を食べたりする。町の人はみんな素朴で良い人たち。いつもあのすばらしい山が見ている幸せな町だ。

6月12日

サクラメントリバーヘッドウォーターへ行って、水を飲んだりくんだり虫と遊んだりリスを見たりする。なんときれいな水なんだろう、と思う。チビはチビ子ちゃんと手をつないで森を探検。

そのあとクリスタルルームで石を見たり、リリーズでとってもおいしいランチを食べた。コーンブレッドもほかほかのふかふか。

プルートケイブはきっと昔良いところだったんだろうけれど、人々の念などでとてもいけない場所になっていた。みんなこわくなり、気持ちが沈む。暗くくさくなって帰ってきた私たちをりさっぴが大きな目で悲しそうに見つめてくれた。

しかしスチュワートミネラルスプリングス、つまり温泉へ寄り、玉川温泉かと思うようなちくちく感を感じつつ、ニューエイジな人々と裸で過ごす。私はちょっと着ていたがあまりにもみんな普通に裸でかえって恥ずかしかった。チビは「この温泉いたいよ～」と言ってすぐ出た。

サウナに行くとぐうぐう寝ているちほちゃんの股《また》をじっと見ている裸男が。あんなに穴のあくほど（すでにあいているか）股を見つめられてぐうぐう寝ていられる彼女を心から尊敬した。その後彼女は全く気にせずあとがばっと起きてさわやかに川で泳いでいた。私も泳いだ（股の話はせず……）。身が切れるほど冷たいのに全身が喜ぶきれいな水だった。

夜は部屋で食事を作ってワインをがんがん飲む。

それから寝転んで満天の星を見ていたらチビがふらふらと起きてきておならをして雰囲気が台無しになったのに女たちにもてていた。

6月13日
腸内洗浄……。

自分があんなにもダメだったとは、腸にはちょっと自信があったのに！　腹は固いし痛いし情けないし苦しいし貧血になってきて三十分しかできなかった。子供を産むとき以来の苦しさであった。やってくれた女性はすばらしい人だったので、いっそうごめんなさいと思う。

帰りにうつろにクリスタルショップに行ったが、気がまぎれることもなくお腹《なか》に力が入らず食欲もない。チビだけが元気にニューエイジミュージックを試聴しながら静か～に腰を回していた。

りさっぴ「チビちゃん、今聴いているの、腰を回したくなる音楽なの？」

私の場合はとてもたいへんだったがみんなはそうでもないと先生が言ったので、次に腸内洗浄を受けるちほちゃんは大丈夫だろうと思ったら、やっぱりダメだった。

私が弱って寝ていたらちほちゃんが帰ってくるなり「まほり～ん！」と抱きついてきて、ふたりとも目には涙。なにをわかちあってるんだか。ウンコか……。

赤裸裸な報告をしあって「とてもとてもムリ」と言い合った。

ちほ「やってる最中、さっきまほりんがこんなにつらい目にあっていたのに優しくできなかった、帰ったらすぐに抱きしめようと思ったんよ～」

私「私もちほちゃんは大丈夫と思って止めなかったの、ごめんなさい！」

全体的にふたりとも間違っている感あり。

あまり詳しくは書かないけど「これからはもっとよく噛《か》もう」と思った。というのは、信じられないくらいに昔に食べたものを今日目撃したからであって、あとから高津さんにお友達の体験談を聞いたら「幼稚園のときに飲み込んだボタンが出てきた」というすごい話が！　腸ってどこにそれをキープ？

感覚としてはものすごい食中毒の後の感じ。弱るが、結果すっきりもする。

わざわざ炎天下の時間に線路の上をてくてくスタンドバイミーのように歩きながら、モスブレー滝へ。途中双方のパパがチビを抱っこして歩いていて「パパって大変」と思った。あまりにも愛にあふれていてきれいで優しくて甘い匂《にお》いがしていいところなので、みんなうっとりして帰りたくなくなる。それぞれが足をひたしたり写真を撮ったり寝転んだりお弁当を食べたりして最高にハッピー。チビもチビ子ちゃんといっしょに岩に座ってくっついていた。かわいくてとっても幸せそうだった。

房子ママ「これまでずっと人につくしてきたから、もういいって決めて、な〜んにも気にしないことにしたの！」

いちばん生き生きしていていちばんかわいくていちばん大胆に裸になっていたすてきな人であった。百名山に全《すべ》て登ったとのこと、おかげさまでいろいろな場面でとても頼もしかった。

夜はVivifyでごはん。チビとチビ子ちゃん最後のデートなのに途中で寝てしまった。すごく大事にしていて誰にも貸してくれなかった手品のひもを、チビ子ちゃんがうちのチビにくれた。切ないなあ。

ここの景色と空気とおいしい水で病気が治ったすてきな女性とそのご主人が、ほんとうにきれいでおいしくって楽しくって清らかなごはんだけを出しているお店。彼女はむだに愛想のいい人ではないけど、ふたりの店と食べ物はきらきらと白く光っていて、あったかい心が伝わってきた。ありがたくよ〜く嚙んでいただいた。

高津さんといろいろなおかしい話をして大盛り上がり。十歳からヨガをしているだけのことはあり、私の体の動きのだめなところをみんな見破っていた。夕焼けのシャスタ山を見ながらうっとりとちょっぴりヨガ教室。劇団四季で振り付けをしている聡子さんのものすごい切れのよい動きもいっぱい見て、プロはいいなあと思う。

6月14日

淋《さび》しいな〜、名残惜しいな〜と言いつつ、高津さんたちとキャッスルレイクに行って、すがすがしい朝の空気の中で泳いだり、ヨガを習ったり、有意義に過ごす。帰ったら「高津文美子のリフティングフェイスヨガ」主婦の友社から絶賛発売中！ を絶対実践しようと心に決める。自然の中でヨガをするのはすばらしいことだった。教えかたもとっても上手だった。

素直に山に感謝して自然にもありがとうと言って、最後にもう一回 Vivify に行ってうどんやそばを食べる。やっぱりきらきらと輝く食べ物たちだった。作られた料理が彼らのすばらしい人生を語っていた。

とても粗末にはできない食事だったし、食することができたのを光栄に思う。

あまり多くは書かないが、私はこれまで旅に出てガイドさんにありがとうと思わなかったことと、最後のごはんをガイドさんにごちそうしなかったことと、チップを払わなかったことは今回が初めてだった。最後にあいさつをしなかったこともかつて一度もない。

ご本人は多分悪気がないと思うので苦言を呈するつもりもない。

ただ私はプロでない人には余計に払えないし、命を預かる仕事で状況と人物像を判断できない人にウソの心でお金を払うのはいやだと思った。その人はドライヴァーとしても子供を乗せたり先導することにおいてだめであったが、ガイドとしてもほとんど意味が不明だった。それがこの旅で唯一《ゆいいつ》残念なことであった。このことを書くと悪気は全くないその人と関係者など多くの人が悲しむのはわかっているが、書かずにはいられない。

私ももしもその人がただ山で出会った人なら、どんなであっても全然気にしない。あまりにも高いと感じたお金を自分が払っているから、気になったのだ。悪気のない善良な人でも、自分の実力以上のお金を取ってはいけないと思う。

私はプロが好きだ。

ちほちゃんのように人に自分の持っているものを愛を持って惜しまずにわけあたえ、考えるだけでなく行動できる人が好きだ。自分もそうありたいし、そんなプロをいつも尊敬する。ハワイでのちほちゃんはだれよりも人のためににこにこと体を動かしていた。愛するハワイをみんなに見せたい！と笑顔で言いながら、いちばん大変なことを率先して自分がやってくれた。ガイドでもないのに、いつも助けてくれた。

もしも自分の愛する場所に他人を連れて行くのを生業にするのであれば、どうかひとりひとりの行きたいところやその日の状況やなにをしたくてそこにいるのかというニーズを愛をもって見てほしいし、人が心をこめて作った食事に悪態をつかないでほしいし、小さい子供たちにわざわざジャンクフードを食べさせないでほしい。命に関わる判断をきっちりとしてほしいし危険な場面ではサポートすべきだ。そのほんのひと手間が土地への愛であり、仕事への愛なのだから。

もう会うことはないと思うが、その人の人生のことを考えるととても切ない。愛をいっぱい受け取れる場所にいるのに、自分から拒否している感じだった。

愛をこめて、ここで別れようと思う。今度もしも会うことがあれば、利害のない関係なので笑顔で会える。

悲しい話はここで終わり。

ちほちゃんのナイスな運転で一路サンフランシスコへ。

高津さんのご紹介でやってきた美しいサイキックの女性に女子は観《み》てもらい、男子というかヒロチンコさんはキャロルの数秘術のセッション。

もうこの女性がほんと〜にすばらしくて、あのすばらしいお山での生活を恋しがってきゅうきゅう泣いていた心がすっかり癒《いや》され、きらきらと輝きだして止まらなくなった。とにかく当たっているなんてものではなく、すごすぎた。真に強く優しい、これぞプロのサイキックという仕事ぶりだった。大好きになった。いつかまた絶対に会いたい。もう観てくれなくてもいいから会いたい！

それでみんな疲れているのにきらきらとして近所のビストロに行き、最後だからとステーキをがんがん食べ、カリフォルニアワインを今日もしっかり白赤と飲んで、おやすみを言い合った。ほんとうに良い場所、良い旅であった。なにかを落としてすっきりとして、生まれ変わったみたいだ。

6月15日

飛行機の中で映画を観まくった。

いちおう考慮してあるが、まだ観ていない（と思うけど）とか観るつもりの人は読まないでね。

「ハンニバル・ライジング」日本人は決して鎧兜《よろいかぶと》をご先祖様としてまつったりしませんー。しかもご先祖様の命日でなくて誕生日に刀を抜くって、いったい。主役の人の演技が堂々としていて好感をもった。

「ゾディアック」ブスメイクのクロエといつもアル中か薬中役のダウニーが最高……。私の中のサンフランシスコ欲がごっそりそがれた。

「テラビシアにかける橋」子供が空想をこじらせて別の世界へ入って行くさまをしみじみと描いていた。ストーリーのツメが甘く問題はありだが親の生活の格差の描写などあまりにもうまく好感をもった。

「バブルへGO!!」もっとあざとい創《つく》りかと思ったら、とってもかわいい映画だった。

広末さんがあまりにもかわいく、薬師丸さんの演技がうますぎた。劇団ひとりはさすが劇団ひとりだと思った。

「善き人のためのソナタ」すばらしい映画だった。人物の描写が細かく、心の動きが繊細に描かれている。東ドイツの統制が微妙に人道的（あくまで微妙にであるが）であったがゆえに、中途半端《はんぱ》に自由をもって苦しんでいる芸術家たちを他人とは思えなかった。最後はしみじみと泣いた。

「ゴーストライダー」つい三分前まで私は壁が崩壊する前の東ドイツにいて、発言のひとつひとつに気をくばり、家の中でも盗聴を恐れてくつろげず、みなが小さいことで泣いたり死んだりだましたりだまされたり地位を剝奪《はくだつ》されたりして繊細に過ごしていた。しかし、いきなりめっちゃアバウトな世界に投げ出された。

バイクの曲乗りでいくらぐちゃぐちゃになってぼきぼきになっても死なない、悪魔と契約したニコラス・ケイジが、最終的にものすごいハーレーとクロムハーツ仕様の黄金バットみたいになって、ちょっとバイクを走らせると道の舗装が溶けてめちゃくちゃになり街はこわれまくり。

その死なななさといったら半端じゃなくてあまりのあぶなげなさに笑顔が浮かんでくるほど。しかし友達は「すげ〜な！　おまえ！　でも死ぬなよ、俺心配なんだ」程度の感想。愛する人はＭＪみたいじゃなくって、ボインどかんきゅ～谷間見せまくりのキャスター。「俺は夜になるとすごい化け物になってしまい、いつのまにか悪を退治しにいっちまうんだ」と言われて、ちょっとだけ疑ったのちにあっさり信じてごうごう燃えるほっぺたをなでなでしている。先代のゴーストライダーは乗り物がバイクではなく馬（笑）。武器をくれるだけのために意味なく夜の砂漠を燃えながらどくろ同士大爆走で並走……！

さっきまでタイプライターの隠し場所に悩み心震わせていた自分が切なくなった。

**6月16日**

帰宅したら動物たちがすねながらもだんだんにじりよってきて、森田さんが買っておいてくださったのりまきが机の上で燦然《さんぜん》と輝いていたので、お味噌《みそ》汁だけ作ってそれだけを晩ご飯としていただいた。そして全員時差ぼけでぐうぐう早寝してしまい、早起きもしてとても気持ちよかった。旅行に行って「いいところだったね～」と言い合えるのってすばらしい。

**6月18日**

チビははじめて目が覚めた状態で幼稚園へ。つまり時差ぼけで七時くらいに起きちゃったから。

迎えに行ったら「今日の彼はいつもと全然違いアクティブだった」と言われ、これまでは半分寝ていたんだな……と恥ずかしく思う。

夜は父の日で、姉のコロッケをひとり六個くらいずつ食べた。

ケーキはラ・テールのおいしいやつ。たかあきくんおめでとう、と書いてもらった。

満腹のあまり横になったら、時差ぼけのチビとヒロチンコさんもうたた寝していたのでなんとなくつられて三人とも実家のたたみの部屋のみんながごはんを食べているわきでぐうぐう寝てしまい、実家の人たちがしだいに「もう夜中なのに……この寝ている家族をどうしよう……」という雰囲気になってきておかしかった。寝ぼけたままなんとか帰った。チビにいたっては実家に入るときから出るときまで一度も起きなかった。そして後で「さわちゃんち行ったのに!」と怒っていたが、怒られてもなあ。

6月20日

時差ぼけがとれず、ここぺりへ。

今日はチビがいなかったから淋《さび》しかったが、そのぶん深く深くマッサージの世界へ入っていけて、関節がゆるむのがよくわかった。やっと飛行機や長時間車に乗っていたことの疲れがほどけた感じ。そしてものすごく眠くなった。

ヤマニシくんにプレゼントを買ったり、ケーキをいっしょに食べたり、むりやりに居酒屋さんで魚をごちそうしたりして強引にお誕生日を祝ったが、チビはとちゅうで沈没して居酒屋さんの記憶はないようだった。

高価で大きな家具をわけあって注文したのだが、手違いで設置の手配が取られていなかったし、電話もかかってこなかった。メールが一本来たのみ。しかもそれを私が見逃していたのがいちばん悪いが、メールに返事がなくても先方は電話もせずにとにかく送りつけてきた。

さらに某カンガルーの運輸会社の人が、その家具を重くて動かせないのに庭先に野ざらしでばーんと置いて帰ってしまった。家の中にも入れず、天井もないところに。さらにどこで壊れたのか知らないが、家具の角がばりばりっと壊れていた。

怒ってクレームをどんどん出したら、家具屋さんとカンガルーの北海道の支店の人はとてもよくわかってくれたので、少しほっとした。世田谷支店の人も最後には状況をわかってくれたようだ。

こういうことに関して、だんだん日本もヨーロッパやアメリカ以上にでたらめになってきているなあ、という実感がわいてきた。

6月21日

チビはピアノへ。行く前はぶつぶつ言っているのだが、行ってしまうと幸せそう。ピアノをひけるようになる気はあまりしないけれど、歌子さんに接して音楽のすごさを知ることができるのはすばらしい。楽しそうに歌っていた。

帰りにスパイダーマンのマスクを買ったら、チビはそれをかぶって手袋もしていた。運転していて、振り向くたびにチャイルドシートにスパイダーマンが座っていてぎょっとする、とパパが言っていた。

チビ「これ、かなり暑いんですよ」

そうでしょうね。

「あ、スパイダーマンだ！」とせっかく陽気に言ってあげると「スパイダーマンはピーターがなるんです」と冷静な返事が返ってきてなんとも言えないいくやしい気持ちになる。

そのままフラへ行き、全く習っていない後半を見よう見まねでなんとか踊る。これ以上に見よう見まねという言葉が似合う状況はなかなかありません。

あまりに眠そうにしていたらりかちゃんが「あ！　ばななさんが寝そう！　もう帰ろう！」とお会計をしてくれました。ママ～！　と言いたくなった。

6月22日

今週はもうひとつとても悲しいことがあって、その悲しさの種類は「お金の問題」。みんな作家はすごく金持ちだと思って無心してくることが多いけれど、実は見た目ほどもうかっていない。重役のお給料からボーナスをひいたくらい。二十四時間労働のわりにはもうからない……。

いちばん悲しいのは、ほんとうにお金に困ってきたときに「これだけ親しいのだからなんとかしてくれるに違いない」という気持ちを見せられること。これまでも何回もそういうことがあり、何回もお断りしてきた。私はお見舞金は驚くほど出すし、人へのプレゼントにもお金を惜しまないし、おいしいものをおごるのが大好き。でもそれと無心されて出すというのとでは、根本的に意味が違っている。

そうするとその人たちは去って行く。それがどんなに淋しいことか、言葉にはつくせない。そのことがこじれて最愛のボーイフレンドと涙を飲んで別れたことも二回もある。

今見る夢でいちばんこわいのは、ヒロチンコさんに借金を頼まれる夢だ。たまに見ると泣きながら目が覚めるほど。

そのことでずっとブルーに過ごしていたけれど、少し慣れてしまっている自分、奇跡が起きることを期待しなくなっている自分がいちばんブルーである。

そんなブルーな気持ちを吹き飛ばすべく「小悪魔A」を読んだ。

みっちりと内容のつまった広辞苑みたいな本で、ああ、若い頃にこれを読んでいたらどうだったかしら？　と思った。ジェンダーが少し腐っている私のこと、あまり変わらなかったと思うけれど。毎食後の歯磨きと同じくらい「やればいいとわかっているのにやれない」ことの一つに「男を追いかけない」という鉄則があります。それについてここまではっきりとうまく書いてる本はなかなかないかも。

蝶々《ちようちよう》さんの、両腕のラインがちょっとハの字なところがかわいい。確かにきれいな人なんだけれど、見た目よりなによりもオーラがきらきらぎらぎら輝いていてコロナみたいな彼女。もし自分が男だったらきっとやっぱり好きになっただろうな、わくわくして。

## 6月23日

いっちゃんと森田さんが来る黄金の土曜日シフト。チビが朝からおおはしゃぎ。はしゃぎすぎて午後にはもう疲れていた……。

陽子さんがしばらくお休みしていたのだが「今日遊びに来るって」と言ったら「いいんだよ、もうきっと来てくれないんだよ」とすねていてかわいかった。

夕方、来日中のジョルジョが来たのでいっしょに喫茶店にいたら、慶子さんと陽子さんがやってきた。これも黄金のサルデーニャを旅した女たちトリオだ。まさか土曜日の午後、日本でこの人たちとお茶ができるなんて思っていなかった。なのでとってもハッピーになる。

チビもものすごく喜んで、いっしょに「麻」でごはんを食べて、眠くて二重まぶたになりながらがんばってがんばって起きていたのだが、最後には陽子さんの膝《ひざ》で寝てしまった。

「よほど会いたいのをがまんしてたんだね」とみんなほろりとなった。

チビの気持ちが陽子さんに会えたことできらきらして、時間が過ぎないでほしいと思っていることが痛いほど伝わってきたのだ。

## 6月24日

シャスタであまりにもおいしいものを食べたので、不健康なものを食べたくなくなり、今日も「麻」へ行ってしまう。ここで出しているシャンブルという化粧品シリーズのバラとオイルが二層になったローションは最高で、ほんとうのバラの香り&しっとりだ。チビのアトピーにもよく効く。ヘンプオイルは人類に合っていると思う……。「麻」で食べると便秘も治り、お肌もきれいになるのでほんとうにありがたい。

その前に次郎くんと最近大きくなって移転した有名なお魚系居酒屋さんに行ったのだが、店員さんがてきぱき度のわりにサービスする気がまるでなく、さあ早く食って飲んで帰れ、メニューもじっくりと見ているひまはないぞ！という感じで、人気のある店が陥りがちなダメパターンを全《すべ》てきっちりふんでいた。あとからチビとヒロチンコさんが来たが席がなく、注文もキャンセルできず、持ち帰りも許されず、「たかべの焼き魚」のお金だけ払わさせられた。最低だ！　おいしいものをとにかく食べてほしいという気持ちがなにもない。安い毛がには安いだけあって、みそは溶けて水っぽくなり、解凍が失敗したのか身にも味はなかった。二度とは行かないだろうと思う。

思わずいつもの良い居酒屋さんにはしごしてしまった。そして「ほっとするね〜」と言い合った。もうけようと思ったらもうそこで飲食業はだめになるね、と次郎さんがいい、全くだと思った。人の思い出を作る手伝いをする仕事に関していいかげんな人たちを見るとほんとうに切なくなる。家具の人たちは私が「家具は一生のものだ、心待ちにしているものなんだ、楽しみに待っていたあの気持ちを返せ〜」って言ったら、はっとしてすぐにわかってくれたし、このあいだのガイドさんは「いたらないガイドだったから返金します」と言ってくれた（いただきませんでしたが）。クレームを出すのも結局お金めあてではだめなんだな、と思う。

6月25日

チビがどうしても行きたい、電話してというので、電話してから実家へ行く。

しかしまだ少し時差ぼけていて、前半はずっと寝ていた……。

後半にむりやりに起こしたらなんとか白目をむきながら起きて、必死で焼きラーメンを食べていた。そんなになるほど行きたいところがあるなんてある意味すごいと思った。

体にくっついていたシャスタの磁力が消えて行くと同時に冴《さ》え冴《ざ》えの勘もにぶってきた。すばらしいところに行ってきたということがさらにわかる。あの松の匂《にお》いが混じった甘い空気はほとんどごちそうというくらいのものであった。

6月26日

ハワイの小説の仮打ち上げ。お世話になった鈴木さんも呼んだ。どんなおそろしいことが起きてもとりあえず動揺しないで冷静に判断してくれるアウトローな旅行代理店のヒーロー、ミスター鈴木。だれか(って原さんだけど)がパスポートを忘れようと、ドタキャンするものがいようと、急に旅行に参加する人がいようと、彼は動じない。こちらもだんだん「鈴木さんがいればなんとかなるだろう」と思えてきた。しかし！　そんな彼も、終電を逃したかわいいりさっぴがどこに泊まるかを想像してめっちゃ動揺していた。人間には必ず弱点があるのね……。

永福町のやきにく家「房《ぱん》」では、食べ物がおいしくて野菜も豊富なのはすばらしいことだが、見立ててもらったワインがはずれたことは一度もない。すごいことだと思う。

6月27日

私なりに、蝶々さんがどうしてモテるのか客観的に考えてみた。先日の「小悪魔A」の論評の続き。

彼女のいちばんの凄《すご》みは「もしかして急に冷たくなるかもしれない、次回会ったらもう笑顔ではないかもしれない、残酷に切り捨てられるかもしれない」と男の人に思わせるなにかを持っていることであろう。実際にそういう人かというと実はそうではない。でも、そう思わずにはいられないなにかがあるのだ。

私が知っている「ストーカーがつくほどモテる女」の全員がこの要素を持っている。その全員が抜群な美女というわけではないが、目の中に小さな残酷さの光がある。男の本能がかきたてられるなにかが。まさに諸刃《もろは》の剣だ。それを使いこなせるようになりつつある彼女はやはりかっこいい。

英会話に行って、考えと見た目と生き方が普通に一致しているマギさんとバーニーさんと会話してちょっとほっとする。やっぱり東京は疲れるだ！　家に帰ると風邪ひきで頭痛に苦しむヤマニシくんをチビがようしゃなく遊びにかりたてていた。気の毒……。早く帰してあげて、犬二匹と子供を風呂《ふろ》で洗い上げる。

6月28日

太極拳《たいきょくけん》。またついつい踊りを踊ってしまうけれど、これは武術。

じゅんじゅん先生が絶対に武術から離れない教えかたをしてくださるので、ものすごく身につく。はじめの気功の時間が私は大好きなんだけれど、ここで退屈して太極拳にいきたい人が多いがそれだとすぐに我流になるとのこと。なんでも基礎がいちばん深いんだなあ、としみじみ思う。

そう思ってまじめにフラのベーシックステップに出るが自分の基礎がなってないことがしみじみとわかるだけだった。いやいや、少しはできるようになっているでござる。帰りはみんなでいつものお店に行った。直前に団体さんがどっと入ってきたので「これは頼んでも出てくるのが遅くなるかも」と臆《おく》した私たちにりかちゃんが「入ってすぐ頼めばいいじゃん！」と英断。ほんとうにすてきな女性だと思う。入ってすぐ勢いよく頼んだら、後から来た団体さんが意外な小食さんたちで肩すかしをくらう。人生なにがあるかわからないわ。

**6月29日**

顔が日焼けでぼそぼそになっていたので、フラスタジオの近所のエステに行く。鈴木さんの超絶技巧に感動しすぎてマッサージの順番を覚えたかったが、寝てしまって惜しい。

「よしもとさん……おもしろいですね。お友達ののんちゃんさんもおもしろいですね。

あの方は入っていらした時からもうおもしろかったです」

のんちゃん！　いったいどんなおもしろいことをやったんだ！

膝も痛いのでロルフィングにも行く。足がずら〜っと糸でつながった感じがして面白かった。

帰りに奮発して海苑で火鍋を食べる。あのスープほどにおいしいスープってなかなか思いつかない。

6月30日

久しぶりにエロ奴《やっこ》じゃなくって……貞奴《さだやっこ》さんに会う。ますます美人だった。彼女も私の知っている美人の中でもそうとうなレベル。蝶々さんが西の横綱なら東の横綱。いっしょにいるだけで得している感があり、毎日損している感でいっぱいであろうヒロチンコさんが気の毒だなあ、と思う。

昔の彼女は、そのときの彼氏の影響もあってか少し退廃的というか暗い魅力でいっぱいだったが、ほんとうの彼女はなんだかんだ言って親に愛されている健康的な一人っ子の要素がいっぱいあり、明るくて面白くて賢くて考え方が健全。そこと見た目のエロさのギャップもまた魅力。前の彼氏は最高の人だったが、今の彼女のほうが本質的でほんとうに美しい、花開いているなあ、と思った。女性の美しさは若さではなくて「今しか、今日の彼女しか自分にはもう見えない、それをここにとどめたい、自分の手に入れたい」と思わせられるかどうか。そしてそのライブ感を年と共に失う人がほとんどであるということ。

7,1－9,30

7月1日

これを読んでだれかが気づいてうまく儲《もう》けてくれることを祈りつつ。

私は中年で腹も出ているが、それだけではなく昔から骨太で肩幅が異常に大きく、身長は165もある。洋服は海外で買ってくるか、ヨージかギャルソンのLか、男物か、ぴたぴたで着るかしかない。別にすごくデブなわけではない。普通くらいのデブ。海外でいうとサイズ40。ぴったりしたものがいやなときは42をがばっと着る。アメリカのSくらい（アメリカのサイズでは10か11）。ジーンズは29くらい。人類としては普通。

今国内で売っている服のほとんどがサイズ36か38で40以降は取り寄せだったりする。私のように、サイズの問題以外にも日本に買い付けられて来る服のセンスがおとなしすぎてつまらない人にはBUYMAのシステムはすばらしいが、ここでさえこのサイズの点に気づいている賢い出品者はとても少ない。

つまり「今日本では、駅前のおばちゃん服は論外、ユニクロやGAPやエスニックではいや、オーダーメイドでは高いし、マダム服はださいし、ギャルソンやヨージなどは高いからいや」という私くらいの年齢（40代でサイズは40以上）の人のニーズに比べて、あまり売れないからとかターゲットが違うからという理由で商品が全くないのである。

そこがぽっかりとマーケティング的にあいているのである。

こういうことを書くと必ず「だから素人《しろうと》は困るよ、そんなのたくさん仕入れても売れないんだよ」ということになるが、今までそういう頭カチカチの意見が当たったためしはない。時間は流れているのである。

私たちより上の世代は平気で駅前のおばちゃん服かエスニックを買うのである。

しかし今の四十代はぎりぎりでおしゃれ世代なのである。

おしゃれ世代なのに服が全くないのである。ちょっとデブったらなおさら店で買うのが恥ずかしいからネットで買うのである。大きなサイズをいつも探しているのである。その証拠に、ほんとうに売れているブランドはひそかにではあるが顧客のために必ず大きなサイズを用意している。

これからの時代はおしゃれ中年（38号ではちょっときびしい世代）が増える一方だ。

その人たちはお金は持っているし、買い物はするのである。若者よりもむしろファッションにかけるお金はあるのである。人数は少ないが大きくお金を使うのである。ここに切り込んでいけば必ず道は開ける。

しかし！　若い人々は自分のことで頭がいっぱいで、まず自分に似合う服、自分が着たい服を自分くらいの大きさでバイヤーに頼んで仕入れてしまう。大きい服が売れ残るとますますそうしてしまう。だが見ていると小さいサイズの服も確実に返品はされているのである。自分のお店を感じよく保ちたい、店に合わない人は来なくてよいという姿勢は悪くないが、プロとしてのもうけは出せない。趣味の店ということになる。

古着とGAPとユニクロが着実に売れているのは、ひそかに自分をデブだからと思っている人がみんなそこに行くからだ。

そして宇津木えりさんはご自分は小さいのに、サイズをとりそろえているところがやっぱりただものではないなあと思う。川久保先生のいちばんすごいと思うのもそのあたりだ。商売だということを心得ているということ。

今日チビとスーツケースをしばるベルトを買いに高島屋に行ったら、子供を見てにこっとした人がひとりもいず、セールでみんながぎすぎすしていた。セールは楽しむためにあるのではないか？　と人々の不機嫌さを見て気持ちが沈んだ。私は親だから子供が無作法をすればしばしぶつしがんがん怒るけれど、他人が子供というもの全《すべ》てをうとましく思うのはどうかと思う。自分たちはいつかこの世代が作った社会に食わせてもらうことになるのに、目先の欲でうとんじたり、いやらしい目で見つめたりするなんて、全くつまらないことだ。せめて自分はよそのチビを見たらにこっとしよう。

でもチビは嬉《うれ》しかったらしく、家に帰ったら泣いているのでどうしたのかと思ったら「今日のお昼はママと出かけていろいろ遊んだの、楽しかったの、またいっしょにずっといて遊びたいの」と言っていた。もう時間が過ぎてしまうことが淋《さび》しい感覚が出てきていることに胸がいっぱいになった。「今もママは目の前にいるし、明日もきっと遊べるから、今のママを見てよ」と言ってぎゅうと抱っこしてあげた。

7月2日

今日の姉はものすごくこってりメニューが作りたかったらしく、モッツァレラの生ハム巻き、揚げた白身魚、ポテトと明太《めんたい》の入った春巻き、羊バーグ、サンガ焼きとおかゆというものすごいごはんのあとにチーズケーキだった。血糖値が上がって天まで届きそうだが、たまにはいいだろうというくらいにおいしかった。

そしてチビと姉は偽札《にせさつ》を作りまくっていた。姉は漫画家なので実にリアルな十万円札が。それを帰りにタクシーで使うといってきかないチビであった。それができるなら今頃私たちはもっと……。

ランちゃんが「お料理がうまくてなんでも作ってくれるいいお姉さんだな〜と思ってた」と言っていたが、なんとなく違うんだ！

そんな田口ランディちゃんの最新作はがんについてのものだった。

私がなんとなく思っていたことがかゆいところに手が届くような描写でびしびし攻め込むように書いてあり、彼女は私のヒーローだと思った。

世間ってなんてつまらないんだろう、蝶々《ちようちよう》さんはホステス上がり、ランちゃんは社会派、私は少女漫画、それでくくられてその奥の楽しみを拒んでしまう感じ？

今日は「イカロスの山」塀内《へいうち》夏子さんの超傑作もまとめ読みし、涙なみだ。なんて面白いんだ！なんていい漫画なんだ！

**7月3日**

気持ちがあわただしいが、やけになってよもぎ蒸しに行って、よもぎ蒸しのあとにビンゴで当たった占いまでしてもらって、けっこう遅くまでうろうろしたのち、夜にじわ～っと荷造りをする。

人前に出る仕事ってどうしてこんなに気が重いんだろう。大好きという人もいると思うが、信じられない。自信があるなしとか関係なく、ものすごく面倒くさい。というか、普段の服以外に人前に出る服とか靴をスーツケースにつめこむのが面倒なのですね。

7月4日

出発。久しぶりのミラノ。

JALもいつでもやばいなあと思うが、アリタリアはそれをはるかに上回るあぶなさだった。機内のだれも働いていない！ ダニがいっぱいいる！ ポータブルTVがみんな壊れている！「ビールはありますか？」と聞いたら「全部探しましたが一本も搭載していません」と言われた。日本人いっぱいなのに！ ビジネスクラスなのに！ 新しい！ 新しすぎる！

なるべく乗らずに生きていこうと思う。

ミラノに着いたらすでにたくじがいて、レストランを探して予約までしてくれていたのでハッピーにピッツァを食べる。たくじは頼りになりすぎるくらいで、彼のいない人生なんて考えられない。こういうのを実力と言うんだろうなあ、と思う。彼が登場すると「もう現実的な問題はない、ただねぎらいのために彼に優しくあろう」という気分になる。これぞ男の力というものかも。

イタリアは久しぶり、ミラノは五年ぶりくらいだ。

前にミラノに来た時は慶子さんがうちで働く直前だった。時間の経過と、辞めた人たちとまだ幸せに会っていることを、幸福に思う。

イタリアに行くと独特の切ない気持ちになるが、たまにそれがすごく恋しくなる。その気持ちをいっぱいに吸い込んだ。

7月5日

取材を受けまくる日だが、とにかくチビとヒロチンコさんと前田くんが行ったことないドゥオモに行く。チビはこのすごい建物をなんだと思っているのだろう？　うるさくしたので「神様のいるところだから静かに」と言ったらすぐ納得していた。なるほど。

私とりさっぴはポリーニでサンダルを衝動買い。

取材はさくさくと終わり、かわいい赤ちゃんを連れた元秘書、ナタデヒロココさんが喫茶店にやってきた。初めてのミラノのときいっしょだった彼女、今ではイタリアに住んで子持ちである。すてきだなあ、こういう時間の経過って！　またヒロココちゃんとイタリアで会えるなんて夢みたい。すばらしいおかあさんぶりで赤ちゃんがうらやましかった。

みんなで近所のかわいいトラットリアに入って、かわいくて凝ったお料理をいただく。

7月6日

本番の日。

昼間はHenry cuirのバーゲンに行き、アンリさんと奥さんのふみこさんに再会する。

またもいっぱい靴を買ってしまった……。本店は西麻布店とはまた違うムードで、古くすてきな建物に入っていて、ほんとうに工房のようだった。インテリアのものもたくさんあって買いたくなってめまいがした。ふみこさんはいつ見てもかわいくてはつらつとしていて、彼女に恋をした彼の気持ちがよくわかる。

チビは革でできた作品のようなすばらしいソファの上に乗って、アンリさんに転がしてもらっていたが、あらゆる意味で贅沢《ぜいたく》すぎる行為であった。

おふたりの行きつけのおいしいお店でランチを食べる。

夕方はリハーサル。トランスセクシュアルの国会議員であるウラジミールさんが仕切りが悪いと切れまくっていたが、それがとても真摯《しんし》な態度でかなり好感をもった。若くないおかま特有の切なさがあまり感じられないばかりか、よく生きてきた中年の美を発散していて、きらきらと美しかった。すばらしいライブの予感がした。

そしてジョルジョが私のためにすばらしいスピーチをしてくれた。舞台での彼はきらきらしていて友人として誇らしかった。

しかしその前に自分の朗読があるのだ。あまりの仕切りの悪さに私もりさっぴも切れまくった。さすがはイタリアだ。自分で切り開くしかない。

本番はわりとさくさく進み、私はてきとうにとちりながらも「ざしきわらし」を読み終え、もうすぐ九十歳になる映画監督、ルチアーノ・エンメルくんにも再会した。いつも熱烈に愛をささやいてくれる愛人だ（笑）。

エンメルくんはちっともぼけていない、全ての発言に青年の燃えるような知性と老人のシニカルな感覚がとても美しくおりまざっていて感銘を受けた。映像もあたりまえだがすばらしい。ひとつひとつの場面に情緒がにじみでてうるおいがあるのだ。

そしてそのあとはウラジミールさんとAlter Egoのとてもよいライブをやっと観《み》た。品のよい、すばらしいものだった。

エンメルくんと手をつないで舞台に上がって、目が合ったので思わずウラジミールさんに抱きついて感動を伝えてしまった。

ちなみにチビはずっと寝ていて、ヒロココの赤ちゃんは楽屋で待機、しまいには時差ぼけの子供たちがあまりにもぐんにゃりぐうすやすやなのでパーティは欠席した。

りさっぴが仕切りの悪さにちゃんと苦情を言っていて、すばらしいと思った。いい顔したい人が多いこの世の中で、こんなしっかりしたおじょうさんはなかなかいない。

7月7日

チビ「さっきまでりさっぴがここにいたのに……さびしい、りさっぴが好きなんだよ、会いたいよ」
はいはいはい、そうですか。

午後いちばんに記者会見。大入りでびっくりするが、ジョルジョもいるし、目の前でチビが「ママが舞台にいることなんてど～でもいい」という感じでりさっぴのおひざに乗っていたのがかわいく見えていたので、落ち着いてのぞんだ。前回ローマ、ナポリに行った時はなぜか最高に風当たりが強くてみんな意地悪い質問をしてきたが、今回はとてもよい感じだった。でも日本で風当たりが強い状態に比べたら、全然まし。ジョルジョも堂々とまたしてもすばらしいことを言ってくれて、胸がいっぱいになる。

私たちを会わせてくれたのは小説の神様、だから大事にしようと思った。

サインをしまくったあと、ダニエレくんに再会。いっしょにオリエント急行の中を模したすてきなレストランにお昼を食べに行き、のろけなど聞く。ダニエレくんはほんとうにほんとうにいい奴《やつ》で、しかもすっかり大人になっていた。はじめて会った時はまだ二十代で少年のようだったのになあ。

ヒロココとりさっぴと子連れバーゲンに突入。結局H＆Mで服を買う。

そして全員でカフェコバでおのぼりさんっぽくベリーニを飲んで、解散する。

## 7月8日

せっかく赤ちゃんが笑いかけてくれるようになったのに、もうヒロココと赤ちゃんと涙のお別れ。信じられない！　なんだか二十年くらいずっといっしょにいたみたいな気がする。

たくじ、ジョルジョ、としちゃん、ヒロチンコさんとチビと俺、りさっぴ、前田くんという謎《なぞ》のメンツでギリシャへ出発！　一日移動の日だが、飛行機が遅れまくり、夜中近くにミコノスに到着。暗くてなにも見えないロイヤルミコニアンホテルのレストランでおいしいごはんを食べる。昔からギリシャ料理って大好き、毎日でも全然平気。

よれよれのふらふらのへべれけになり、暗さのあまりカーディガンをレストランのどこかに落としつつ（朝には戻ってきました）、就寝。

びっくりしたことがふたつ。

日本時間朝の五時だというのに、姉からナチュラルにメールの返事が来たこと。

そしてよれよれのふらふらなはずなのに、なぜか「今からミコノスタウンに行く」と前田くんを伴って陽気に出かけて行って三時まで観光してる夜の帝王としちゃん。

あ、ありえない！

7月9日

暗くて全然見えなかったが、レストランの窓の外にはすばらしい海が！　暗いところ全部が海だったことが朝になってわかった。

ギリシャの神秘的美女アイリーンにホットストーンマッサージを受けて、ほんとうに体がゆるむ。すばらしい技術だった。

ぼうっとしてビーチへ。

蝶々さんおすすめのヘソ浴をする。おなかだけかみなりさまみたいに焼けて、ヒロチンコさんに大受けした。海は冷たいが冗談のようにきれい。エリアビーチの海辺に一軒のレストランはいつも水着の人たちやゲイカップルで満席。焼いたタコもツァツィッキもナスのペーストもムサカもみんなおいしい。そのにぎわいに触れるだけでもハッピーになる。ギリシャのお兄さんやおじさんたち気持ちよくよく働くし。すがすがしかった。

夕方は夕陽を見に街へ。港近くから見る夕陽は大きくて息を飲んだ。

夜中の三時まで普通に店が開いているこの街、姉が住むときっとちょうどいいと思う……。いろいろ見て回ってウーゾを飲んだりビールを飲んだりして、軽く食べようってことでギロスを食べ、ホテルへ。今夜も夜の帝王としちゃんとたくじはホテルのバーで深酒の世界へ入っていった。タフだなあ。

たくじたちのレンタカーの馬力が低すぎてホテルのロビーまでのすごい坂道を上がれないというおそろしい事実が判明。みんな降りて歩いて上がっていた。私たちのヒュンダイはぼろぼろでワイパーもきかず、洗浄液もからっぽで窓の外が見えず、死ぬかと思った。てきとうだなあ、ギリシャ。そのゆるさがいいのですが。

りさっぴがどんなところにでもなんとかして車を停めて堂々としているのでみんなで「やはり南米育ちだ」「南米停めだ」「南米か！」と陰口をたたく。

チビはジョルジョに向かって「欧米か！」とチョップをしていたが、ほんとうに欧米の人なのでなんともしかたない。

ジョルジョ〜、ジョルジョ〜、手をつないで歩こうよ、とチビが連発してみんな胸がきゅんとなる。

## 7月10日

今日もかんかん照りそして風も強いビーチへ。風があるから焼け死ぬ気分にならないのかもしれない。海は真っ青、空も真っ青。大地は乾いていて建物はみんな真っ白。

なんとすばらしいコントラストだろう。

お昼をいつものすてきな海の家的レストランでいただいた。水着で行けるのにおいしくてなんでも飲めてとっても楽しい。

夕陽はリトルヴェニスで見ることにする。波打ち際《ぎわ》ぎりぎりにテラスをはりだしたお店たちは夕陽見物の人でいっぱい、だれもが西を向いて食前酒を楽しむ。その顔がきれいに照らされていてすてき。

チビが突然踊り出してお店の人たちに大受け、風船をもらったりキスされたり大人気。誰の血なのだろう、この芸能の血。私とヒロチンコさんではないのは確かだ。どの店に行っても優しくされ、なにか記念品をゲットしていた。そして知らないお姉さんたちにいっしょに写真撮ろう！　と抱っこされまくっていた。いいなあ、モテ人生で。

としちゃんはアイリーンのマッサージを受けて至福の表情。普段ものすごく忙しい人なのでこれだけでもいっしょに来てもらってよかったと思う。

ジョルジョと前田くんが散髪に行き、ものすごくかっこよくなっていたので皆で驚いて彼らの撮影をしまくる。前田くんの男前度数がこんなにもアップするなんて、散髪は大事だとりさっぴとしみじみ語り合った。

としちゃんの最後の夜なので、ニコスへ行って大きなお魚とエビをばんばん食べる。「この夜があけないでほしい!」ととしちゃんが言い、私たちもしんみりする。としちゃんがいるだけで安心だった日々よ、さようなら。

常にサポートしてくれ、人に親切、自分も楽しみ、その場でできることを最大限やり、むだなエネルギーは使わず、疲れを知らない彼。やはり社長という職業は理由がないとつけないのだね。

私とヒロチンコさんは感心しまくり。どんどん株が上がっていって、これ以上高騰《こうとう》することはありえないくらいだった。最後には「私たちってなんでこんなにダメででこぼこしてるんだろう」「全くお似合いだ」と妙な結論にまで達した。

7月11日

朝、としちゃんが旅立ちみなしんみりしながら、飛行機が飛ばないで戻って来るといいね、と言い合う。

チビも「としちゃんがいなくなったら淋《さび》しくなったね、また会えるかな」と大人のように言っていた。

少し遅めに町へ出て、ジョルジョが「引き出しの店」と呼んでいる店へ。なんでかなと思ったら、なんと魚が引き出しに入っていて、自分で調理法を選ぶのだった。えび、うに、鯛《たい》、すずき、みんなおいしかった。

魚が新鮮でいいなあ、と思った。一度冷凍するとどんなにちゃんと解凍してもやっぱりだめね。

お金がなくってもおいしいものが食べられる率、日本はかなり低いと思う……。

7月12日

忘れられずにもう一回アイリーンのホットストーンマッサージを受けてしまった。やっぱり腕がよい。ものすごい才能だった。東京にいてほしいわ。

そして最後のひと泳ぎ。水がきれいで魚に毎日挨拶できるのも最後だ。淋しいからなんとなく沈んでいつものお店でごはんを食べていたら、やはりちょっと淋しくなったジョルジョとたくじがやってきてみんな元気になった。

気に入ったお店で「買い付けですか?」というくらいブレスレットを買いまくる。

そして最後の夜なのでもう一回ニコスへ。鯛とすずきとうにを食べまくる。

このお店、ガイドブックに出ているとおりにペリカンがほんとうにテーブルの間を歩いているので毎回ぎょっとする。

うにはレモン汁とオリーブオイルとお塩で和えてあって、おいしいったらありゃしない。

チビはほんとうに疲れて来るとママのところに来るのがかわいい。重いけどしばし抱っこしてヒロチンコさんの偉大さを知る。パパは大変だ。そしてもうすぐ抱っこもできない重さになっていくんだな。

7月13日

移動日、飛行機をがんがん乗り継いでミラノへ。

突然大都会に投げ出されてぼんやりしてしまった。しかしさすがローマの紳士たち、ジョルジョとたくじは顔つきまできりっとしてジャケットなど着ている。かっこいいのう。

ホテルは空港の近くだが立派な元領主館という感じで、気取ったレストランで久々にパスタを食べたり肉を食べたり赤ワインを飲んで自分を近代社会に慣らした。

7月14日

ミラノを発《た》つ日。

朝ジョルジョとたくじと別れるとき泣きそうになった。

ずっといっしょにいたのになあ、あっというまに遠いところへ。やはり人生は旅です。

チビが「おわかれってきいてないよ、だめだよ」と言って、いっしょに車に乗って行こうとしていてまたみんながきゅんとなった。

空港のごはんは日本が優れているなあ、としみじみ思う。ギリシャもミラノも「空港はやっぱり空港ですよね」というレストランしかないが、成田ではイカ焼きが食べられるのだ！

**7月15日**

帰国。勢いでピッパさんに会いにいって、またも散財。

地中海風美女の作るジュエリーとアクセサリーにとにかく弱い自分が浮き彫りに。

体が和食を欲しているので、玄米ご飯と餃子とお味噌《みそ》汁を食べて、寝ようとしたらチビが淋しいと泣いている。

「淋しくなるから旅行のはなしはしないで」と言いつつ、泣きながら「お〜つかれさまでした〜、ありがとう〜」と言っていた。仕事の旅だったから変な言葉をいっぱいおぼえてしまったようだ。

そして朝の六時までずっと「ママだ～いすき、だから寝ないで。目をつぶっちゃだめ！　チュウ、お手てつなぐから起きてて、なでなでしてあげる。ママが怒っても大好き、だから目あけててね」という感じの愛の拷問《ごうもん》が続いた。

7月16日

面白いくらいの時差ぼけ。

一日中シュールな夢の中にいるようです。

そしてさほどおいしくない居酒屋に行ったんだけれど、さほどおいしくない居酒屋って、なんというかパワーをうばわれる。あまり鮮度とさばきかたがうまくなくって、解凍がうまくいってない刺身とか、塩辛とクリームチーズを和えるときによく水を切ってないとか、そういうことって。

7月17日

チビがじょじょに風邪を悪化させている。みんな疲れがたまっているのよね。

でも楽しく澤くんに会いに行く。チビが店で私のスカートにキャラメルミルクティーみたいなのを全部こぼして、ソニア・パークさんとギャルソンがコラボレーションをして微妙なインディゴに染め上げたスカートにますます微妙な模様がついた。お店の人におしぼりをぱしっと渡されて「はい、床はこっちでやりますから、上はふいてください」と言われた。でもずっと無表情だった彼女がそのやりとりの中でちょっと笑顔になったのが印象的だった。はい、わかりました、すみません！　と言ってせっせとふいた。

澤くん「ぼくらがあの店のいちばん下《した》っ端《ぱ》のバイトみたいやったね」

腸内洗浄の話をしみじみと聞いてたいへん参考になる。腸の話をしながら食べるイカ焼きも最高だった。イカ焼きと串揚《くしあ》げ……私の好きなものの全てが中目黒のあの店の中にある、危険！

7月18日

ここぺりに行って、ほんとうに熟睡した。関さんはほとんど力を入れないマッサージをしているのに、魔法みたいに体の疲れが取れていた。時差ぼけと旅疲れ解消まであと一歩という感じまで回復した。

泉谷綾子さんの講演会をのぞかせていただいて、なにか人に見えないものが見える人はほんとうに人に幸せになってほしいんだなあ、と思った。その一点だけをもって生きているんだなあと。とても優しい良い人だった。

蝶々《ちようちよう》さんとKさんとりさっぴと女同士しみじみと飲みに行く。

蝶々「男の人にお金かしてって言われるなんてありえない、もしあったらもうバイバイキ〜ン♪」

ちっぽけな悩みを吹き飛ばすようなすばらしい発言です。

もうチビが寝たっていうので、時差ぼけを利用してひとり飲んでいたヤマニシくんと合流。いっしょにりゅうちゃんのいる店に行き、結子も呼び出した。なんか久々の人たちとしみじみと飲むいいお酒だった。

7月19日

夜明けに寝て、お昼に起きて太極拳《たいきよくけん》へ。

なんだかだんだんわかってきて楽しくなってきた。道を歩いているじゅんじゅん先生は力が抜けているのに気が充実していてただものではないので感動した。

このところずっと石のようにかたまっていたある悩み事が、澤くんの偶然の登場と昨日の宴会でいろいろしゃべったらすっきりとして、問題は残っているもののすがすがしい気持ちになった。その前にギリシャで考え抜いたのがよかったみたいだ。考え抜いてあとは天にまかせる気持ちがあればあまりグチっぽくならないし。

ゲリーとゆりちゃんとえりちゃんとごはんを食べに高輪へ行く。

プールサイドを狂ったように走り回るうちのアホガキだったが、ホテルの若い人たちがいっしょに遊んでくれたりして優しかったのでなんだかほっとした。

おととい田中さんにすすめられた耳あかを吸い出すおそろしい管の治療、やってみたら案外よかったので待合室にいて何を受けようか迷っている若い女性に帰り際に「これ案外いいですよ、耳のやつ」と言ったら、にこりともせず怒った顔で「あー」とだけ言われてその下品な態度がすごくいやだったので、ちゃんとした人もいるんだな、と思った次第。

7月20日

ラフォーレのバーゲンでお店の人のものすごい怒鳴り声の呼び込みが怒号のように続くまん前で、マック赤坂がスマイルダンスを披露していたが、今この明治通りのラフォーレの角のところの総カロリー消費量（?）は世界一だな、と思った。

7月21日

めぐみさんとお昼を食べる。おそばをすごく食べたいふたりに玉笑《たまわらい》は優しかった……。人気が出続けているのにどんどんいいお店になっている珍しいおそばやさんだと思う。

めぐみさんの服のセンスは今日もばつぐんであった。

帰宅したら大好きな森田さんといっちゃんに囲まれてチビがものすごくごきげんになっていた。

「春のワルツ」旅行中撮れていなくてどきどきしながら観《み》たがあまり進展していなかった。でも大好きな話。私の弱いつぼを全部押さえているのと、今書いている話にあまりにも似すぎているのでいつ結果的にパクったと思われる展開になってしまうかとそれもどきどきする。

7月22日

昼間からスプマンテを一杯だけ飲みながら、チビとピッツァを食べた。そんなことができるなんてすばらしい人生だと思った。

夜は小さく石森さんと私のお誕生会。

両親も疲れるのでたまたま来れる人数人で小さく小さく、と思ったが姉はでっかくコロッケとキエフを揚げまくってその上「冷や汁もあるよ」って、どういうメニューなんだろう！

まだ時差ぼけていて変な時間に睡魔が襲ってくる。午後うたたねをしていたらチビが横でしくしく泣いていて「淋しかった、ママ目をあけていればよかったのに」と言われた。

四十過ぎて子育てするにはうたた寝が必要なんだと言ってみたが、通じるはずもないのだった。

7月23日

歌子さんのおうちでおいしい手料理と玄米の合同お誕生会、ノンアルコールで充分楽しく過ごす。信じられないくらいにすてきなお部屋なので、私とヒロチンコさんはふたりになってからの人生で八回目くらいの「やっぱ間接照明にしよう」という決心をする。いつも挫折《ざせつ》するが。

ピアノのレッスンの代わりにチビが思ったことを次々に口にしてそれを並べて皆で

作詞、歌子さんが作曲して一曲作ることにする。

「おんなのうた　チビ、よしもとばなな、菊池陽子作詞　作曲　明本歌子
おんなのいえにいこうかな　ふくろにはいっていこうかな　ふくろに入らないでいこうかな　ゼリーをもっていこうかな」

末は清志郎か佐内かというような内容の歌詞である。

プロの作家とライターが手伝っていてこのレベルなのもちょっぴり気になる……。でもみんなで合唱したらけっこういい感じだった。

この他に「キャンディのうた」「ぶんぶんぶんハチのうた」というのもあるが、だいたいレベルは似たような感じ。ただ作曲は歌子大先生なので、名曲である。いつかCDにしてぼろもうけしようと思う（売れへんて）。

7月24日

四十三歳になりました。

このなんにもできない自分の人生でここまで遠くに来れるとは思わなかったな、というういろいろな経験の達成度。小説はまだまだ延びる余地あり。

すがすがしく早起きして庭の手入れをした。

エマちゃんがケーキを買って来てくれたので、ろうそくをたてた。吹き消したのはもちろんチビ。いっぱい食べたのもチビ。

それからえりちゃんのところへ遊びに行って、今年の抱負をかためる。しっかりとかたまった。人生今からだというよい気分になるが、えりちゃんは風邪ひきさんで自分も風邪をひいているのでふたりとも鼻声なのがかわいいところであった。

いろいろな人からお花やくつしたやプレゼントやお菓子などいただき、感無量。メールも心がこもったのがいっぱい来たので、幸せになった。

絶対にヴェジタリアンなんかならないね、と思っていたのだが最近実は牛肉が食べられない。でもこういう日だからやっぱりいつもの焼肉屋さんに行き、肉少し、野菜たくさんを食べて家族で平和にお食事をした。にんにくを焼いたのも食べて風邪を吹き飛ばす。

　そしてあの家の人たちのすごさをまた感じた。あまりにもおいしくて安いので、そこはいつでも満席。もしかしてこんなに働いたらおじさんがいつか倒れるのではないか、と少し心配だった。しかし、どういう判断かわからないが彼らは少しペースを落としていた。前よりも回転を遅くし、予約を中心にし、席数をほんの少し減らしている。

狂牛病のときもするどい機転で生き残ったこの店、さすがだなあと思った。これまでの価値観をがらりと変えて手をうつのが、致命的なことが起きるよりもいつだってわずかに早いのだ。

7月25日

もうこの世に河合先生はいないんだなあ、もう会えないんだなあ、というのがまだ信じられない。ずっと心をひらいて作品を読んでくださった大切な読者がひとりいなくなってしまった。彼を失望させないものを書き続けていこう。「ご冥福《めいふく》をお祈りします」とまだ上手に言えない、認めたがらない自分がいる。私のような彼にすがっている人がたくさんいるから、河合先生はみんなを納得させるために長い昏睡《こんすい》の生活を送られたのだろうかとさえ思う。大きなものに守られていたのにひとりぼっちになったような気分だ。

「クレィドゥ・ザ・スカイ」を読了。すばらしい作品だった。森先生の真骨頂であり、本人の意図を作品がふわっと超えていった、そういう魔法もかかっていると思う。デヴィッド・リンチの世界をさまようのによく似た感覚だが、文章のみでこの感じをたたきだすのはものすごい力技。やるなあ……。

永野さんの個展のためにちょっとだけ撮影の旅。

彼女のやり方は人が落ち着いて写ることができるのでいいなあと思う。彼女が落ち着いて準備しているのを見ていると、落ち着いてくる。意外にカメラマンは準備のときキリキリしてる人が多いのよ。このキリキリが実力！　と言わんばかりに。

みんなで前菜ばっかりの晩ご飯を食べる。最近もうこの世には食前酒と前菜だけあればいいという感じになっているが、歳《とし》をとったのか、ピュアシナジーのおかげなのか？

引き続き人体実験をしてみようと思う。

これまでもう数えきれないほどのサプリメントを試してきたが、正直に言ってこれは最強だと思う。こんなに効果をみたものはこれまでにない。これが安価で売られているということ自体が奇跡的な商品だ。

7月26日

ゆきさんバイト最後の日。

チビが最後にぐずって泣いたのが切なかった。わかっているんだね。

でも赤ちゃんを産むための円満退社だから幸せ、大きなおなかでいつものように笑顔で去って行った。

チビができて、いっぱい人を家に入れるようになってから何人の人と別れただろう。家に人がたくさんいてつらいのは、お気に入りのインテリアなどが制限されたり、いちばん好きな食器がたやすく割られたりすること。人の形見などが無造作に壊されたりすること（これは子供がいるだけでもいっしょ）。家の中に自分だけの時間がないこと。

すてきなのは仕事に熱中していてふと気がつくと、下で子供がシッターさんと笑い合っている声が聞こえること。

いいだけのことも悪いだけのこともない。現実の中で判断していくしかない。

フラへ。久しぶりに踊ったら体がなまっていてへにょへにょだった。みなさんにお誕生日を祝ってもらい、すてきなレイやスイカやバスローブなどいただき、幸せだった。帰りのお誕生会には陽子ちゃんも来てくれた。最近陽子ちゃんを見るたびにつきあってきた二十年の歴史の長さを感じる。ふたりとも立派に中年になってしまったが、心はあの頃のままだ。

食べ過ぎてめまいがしたが、みんなの笑顔を見ているだけで幸せだった。

7月27日

朝からがっちりと風邪をひいた。毎年必ず27日か28日に倒れている……。

私の予想では、誕生日の時期って弱りやすいというのに加え、食べ過ぎちゃうからだと思う。食べ過ぎることが体にかける負担ははかりしれない。

じゃあギャル曽根とかはどうすんだ？　と言われたら、あれはジャック・マイヨールのようなものだからいいのだ、と答える。彼女が食べているときの顔、完全に体と頭を切り離している。

がんの手術のあと、病院では治療で体が疲れるから高カロリー高たんぱくのものを取れと言われる。よかれと思って言っているのだと思うけれど、私は間違いだと感じる。体にマックスの負担がかかっている、そんなときは動物と同じで、消化の負担を減らしてあげるべきだと思う。それこそ少量で栄養がとれるもの、玄米だとか野菜だとかピュアシナジーだとかでじっとしのぐ時期なのではないだろうか。いろいろな説があると思うけれど、抗がん剤と同じくらい強い薬をヘルペスのときに使っていた私の体は、そう言っていた。ただしみんなでおいしくわいわい食べるときは別。心が喜ぶから、焼き肉でもなんでも食べたらいいと思う。

「インランド・エンパイア」を観る。

すさまじい代物《しろもの》だった。もはや映画ではない。人類に共通する無意識と悪夢の世界に体ごと入り込む体験そのもので、アトラクションと言ってもいいほど。これは映画というよりも発明だと思った。リンチ、どこまで先へ行ってしまうんだ！

あまりのすばらしさに、彼がずっとやっているＴＭ瞑想《めいそう》をはじめようかとさえ思った。

7月28日

おじぃこと垂見《たるみ》健吾《けんご》さんのお仕事で七ヶ浜へ。仙台から車でひたすら沖縄祭りの会場へと向かう。正式にはおきなわんウィーク。おじぃの人脈で祭りの全《すべ》てが成り立っていると言っても過言ではないすごい祭りだ。スタッフの人たちもみんなおじぃを中心にこの祭りを愛しているのが伝わってきて、村おこしレベルではない気迫があった。サンフランシスコ、マウントシャスタ、すぐあとにミラノに行ってギリシャへ。翌週には宮城県の中にできた沖縄に向かったわけで、もうどの文化に属しているのかどこにいるのかさっぱりわからない。タクシーの運転手さんにサンキューとかグラツィエとか言ってしまったり、ものすごく日本人的な人についハグしてしまったり、なにがなんだかわからなくなっています……。

薬を飲もうが冷やそうが熱が38度から全く下がらないので、酔っぱらったような状態で舞台に上がる。みんなオープンでよいお客さんたちだった。質問もよい質問ばっかりでした。ほんとうに。

はじめて会ったときどう思いましたか？　お互いをどう思っていますか？　と聞かれてほんとうに真顔で「おじぃはね……愛人だと思った」と即答するおじぃに胸きゅんだ。だからモテモテなんですよ！　そのあとも真顔で「なにも似てないんだけど、全部が全然違うんだけど、でもなにか通じ合うものがあって、ほんとうになにもかも違うんだけど」と言っていて、ほんとうにこの人すてきな人だと思った。

最高の民宿とと家さんで、おいしいお料理をいただきながら打ち上げ。風邪で食欲がないのが惜しかったけれど、かなりしっかり食べた。

民宿であんなにもくつろいで過ごしたことがかつてあっただろうか？　というくらい、自分の家のように幸せな一夜を過ごした。

風呂《ふろ》から出てすっぱだかでりさっぴの部屋に直行して、ノックもせずに「来たよ～！」とさわぎ、ドアを開けてもらったらいきなりベッドに裸で倒れ込んで大股《おおまた》をひらきながらごろごろ転げ回り「ここで寝るよ！」と言うチビ。

りさっぴ「チビちゃん、そんな、ダイレクトな……」
彼女のシーツには彼の濡《ぬ》れた玉スタンプがいっぱい押されていました。

7月29日

泡盛の女王と写真を撮ったり、おみやげに石垣島ラー油やてびちを買ったりしていたら、ほんとうに自分がどこにいるのかあやしくなってきた。ぜんそくも悪化してよれよれだけれど、風邪は少し快方へ。とと家さんから歩いて海へ向かう。グレーの空と冷たい海も私は嫌いではない。心にしっくり来る。ブルターニュ地方みたいな感じだった。宮城はほんとうにいいところだと思う。毎回、心が震えるなにかがある。

人の百倍くらい気配りができるしいろいろなことに気づいてしまうおじぃ、人の痛みがわかり、人の気持ちがわかってしまうおじぃ。人の百倍くらい体を動かして人につくしてしまうおじぃ、そしてそれを全身全霊でサポートしているまりちゃん。サポートしていることを売り込まず、ひっそりと、でも堂々と、ギャグも皮肉もしっかりきかせながら、落ち着いていつもそこに存在している。このふたりを見るだけで心が満たされるし、人間ってすごいものだなあと思う。

……かばんの中の「沖縄に行ってきたよ！」的なムードがやっぱりなんかくやしい

ので、駅でずんだ餅《もち》とだだちゃ豆を買って帰りました。

7月30日

だれから見ても風邪は悪くなっているのに、体の奥に一点だけ「治っていくわよ」という勢いが芽生えてるって感じの寝起き。自分のタフさに驚く。体弱いっての嘘《うそ》なんではないか？　でもぜんそくはおさまらず、夜全く眠れない。

えりちゃんともしゃべったこと。私は飲んだり食べたりするのが大好き、お金も好き、快楽が好き、おしゃれが好き、高いレストランも高級なホテルも大好き、もちろんセックスも大好きさ。でも、そのために生きているんじゃない。それだけは言える。弱いしすぐ逃げるし怠けるのが大好きで寝てばかりいるし、だらだらするのが大好き。でもそのために生きてるわけじゃない。そのために生きているにどんなに限りなく近くても、絶対違う。

ぎりぎりの線だしかなり誤解されやすいが、そうなのだと思う。

「ゲド戦記」今ごろやっと観《み》る。これは原作を読んでない人にどのくらい伝わるかと言う大問題を抱えた作品だが、私は原作を読みすぎていてもはやわからない。だいたいゲド戦記なのにゲドって言葉がほとんど一回くらいしか出てこない。でも原作を読んでいたらそんなこと当然ってわかる。だから思ったよりもずっとずっとよくできていると感じた。ゴローちゃんやるじゃん（面識ないけどため口）！　いちばん好きなシーンが内容の都合上カットされていたのが惜しいけれど、あの人たちが動いてるのを観るだけで幸せだった。原作者がどう思ったかは別として原作への愛が伝わってきた。原作を覆《おお》っているあのなんとも言えない暗さがよく出ていた。

**7月31日**

土曜日に友近が単独で地方のニュースキャスターのマネをやっている番組を観て「この人、どうして今日は英語の人じゃないの？　いつもは英語の男の人もいるよね」と言っていたチビ。違うんだ、君のその透明でなんでも吸収するスポンジのような今の時期の脳細胞の中にはもっと別の知識が植わっていくべきなんだ（それにあれ英語じゃないしさ）!!!　と思っていたら、今日の番組ではちゃんとディランとキャサリンで出ていてチビもほっとした……もっと違う！
サマースクールの帰りに関さんの家に寄ったら、楽しみにしすぎてチビがもうオーバーヒート状態。面白くてかわいかったけど、いちおう落ち着いて対応した。心の中では大爆笑していたけど。

だれにでも必要なのは、こんなふうに血がつながっていないのに本気で、でも普通に落ち着いてかわいがってくれた他人の記憶だなあ、と思う。

8月1日

英会話。

あんなに海外にいたのに全然だめだけれど、発音だけはキャサリンくらい完璧《かんぺき》（だから日本語なんだって、あれは）。マギさんとバーニーさんと今日もハッピーに会話。

夕方はヤマニシくんとチビとまたベリーニを飲みにいった。し、幸せ。夏の幸せのそうとう上のランキングに入る行為。仕事の話もちゃんとした。その他中断していたプロジェクトもいくつか動き出しているのでほっとした。

おおひなたごうのマンガを読んでおなかがよじれるくらい笑った。朝倉世界一大先生の切ないマンガを読んですごくしみじみした気分でぱらぱらとページをめくっていたら、次の瞬間には大爆笑。人間って、ほんとうに簡単。ラブ子と行った最後の散歩のことを思い出したらどんな場所でも二秒で泣けるけれど、おおひなたごうの「銀河宅配便マグロ」コミックビーム今月号のことを思い出せば二秒で大爆笑できる（人間全体というよりはおまえが簡単だ↑正しいツッコミ）。

8月2日

今日は早起きでお弁当、幼稚園おむかえ、ピアノ、自分のフラ、帰宅して明日のごはん作りと続く忙しい日。

フラは発表会の練習。出ないのに悪いな〜と思いながら、お手伝いできることはと思い参加する。けっこう必死に動いたので、帰りはみんな体育会系の部活の人たちみたいにどんぶりで麺《めん》をがっと食べて解散した。背が高いチームにいるのでとなりがのんちゃんでいっしょに踊れて幸せ……去年の今頃はまだあこがれの人だったけど、今はもっと近い存在で夢のようです。これが恋かしら。

クムとクリ先生にすてきなプレゼント（足の五本指が開く画期的なサンダルなどなど）をいただいたが、なにより嬉《うれ》しかったのはふたりが書いた超かわいいカードだった。先週仲間のみんなにカードをもらったときも思ったけれど、心のこもったカードってすごいパワーできらきら輝いている。

8月3日

寝ぼけながらいいかげんなお弁当を作り、ばりばりと仕事をしていたら意外にも時間があまったので、近所にできたネイルサロンに行く。ものすごいまつげの濃いメイクきらきらギャル的な人が来たのでどきどきしたが、

「そのすごい長い爪《つめ》、もしもなにかにひっかかったら、接着しているつけ爪からはがれるの？　それとも生爪がみんなはがれちゃうの？」

と聞いたら、

「一回やったことあります、すごく強く接着しているので、自分の爪がはがれちゃうんです〜」

と言っていた。

「ひいい、それはほんとうに痛かったでしょう、そのときどうした？」

と聞いたら、

「すぐおかあさ〜んって親に電話しちゃった。『はがれたんだけど〜！』って」

ま、まだ子供だった。かわいくてきゅんとなってしまった。

しかもすごくまじめに仕事をしていたので、日本の未来って少し明るいかもと思った。

夕方は久しぶりに結子に会ってお茶、ふたりともにこにこしていて妙に楽しかった。

最近いろいろ親を含めた人生の決心を固めなくてはいけないことがあり、実家の改装

の費用も(この脳みそから)たたき出さなくてはならないし、気持ちを明るく引き締めてかかろうと思った。

結婚記念日なので海苑に行って、薬膳鍋《やくぜんなべ》を食べる。お店の人たちとは結婚と同時くらいだからもう七年のおつきあいなので、みんな親切にしてくださり、くつろいで過ごした。

同じ男の人と七年間もったことのないほんとうはバッサンの私、めずらしいことだ……ヒロチンコさんがほんとうにすばらしい、尊敬できる人だからだろうと思う。とにかくなにがなんでもこの結婚は続けようと思う。多分このもてもて人生まだいろいろなことがあるのは容易に予測できるし、ヒロチンコさんもいつももてもてだし。もはや手を抜かずに続けることに意義がある。

結婚というのは愛とか恋とか(もちろんものすごく関係あるけれど)とは別のところにある、主に子供のことを中心に得意不得意を補い合う協力体制を伴った現実的なユニットである。若いお嬢さんにこれを言うと「いやだ〜、いつまでも夫とラブラブでいたい」と必ず言われるしお気持ちはわかるのだが、いたしかたない。しかし、人生でほんとうに双方が恋愛だけのための恋愛におちるどうしようもない相手にはたった一人出会えるか、もしくは出会えない、そのくらいの確率でしかない。少なくとも私のそれは若いときにとっくに終わっている。そういう人と結婚できる確率なんてほとんどゼロだろう。ある一ヶ月しか密に会えなかったが一生それが残るということもある。さらには相手のあることだから、出会えなかったらそれまでだ。私の場合それはヒロチンコさんではなかったことを断言できるし、ヒロチンコさんにとっても私ではないだろう。だからといって愛していないわけではない。ものすごく愛している、大小（夫とチビ）セットで。命をあげてもいいくらいに。

これを読んでたいていの中年はうんうんうなずくだろうと思う。

**8月4日**

ももたさんとチャカティカデート。スイカジュース最高に甘かった。

七ヶ月なのにほんのちょっぴりしか出ていなく見えるお腹《なか》。でも落ち着いていてとてもきれいだった。

今おおでかっ腹になって「予定より早く産んだほうがいいんじゃ」と言われているしみこさんと足して二で割れないものだろうか……。

**8月5日**

二十年前に私が、へその緒がついたままで拾った陽子さんちの猫、杉本彩ちゃんが危篤《きとく》になったので、タクシーを飛ばして会いに行った。私が拾った当時、二時間おきにミルクをスポイトで飲ませて、お尻《しり》をふいておしっこさせて、なんとか命をつないだ彼女……。私が帰ってからすぐ亡《な》くなったそうだ。切ないし涙が止まらないけれど、きっと陽子さんの病気を持って行ってくれたと思う。うちもそうだったが、動物は飼い主や飼い主に近い人が危機に陥ると代わりに死ぬ。うちのパパがおぼれたときもがんのときも犬が死んだ。不思議だけれど。

これを書いていたらチビがすごく自慢げに「自分でうんちしておしめ換えたから。もうできるようになったんだよね」と言いにきたので見に行ったら、うんちがついたおしめがゴミ箱に捨ててあり、彼は新しいおしめをはいて、ズボンも自分で着替えていた。

違うだろう！ そんなことができるんだったら、もう自分で普通にトイレに絶対行けるだろう！ なにかが根本から間違っている……。

そう言ったら「でもおしめが換えられれば別にいいと思うんだけど」と反論された。高校生までこれで通されたらどうしよう。

8月6日

昨日死んだ猫の彩ちゃんについて考える。

産まれた日に捨てられ、まだ目もあいていなくてへその緒をくっつけていたときに私に出会い、それから三ヶ月間いっしょに暮らし、陽子さんの実家にひきとられ、二十年間愛されて健康にそこで暮らし、最後の瞬間にもういちど私に会って、去って行った。どういう縁だったんだろうな、と思うし、とても長くて大きな話だったなと思う。

昨日は家族全員で彩ちゃんの亡骸《なきがら》と添い寝したそうだ。自分が拾った子がそんなふうに愛されて天寿を全《まっと》うしたこと、幸せに思うべきだろう。

夜は実家に行き、姉のおそろしい鉄板焼きを食べる。なにがおそろしいって石森さんを入れても七人しかいなくって、しかも両親はほとんど食べないし、チビも最後の焼きそばくらいしか食べないってわかっているのに、どう考えても十二人前の食材が並んでいるのだ。「焼きそばは二人前でいいよ」と言っているのに、ちょっと目を離すと四人前炒《いた》めているのだ。

8月7日

アルゼンチン大使のダニエル氏のご招待で、アルゼンチン大使公邸におじゃまし、関係者数人でアルゼンチンについてのいろいろな会話を楽しんだ。当時私のアルゼンチンの旅行の日程表をたまたまうちで奈良くんが見て「ありえない、こんなスケジュール、きついな～」と言っていたことをはっきりと覚えている。アルゼンチンの人たちさえも私の体験の多さから全行程が二週間強だったことに衝撃を受けていた。とても温厚で賢く、祖国を愛している人たちだった。いろいろな情報を交換し合い、有意義な時間を過ごした。

かなり立派な建物で飾られている絵画などもすばらしく、そしてランチの料理のレベルがおそろしく高かった。この家のシェフはすごい腕だ、と姿の見えないその人に敬意を感じた。

「吉本真秀子さまを招いての昼食会」（なんで本名なのよ？）と書いてあるメニューが添えられていたが、量も質もほんとうに料理のことを考え抜いた人だけにできる力の入りかた抜けかたで、感心した。エビとオレンジの入ったサラダ（バランスが実によかった）と、赤ピーマンの冷たいスープ（クリームが少なめな分、サワークリームが少しだけ美しく浮かんでいた）と、絶妙の焼き加減に焼いた小さなラムと、温かいチョコレートのケーキだった。最後のケーキがおそろしくおいしく、甘いものをあまり食べない私でさえも残さず食べた。りさっぴと公邸を出たとたんに「お、おいしかったね」「お、おいしかったですねえ」と言い合った。

8月8日

朝チビがすやすや寝ていたのでふとんをかけなおしてあげたら、満面の笑みを浮かべて「おいしいよ！」と言った。こう生きたいものだ。その後もヤマニシくんが汗だくでやってきたら「その汗の匂《にお》いかがせて〜」とせまっていた。子供っていいものだな〜。

8月9日

朝七時からずっと、チビの果てしないいたずらにつきあっていたら、ヒロチンコさんも私も疲れてなぜか冷や汗が出てきた。

なんとかして太極拳《たいきよくけん》へ。だんだん段階があがってきて面白くなってきているけれど、体がついていかなくてもどかしい。でもじゅんじゅん先生は異様に教えるのがうまいので楽しかった。

フラも体がついていかなくてもどかしいけれど、好きな人しかいない空間っていうのがなかなかないので、すごく楽しい。発表会前でみな気持ちがはりつめていているだけでも身がひきしまる。

でもいちばんよかった会話はロッカールームにて。

かめ「ねえりかちゃん、どうしても聞きたいことがあるんだけど」

りか「なに？　どきどきしちゃう」

かめ「欧米か！　の人って、どうしてあのライオンがついてる服をいつも着てるの？　Tシャツだけじゃなくって、どんな服を着ていてもついてる気がする」

りか「そもそも彼のお母さんがあちこちにアップリケをつけていた、みたいな話だったと思うよ」

かめ「ありがとう、検索もしてみたけどわからなかったの」

りか「検索もむつかしいよね、そうなると」

私「情けない検索履歴になっていませんか？」

りか「『タカ&トシ　Tシャツ』『タカ&トシ　ライオン』『おうべいか　ライオン』

『アップリケ ライオン』って感じでね」

帰りにそんなりかちゃんにみんなで恋愛指南を受けるも、あまりにも高度すぎて「もういいです、一生そんなことなくっても」「次にチュウした人と結婚します……」などとみんながかえって逆の方向にふれてしまった。

8月10日

なんで読みのがしていたのかわからないが、ほぼ日で糸井さんが綾戸智絵《あやどちえ》さんにインタビューをしている記事をまとめ読みして、感動を超えてうなってしまうような感想を抱いた。綾戸さんを昔から尊敬しているが、そして幻冬舎さんは親しいのではほんとうに申し訳ないが、ページ数は少ないのに綾戸さんの自伝の本の百倍くらいの情報がそこには入っていた。

私は自分を糸井さんのおともだちだと思っているし、糸井さんも私を近しく思っていると思うのでかなり書きにくいが、糸井さんはそもそも「自分は創《つく》り手ではないからどこかインチキだ」というコンプレックスみたいな気持ちをどこかに持っていて、それが彼の活動の原動力になっているのではないかと思う。私は糸井さんのいいところもわるいところも知りすぎているからますます書きにくいし面と向かっては一生言わないけれど、彼は全然インチキな人ではない。プロデューサーとしてもものすごい才能の持ち主だ。彼がいると周囲の空気が強く震える感じがある。また彼には潜在的に独特の内気さむつかしさがあり、人をほんの少し緊張させる。だから彼がにこっとすると人は活気づくのだ。綾戸さんとの対談はほとんど侍どうしの真剣勝負のような迫力があり、お互いをぎりぎりまで引き出し合っているのだが、糸井さんの質問があまりにもうまく偉大なために綾戸さんが普段言いそうで言わないことを言ってしまうことを、自分に、そして糸井さんにゆるしている。すごいセッションだった……。

糸井さんが現代社会に与えている功績の大きさを思い知った。

このところトピック多すぎて日記長め……。

菊地さんのラジオにゲストで出演。同じ年代なのでなんとなく前から知っている人のような感じがする。すてきな上にほんと〜に頭がいいし、頭のいいことでいろんなことが閉ざされないように体の勘で動くようにしてる理想的なバランスにほれぼれした。曲をかけるときに生き生きと輝きだすその音楽魂もかっこいい。そりゃあもてるよね、だってほんとうにすてきだもん。

夜は来日中のとしちゃんとしちゃんの娘である超かわいいハーフのおじょうさんと食事。絶対大学生くらいに見えるのに十四歳だった。あまりにもかわいくてさすがのチビも緊張してキス一回しかできなかった（それだけできれば充分という説も）。福井の中学校に短期留学していたようだが、そこの男子たちがどんな気持ちで過ごしたのか察するとどきどきする。

8月11日

夏休みらしく、いっちゃんと前田くんを動員して東京ビッグサイトに森先生の応援にゆく……と言っても、チビを遊ばせに行っただけという説も。じゃまになっていただけの気も。チビは三回もトーマスに乗り、いっちゃんは蒸気機関車の運転にトライし、ものすごく充実していた。

私が大学時代鉄道研究会の幽霊部員だったことはとても有名な話だけれど、そのときの先輩たちはみんなシャイなのにものすごくいい人たちで、今でもたまに会いたいと思うほど。司先輩元気かな、ナリゲンさんは結婚できたのだろうか。細谷く～ん！などと思った。細谷くんは模型でなくほんもの派だったか。卒業後実際に小田急線の改札にいたので度肝を抜かれた覚えがある。彼は将来のためにといつでも切符を切るあのハサミみたいな奴《やつ》を手に持って筋トレしていたが、自動改札になってその努力は無に。

なので国際鉄道模型コンベンションにいる人たちは、とても懐《なつ》かしい感じがした。

・地味で眼鏡で頭がいい
・地味で頭が良くて独特に社交的
・鉄道に打ち込む覇気のない中高生

をたくさん見ました。でも全般的に好きなことがあるのはすばらしいし、車いすの人たちが広い場所で好きなものを見て嬉《うれ》しそうなのがよかった。

森先生は発想の力でやはり群を抜いた存在だったし、おとなりの井上さん、星野さんのすてきなことと言ったら！　やはり想像力と独創性がいちばんの宝だなあと思った。

本をくりぬいてガシャポンのレールと車両でレイアウトをする、に至ってはどんなに凝ったNゲージの世界よりも面白かったし、アンティークのものをただ飾るのではなく自分でメンテナンスするというのもすばらしい。持ち主は絶対そうしてほしかったと思う。

それから森先生のファンクラブの人たちがとてもすてきで、うらやましくなった。私もファンクラブ作ろうかな……でも手伝っていただくにもいったいどこになにを展示すれば？　限定品をネットで販売？　でもその限定品ってなに？……もう座礁《ざしょう》しました。

その後打ち合わせで表紙に使うちほちゃんの写真をみなで選ぶ。選べないほどいいねえ、と意見が一致して、候補をあげるにとどまった。あんなすごいものをひとりで見ていたのが苦しかったので、みなが彼女の才能に驚いたのが誇らしい感じがした。もともと映像の人なので写真を撮っても勘が違うのだろう。女性的でありながら大胆で強いという、彼女の全《すべ》てが出ている作風だった。

8月12日

服装を含めた見た目ってまさにその人だなあ、と思う。昨日森先生が着ていたシャツはものすごくよかった。色も柄も。

私は夏はいつもほとんど半裸のような服装だが、外国では浮かない。日本でも下北では浮かない。しかし鉄道模型の人たちは意外にきっちり着ているので、となりのブースの人たちから「若いお嬢さんがそんな露出の多い服を着ていたらいかん、ちょっと嬉しいけど」というクレーム（？）が来た。若いお嬢さんって……四十三なんですが。よし！　これからのターゲットは六十から七十代に決まりだ。そこではまだまだ売り手市場！

8月13日

父の血糖値が死人かと思うほど下がり、意識不明になって救急車で病院に行き、母から「覚悟しておきなさい」と電話がかかってきて覚悟していたら、また復活してきた。もしかしてこれはフルフォード博士の言っていた「痛みの記念日」(過去に大病、事故をした日もしくは時期に一瞬調子が悪くなること。神経系についた傷が同じ季節に同じ反応を呼び起こすらしい)か？　確か今頃おぼれていた気がする。

しかも父が奇跡の復活をとげるたびに姉や私が救った動物が一匹死ぬのが気になる。今回はなにが起きるかと思ったら、ゆきさんちに行ったまだ若いミクロが死んだ。姉が命を救った美猫さんだった。

まあ父との因縁もあるような気もするが、死因は明らかに医療ミスだ。時代が変わっているんだから、昔型のいいかげんな獣医はほんとうに滅亡してほしい。おのれがいいかげんな量の薬を投薬されてみるがよい！

夜は下北沢のまちづくりを考える商工会主催のライブへ。

ものすごく書きにくいことだが、あえて書くと、私は一度これではないある団体のあまりのマナーの悪さと運営のずさんさに頭に来て、この活動への協力をしないで別の角度から貢献することにした。そして後から自然にお友達になった人たちは商工会の人たちだった。私は基本的に無料では動かないが、この人たちのためには、自分の仕事の本質に関わる「しないこと」以外のできることはしようと思っている。逆にあの人たちは理由を言えばしたくないことを断ることがちゃんとできる立派な人たちだ。例えば駅ビルが悪いとは思わない。書店もあるし、レストランもあり、便利だろう。開発は悪い面ばかりではない。しかし駅ビルの元会社と関連があるテナントしか入らないので、面白くも何ともない。地元の店を安くテナントとして率先して入れるような気概のある解決法は、日本の文化度では望めない。上野ではまさにそういうことが起きた。人々が最も愛していた立ち飲み屋が消えたのだった。それから確かに駅前の市場は消防法から見て問題点があるだろう。ないと思う人はあれを上から見て見てほしい。すごいことになっているから。しかし！　だからと言って全部取っ払えばいいという考えは乱暴すぎないだろうか。都が援助してそこそこ外観を残しながら保存する技術があるのではないだろうか。多少お金がかかっても。

開発は、うまくいってる人たちにはどっちにしても関係がないだろう。資本があり、生活もうるおい、社交的で、何店舗も出せるような人たちにとっては「場所をずれてやればいい」っていうことになるだろう。そうでなくても大丈夫な人たちは必ず自分で道を切り開く術《すべ》を知っている。しかし、そういう人ばかりではないのだ。だめで、弱くて、しおれていて、どんどん傾いていって、人にも好かれず、ただうろうろ生きている、そんな人たちを責める社会、これほどくだらないものはない。そういう人たちがときにうとまれながらどこかで許され、愛され、役割を果たしてなんとかひっかかっている社会こそが大切なのだと思う。

今回の再開発の話は、まさにそういう人たちを切り捨てたいといういやな世界の典型的な発想だと思う。

それにしても！　曽我部さんのライブはものすごくよかった。あの光り輝くカリスマ性、歌とギターのうまさ、わずかなリハの時間とちょっとゆるすぎるミキサーに対する品のよいぴしっとした明るい対応、すべてがあまりにもかっこよすぎる。昔よりデブなところも私的にはものすごくツボにはまり、もともと好きだったけど大ファンになってしまった。もうほとんど恋しているような、あと少しでも彼を見ていたい、その声を聞いていたいという気持ちで、ライブを見ていた。

**8月14日**

じゅんちゃん、りさっぴ、陽子とフレンチ。「ル・ブルギニオン」。数年前飴屋《あめや》さんがソク・シン・ンというタイトルで長い期間、箱に入っていたすぐそばだ。あの時の自分の胸のしめつけられたこと、そして妻のコロちゃんがかわいかったこと、餡屋さんのあまりの偉大さに自分のふんどしのひもをしめなおしたこと、一生忘れないだろう。他人がこうして一生忘れないなにかを成し遂げたというだけで、あのアートは価値があったと断言できる。

そのレストランは内臓、煮込み系と聞いていたのでもっと重いかと思ったが、日本人と夏に合うようにいろいろな工夫がなされていて、シェフの用心深さと周到さにしみじみと感じ入った。メニューの組み方もかなり考え抜かれている。それから働く人たちが自分たちのお店を誇らしく思い愛しているのがよく伝わってきた。いいお店だった。

女子同士で気兼ねなくおいしいものを食べてワインを飲んだりするのって、人生の喜びの中でもかなり上のほうにあると思う。私たちは噂話《うわさばなし》を一個もしないでずっと笑顔だった。すばらしい人たちだと思った。

8月15日

うちの実家の墓はものすごくむつかしい場所にあり、いつも墓地の中を迷ってはお線香を燃え尽きさせてなおたどりつけない。今年は父の健康も優れないし比較的近所なので私がお墓参りに代表で行くことになり、覚悟を決めて炎天下の墓地を歩き出した。しかしすぐに発見できた。笑ってしまうようなめっちゃすごいギター型の墓がおとなりにできていたからだ。もう迷わないでよいわ。亡くなったそのギターの人よ、ありがとう……。

午後は事故渋滞に巻き込まれつつも大御所ここぺりの関さんのゴッドハンドのところへたどりつきマッサージしてもらい、しつこく奥のほうにあった頭痛が消えた。やっと夜なめらかに眠れる。頭痛があると眠さも急に来るのでなんとなく忙しい感じがしていやだったのだ。

ヤマニシくんに教えてもらった326mixiナンパ歴をちょっとだけ見て、げらげら笑う。そしてやはり断言できるように思う。人とは、やはり、見た目のままだ！

ちなみにヤマニシくんに借りたコミックビームは今月号ではないことがわかりました。数ヶ月前のものでした、ごめんなさい。おおひなた先生はいつも最高だけれど、その回はもう、すごすぎた。

8月16日

父がいつまた低血糖で倒れるかわからないので、とにかくしたいことを悔いなくしようと佃島《つくだじま》へ行く。住吉神社で家族みんなで座ったりして、いい感じのひとときを過ごした。それからもんじゃを食べたり、とてもここには書けないものすごいネーミング「ク××ボ」というデザートを食べる。あんこをあらかじめ粉に溶いてクレープ状に焼くもの。父が幼い頃からあったそうだ。父は喜んでたくさん食べて血糖値を360まで上げていた。一週間の間に血糖値が10くらいから400くらいまで変動するとはすごい人生だ……なんて言っている場合じゃないのだが、もうやけくそだ！
そんな父が母を思いやっていろいろ優しくしてあげているのを見てしみじみと感動した。あとふたりともチビのはしゃぎぶりを見て「男の子はほんとうにすごいな～」と心底からつぶやいていた。朝日をさましたときから、寝る直前までずっとものすごいテンションではしゃぎ続けている、真に陽気な彼。大人でいうとちょうどコカインか覚せい剤でキマっている状態か陽気な酒乱を想像してもらえると、ぴったりきます。

8月17日

暑いけれど、しばらく日本にいることができるという喜びのほうが勝っている。
飛行機に当分乗りたくない、いつも飛行機に乗っている澤くんをほんとうに尊敬しちゃう。絶対ありえない。

久々の人たちにちゃんとメールをしたり、会ったり、電話をしたり、両親を連れ出したり、ゲラを見たり、表紙の絵のお礼を原さんにやっと言ったりできたので、すっきりした気持ちだ。海外に住むと帰ってくるたびにこういう気分になるんだろうな。

仮面ライダー電王のものすごいこじつけ的な携帯電話のおもちゃが出て、一日中チビがそれでイマジンたちに電話をして遊んでいるので、ほうっておいて、後でふと見たら私の携帯で遊んでいて、あらゆるところに電話をかけていた。このあいだも「高橋先輩と電話をしたよ」とか言っているので、もしやと思ってかけてみたら「ああ、さっきチビからかかってきたよ」と普通に返事がかえってきたのでおかしかった。みなさんほんとうにごめんなさい。

佐内くんが私のゲーテのエッセイ用にセレクトしてくれた写真はすばらしかった。彼のモノクロの写真は、この世のすばらしい写真たちの中でもかなりすばらしい位置にあると思う。カラーのほうは一般受けするとしてもまだ他の追随をゆるすラインにあると思うが、モノクロの写真には彼にしかないなにかがある気がする。

## 8月18日

先週に引き続きチビ孝行でもしようと、下北阿波《あわ》踊りを見がてらわたがしを作りにいったら、たまたまオガワさんから電話があり、今から違うクラスのフラシスターズが三茶の祭りで踊るというので、タクシーでさくっと観《み》に行った。みんなとっても上手だし、きらきらしていたので満足した。チビはかき氷を食べて幸せそうだった。

体調が優れずそのわりには果てしなく家事雑事などがあり、なんとなく沈んだ気持ちでいたのだが、きれいな服を着たきれいなあっちゃんとオガワさんを見たら、いっぺんに心が明るくなった。うまくは言えないし実に差別的なのだが、こういうの以上に大きい女性の力ってないような気がする。今の自分を見ても、全身全霊でママである以外特に長所は見当たらない。ただしいかにママでも転んでもただでは起きない、自分なりに体を張った果てしないネタ拾いはやめられない……。思い出というと聞こえはいいのだが、ネタを集めるだけのこの人生。

**8月19日**

昨日踊ったバンブーダンサーズが下北でも踊るというので、チビと妖怪《ようかい》大図鑑（今、チビの世界は鬼太郎一色！）を買いに出た流れで見に行ってみたら、ちょうどいい時間についてしまい、となりの庄やの表のイスでビール枝豆つきでかぶりつきで見れてしまった。自分も曲と振り付けを知りながら見る、夏の晴れた空の下の女たちの踊りっていうのはやっぱりすばらしく、こういうお得な気持ちになるためだけに何年間も習っていると言っても過言ではないなあと思った。

このあいだ、久しぶりというか十五年ぶりくらいにあがた森魚《もりお》さんのライブを見たが、彼の作ったすぐれたメロディはやはり他に類をみないものだな、とあらためて感じた。歌詞もすばらしいし声もすごいのだが、あんなにわかりやすくしかしありきたりではないメロディをどうやったら創《つく》れるんだろう？　名曲「サブマリン」のコーラスに客としてちょっと参加したら「♪ホテル花屋カフェシアターに、床屋明かりともし出す頃♪」っていうメロディがもうずっと頭を離れなくなり、気が狂いそう（笑）！　こんなすごいものを私が高校生くらいのときに発表していたんだな、とあらためて驚いた。

8月20日

那須《なす》へ。うっかりものすごい温泉に立ち寄ってしまった。崖《がけ》の下までものすごい急な階段を降りて行くしかないところ。帰りはゆだってるし登りだしあらゆる意味で地獄。チビがすいすい登って行くのが衝撃だったし、いくら急だといってもたった三百五十段なのに息があがった自分も情けない。スクワットでもしよう……。もうだめだ、とやっとたどりついた食堂ではいきなり炉端焼きで火がぱちぱちいっていて灼熱《しゃくねつ》地獄、笑うしかなかったのでほんとうにみんなでげらげら笑ってしまった。後から来た人たちも「うわあ！　熱い！」「湯上がりにこりゃかなわん！」と言っていた。なんのためにあのメニューなんだろう？　もしや心身を鍛える……（笑）？

男の中の男、ヒロチンコさんのパパは今日もスズメバチの巣のすぐわきにあるブルーベリーを果敢にほとんどパンツ一丁、素手でつんでいた。昔の人って根底にある勇気の量が絶対に現代っ子と違う。あまりのかっこよさにぽうっとなりました。

8月21日

歯医者さんに行ってチェックしてもらったら、自分の歯につまっている金属はアマルガムではないことを知り衝撃を受ける。三十年前に入れたのに。ほとんど同じ歳《とし》のヒロチンコさんはアマルガムマンだったのに！　まあほっとして祐天寺の有名な店のタコスをちょっと食べる。とてもおいしかった。新鮮な野菜いっぱい、ちょっぴり肉が入っていて、薄い炭水化物でくるまれている。このバランスで毎回食事を済ませたいものだ。

そう言いながらも夜はじゅんちゃん、まきちゃん、りさっぴと近所にワインを飲みに行った。みんな酒が強いのでたいそう飲んで、しゃべりながら歩いて帰った。女子の会、楽しい……。

コンビニにつながれていたゴールデンをさんざんなでたり匂《にお》いをかいだりしてゴールデンレトリバー欲を満たした。おでこにある尖《とが》った骨の感じとか、胸の毛がふさふさしてるところとか、あまりの懐《なつ》かしさに飼い主もびっくりするくらい熱心になでてしまった。

8月22日

ヤマニシくんといっしょにデナリさんの個展に行く。たいへんよかった。彼女のバランスの良さと悪さ、計算できるところとできないところの幅はそのまま才能の大きさだなあと思った。作風もしっかり決まっているし、あとは描けば描くほどよくなっていく一方という、とてもいい時期に入っている感じだった。あとは、空間全体を展覧会場と見るという、とても大切だがみなはなかなかしないことを、かなり綿密にやっていた。ひと目ぼれして、モンサンミシェルの小さい絵を買った。

名倉さんからものすごくナチュラルに「今週末の世界妖怪会議に出るために作務衣《さむえ》

を買わなくちゃ、下北で売ってますかね?」というメールが来たが、売っている売っていないとか答える前に、はじからはじまで突っ込みどころであふれている。
久しぶりに父と文学的なことを電話でしゃべって、本気で反論してむりやり納得してもらった、というか話が通じるまであきらめずに食い下がった。血糖値が不安定な人に対してなんてことを! と思う人もいるかもしれないが、親子に限らず年配の人はいつも若人《わこうど》に本気でぶつかってきてほしいものだと思う。それに反論と言っても話はよい方向だったので、お互いに多分すがすがしかったと思う。

8月23日

小学生くらいのときに「こんなすごい人がいるんだなあ」と思い憧《あこが》れた、詩人のゲイリー・スナイダーさん。後に彼の周囲の人たちの本もたくさん読むようになった、私の青春時代のアイドルだ。まさか先方が自分を知るようになり、会うことができる日が来るなんて思わなかった。気分としてはちょうどバンドをやっていて、突然ストーンズとライブをすることになったような感じだろう。会わせてくれたベイリーくん、私のあこがれである琉球《りゅうきゅう》大、ハワイ大、カリフォルニア大(単に勉強じゃなくて海が好きなだけでは)の全てを網羅しているすばらしい人生、山里センセ(あまりにも、あまりにもキュートな彼！）に感謝したい。

ゲイリーさんはとてもとてもすてきなおじいさんになっていた。息子さんもすてきだった。「人の全ては見た目に出る」という私の気持ちがますます確信に変わった。たたずまいがもはや詩のようだ。これまでのたくさんの経験がみな深みとして体に刻み込まれている。

ヒロチンコさんも彼に「あ〜、ロルフにはロルフィングをやってもらったことあるよ、めっちゃ痛かった」という話を聞いて幸せそうだった。なんといってもアイダ・ロルフはヒロチンコさんがロルファーになったときにはもう亡《な》くなられていたロルフィングの創始者だからなあ！　ライブでカリフォルニアにいっしょにいた世代なんですね。ゲイリーさんは。

私「やっぱり元祖が痛いんじゃん、ヒロチンコさんも痛くやれば？」

と言ったら「元祖をまねして痛いだけでだめな人がいっぱいいるからなあ」としみじみ言っていた。プロだなあ！

8月24日

今週頭に突然インターホンが壊れて、来る人が全員いきなり入ってくるか、ものすごい音でノックをするので毎回びっくりする。大家さんが大至急手配してくれたが、結局予約が取れず今日になってしまった。とても心臓に悪い日々だった。

台湾に仕事で何回も行っているが、出発時間かなにかのつごうで、二回ほどチャイナエアーを使ったことがある。

帰国時に、私はエコノミーの席で仕切りをはずして横になっていちおうゆるくシートベルトをしめて爆睡していたのだが、気づいたらガガガと着陸していて地面の感触を全身で感じた。

JALのようにシートが二ミリくらい倒れていてもがんがん起こしに来て直させるのもどうかねと思うけれど、その場合は、起こしてほしかったよな〜。あの事故、さもありなんと思った。

8月25日

虫歯があるので旅先で痛くなるのはいやだと思い、自ら歯医者に行って、がんがん麻酔を打ってもらって一気に治療してもらったら、中野先生に「よしもとさん、君はほんとうにえらくなったね！　子供ができると親も大人になるんだね、自分で来たし、歯もきちんと磨けているし、私は感心しました。見直しました。昔とは歯に対する意識が全然違う。成長したんだね！」とほめられたので嬉《うれ》しかったけれど、この歳になってこのほめられかたをするって、なんだか情けない……。

両親が大丈夫そうなので、やはり少しでも海に行っておこう、ということになったものの、母が病院に行って疲れて行く気を失ったり、インターホンが壊れて何回も修理したりして二転三転、やっと旅立てる。どうなることかと思った。でもなんかまだ不安なくらい。

8月26日

「ひな菊の人生」という私がいちばん好きな小説はほとんど焼きそばが主役である。その焼きそばのモデルになったお店がついに閉店してしまった。伊藤（旧姓）尚美ちゃんの実家である根津の花や（この味も私のふるさと）のことではなく、土肥《とい》の清乃というお店だ。私たちは毎晩そこへ行き、飲んで語り合って焼きそばを食べた。清乃さんとご主人ともどんどん親しくなった。去年の最後「また来年ね」と言われたとき、ああ、来年はないな、と思った。彼女の顔がそう語っていた。

帯津先生のおっしゃる通り、これが「旅情」だ。人生の大切な味だ。

そして「小説に書いておいてよかった」とも思った。自分よりは少なくとも数十年はあの焼きそばは長く生き残るだろうから！

全然関係ないが、人生エンジョイ派にはその考え方特有の弱いところ、だめなところ、インチキなところがあり、同時にものすごい瞬発力や強さ豊かさもあると思う。私は小説家だからまあエンジョイ派の片端にいて、なるべくよい瞬間、きらきらしたもの、死んでもいいと思う瞬間を集めがちだが、そうでなかったら多分地道に孤児院とかかけこみ寺を経営していただろう。ゲイや占い師の友達が多いのは、彼らは基本的な人生の形からはじきだされた存在で、ただ今をエンジョイするしかないからだろう。その性癖ゆえに家族と円満もむつかしいし、子孫を残すのもむつかしい、普通の会社で出世することもかなりむつかしい。私も全くその通りの人間だから、気が合う。

逆にとにかく形を生きて、その中で絶対的に自分を貫く派にも、その派なりのとてつもない強さ豊かさがあるし、思わぬ弱さなどもあるだろう。

いずれにしても自己を極めていくと、人は最終的に同じところにたどりつくだろうと思う。宗教的な地点でもなく、あきらめでもない、むだがなく合理的で、抽象的な意味での標高の高い地点だろう。大切なのは他の生き方を排除しないこと、愛情を持って尊重することだろうと思う。でないといろいろな種類の人がいる意味がゼロだし、愛という言葉の意味がぺらぺらになる。

8月27日

道が陥没していたせいか、もうお盆すぎているからなのか、人がいない。海にも人がほとんどいない。前田くんとたかちゃんとりょうくんを送りに港まで行く。船が去っていくといつも胸がきゅんとなる。でも帰ったら鈴やんと末次夫妻が来ていた。それでまた気持ちが明るくなる。さびれた町は悲しすぎる。陽子ちゃんのいない海は十年ぶりくらいで、それも淋《さび》しすぎる。

気晴らしに船で戸田《へだ》にでも行こうかと思っていたけれど、やってきた船の小ささとゆれっぷりを見てきっぱりあきらめた。

私は自然なんて全く好きじゃないはずなのに、たまに沖でひとりになって魚と遊んだりふっとあたりを見ると、あまりにも全てがはっきり見えて目が覚めたみたいになる瞬間があり、そのときはもうなにもいらないと思う。海と景色と自分だけでいい。浜には子供や友人が待っているけれど、その人たちを愛しているという気持ちだけここにあるし、もう会えなくてもいい。そのくらい満ち足りた瞬間だ。

そしてそういうときを味わうたびに「死ぬ時がたまたまこういう気分だといいな」と思う。

8月28日

チビの「りさっぴ、とにかくはだかをみせて〜」というパワハラ&セクハラも少し落ち着いて、昨日はビスコをほおばりながら寝たうえに、寝ゲロを吐いていた。心配〜。

海にはなぞの青く丸いクラゲがいっぱい浮いていて、泳ぐのも命がけになってきたので、波打ち際《ぎわ》で遊んで過ごす。ものすごいひま。もうひますぎてついに鈴やんにパソコンを借りて日記を書いている。

森先生の「ゾラ・一撃・さようなら」なんてもう二回くらい読んだ。時間のありすぎる海辺で読むのにぴったりだ。石原夫妻がシャンパンやワインを持ってきてくれたので、ますますよし。「cure jazz」を聴きながら読んだらもうあまりにもぴったりきすぎてびっくり。そしてきっとこのあまり飲まない主人公よりも、読んでいる期間の私の酒量のほうが絶対多い。

この小説はよくよく読んでみるといつものようにかなり飛ばして書いているし多分あちこちにアラもあるんだろうけれど、森先生が新しい何かにチャレンジしていることと、そしてそれが成功していることがよくわかる。真智子さんのことをただとてつもない美人と書いてあるだけで内面の描写がほとんど成されてないのに、もうどうしようもなくひきつけられていく主人公の気持ちが痛いほどわかる。それから、なかなか女っぷりのよい女性たちに囲まれているのになぜか空《むな》しいという感じもよく描かれている。

そのあたりの描写と法輪というおじいさんとの会話の描写がすばらしすぎて、見事！と拍手したいような気持ちになった。いくつか考えられないようなすごい表現があり、太刀打ちできないな、と思った。

8月29日

次郎くんとたけしくんとおおしまさんが来たので、またちょっとにぎやかになる。

この町の過疎《かそ》具合と言ったら、もう笑ってしまうくらいだ。店はほとんど開いていないし、人もいない。悪い夢の中にいるみたい。

でも「海のふた」に描いた柳は健在だった。ぼろぼろの幹に手を触れて少しでも元気になってほしいとお祈りしたら、ものすごい力で押し返された。あたかも「いやいや、こっちがそっちを元気にしてあげるのがすじだ」と言われたような感じ。手の感覚を鍛えて鋭敏にしていると、そういうファンタジックに思えることが普通に感じられるようになるものだ。「そうか、なにごとも相互に与え受け取るものなんだな」としみじみ思って気功的に気を自分と木の双方に循環させてみたり、ううむ、自然と交流。ひまもいいものだなあ。

昨夜は清乃がないので、おつまみがおいしい屋台村に行った。ご家族でやっていて感じがよい。そこでなんの気なしに次郎のとなりに座ったら、自分の中で浮いていたなにかがぴたっと決まったのがわかった。この人生いったい何回居酒屋で次郎のとなりに座っただろう(多分二十三年で四百回以上)。その歴史が自分を落ち着かせたのだ。かけがえのないことだと思った。

## 8月30日

姉がアンドンクラゲに刺されてたいへんなことになっていた。足がふくれあがり、皮がむけて汁が出ている。こわいよう。でも本人はへらへらと笑っている、きっと毒が脳に回ったんだわ。

最後の夜、突然清乃さんが伝説の焼きそばを持って宿に来てくれた。みんな懐《なつ》かしくて半泣きで部屋に迎えた。来るたびに毎晩通って十五年の店だったのだ。父が焼きそばを食べて、何回も何回も頭を下げて「おいしいです、ありがとうございます」と言っていた。母も少ししゃっきりしてちゃんと会話をしていた。うちは実にいいかげんで下品な家庭だが、こういうときに「すばらしい親たちだ」と心から思う。居酒屋のおかみさんを自分より低く見たりは決してしない。毎日してもらった偉大なことに敬意を表し、感謝を口にする。

伊豆からの帰り、チビが盛大にゲロを吐いたが、とにかく田口ランディさんの家に向かう。ご主人の作るマクロビランチをごちそうになりに。

手がかかったおいしいきれいなものをいただき、汚れてよれよれでなんとなく臭い私たちは心底ハッピーになった。全てがお店を出せるほどのでき。

ランちゃんは全然変わっていなくて、懐かしくて泣けそうになった。おうちでは大らかな妻であり、超かわいいモモちゃんのママである彼女の内側でうずまいているいろんなことが、同業である私にはなんとなくわかる気がする。演技で明るいのではない、どれを生きるかで単に明るさを選択した、それだけなのだ。

作家で他に日常的におともだちとしてのおつきあいがあるのは、森先生、藤谷くん、蝶々《ちょうちょう》さん、貞奴《さだやっこ》さんだけ……、な、なにかが偏っている……。

1　芥川《あくたがわ》賞が取れなかったわけだ！

2　ね、ネット？

3　はずれものたち？

8月31日

BABBIのチョコの残ったのをむさぼり食べながら、ふだんからおいしいものばかり食べていたりさっぴ「おいしい！　味がしみてきますね。おいしさがわからなくなっちゃう」いたらきっといけないんですね、おいしさがわからなくなっちゃう」

私「ほんとうだよね！　いつもは贅沢《ぜいたく》すぎるよ。今だったらこのあいだの下処理が微妙でちょっと臭すぎた腎臓《じんぞう》の焼いたのもぺろりだよ！」

弱い、都会のおじょうさまたち、弱すぎます！

そう言いながら耐えきれずに東京についたとたんにスプマンテとペコリーノチーズを求めてイタリアンバールに走った私。「お願い、もう死にそう、一秒でも早く持ってきて」と言ったらお店の人も笑っていた。チビもパスタとパンを食べながら「とかいはいいね！」と言っていた。私たちの都会への飢えの大きさに、今回来られなかったヒロチンコさんも衝撃を受けていた。

なのになぜあんなつらい合宿に行くのだろう、夜は三時まで遊び、朝は八時に起床してクラゲの海に泳ぎ出していく。よれよれで倒れ込むように浜辺や部屋でわずかに昼寝をしてまたノンストップで動き続ける。

そして一日五食は食べるので必ず二キロ太る。コーヒーが飲める店が一軒しかなく、休みだったらゼロだ！　古いお宿なのでエアコンが古くって必ずぜんそくも出るし、田舎だから様々な虫に刺されまくり、なんといってもTVがあまり映らないのでひまだ。iPodがなかったら発狂したかも。

もはやなんのために続けているのかよくわからないが、あの場所は心のふるさとなので行かないと落ち着かない。何回かもっと優雅に過ごそうと試みてみたのだが、ひまだとつい動いてしまい、結果ものすごくハードな日々に。

9月1日

たまに仕事でとんでもないことがおきる。あまりにも幼稚でありえないような笑えるような、しかし大問題。でも心の中ではなんとなくそれが起きることを予測していたと思う。起きるまでもいろいろなことが潜在的に存在していたと知っているし、なにも起きないのに「トラブルの匂《にお》いがするのでこの仕事はいやです」と断るのもむつかしいし（実は最近はそうしてしまっているけど）。トラブルの匂いがするところには必ずトラブルが起きる。楽観視がいちばんいけない。今日は楽しく飲めたし、いい人たちだし、ちゃんとお話できたし次回からきっと通じるだろう、なんていう甘い考えは、いくら持ちたくても捨てたほうがいいと思うの。でもある程度のトラブルは腕試しとしてぐったほうがいいとも思うので、自分の基準はいつでもゆるめに設定している。

そんな私だが、プライベートではたまにものすごく悩む。今回はサンフランシスコから三ヶ月考え続けた。ちょうど「甘えに甘えていたが自分が資金を出してもいたスナックのママを妊娠させてしまった」男の気持ちというか。あるいは「自分はかなり歳《とし》をとったクラブホステス、いつも送ってくれるお金持ちのお客さんだから安心しきって何年もごちそうになっていたら突然結婚を申し込まれた、自分はほとんど貯金のないその日暮らし」あるいは「ソープで働いている実はお嬢様の恋人が二股《ふたまた》かけていて、自分でないほうの相手はろくでなし、自分が身請けすればおさまるかも」か。いずれにしてもこのジャンルにはうとくかなり性的に潔癖な自分にはある程度自分を捨てることしかどうしても思い浮かばなかったが、ある日、りさっぴともう一人の人が全く同じことをほとんど同時に言ったので、なによりもそのとても賢い育ちの良い人たちが、正当に、普通に自分を思ってくれている気持ちにうたれ、ふみとどまった。綱渡り人生だ。

ただ、もしもあの日あの人たちが正反対の意見で「そりゃ、おまえが悪い、責任とれ」と言ったとしたら、多分そうしていて、その生活の中での楽しみや書くことを見つけたはず。それが私の最後の最後にある強いところ。

チビがスープを飲みながら突然「これ、千里（いつも行くお店）の味がする。千里から持ってきたの？」と言った。「違うよ、ママが作ったんだよ」と言うと、「そうか、千里の味がするからそうかと思った、おいしいね」と言った。確かにいつもと違って肉でだしを取っていたのだ。突然の正しい表現にびっくりして、また一段階育ったね、と思う。

9月2日

ますむらひろしさんの個展を見に、八王子に行きそのあと公開対談。

個展はすばらしかった。初期の作品の原画を初めていっぺんに見て泣きそうになった。印刷の悪いジャンプやマンガ少年ではわからなかったあのすばらしい線。幼い頃、切り取って部屋に貼《は》ってずっと眺めていたページの数々、ネームもみんな覚えていた。きっとこの作者は遠いどこかきれいなところに住んでいるんだわ、と思っていたら、実はすごく近所の小石川だった（笑）。あの世界だけを夢見て、母代わりであった姉を失った悲痛な（生きてるけど別々に暮らすことになってしまった）子供時代を乗り切った。

後期のものも奥様の色彩感覚が生きていてため息が出るほどすばらしく、感動しすぎてそのまま帰りそうになってしまった。口がきけない状態になってしまった。それに自分がどれだけ影響を受けているかわかりすぎて倒れそうだった。特に何か買う時に必ずますむら調のデザインのものを好む。店もますむら調の店がいちばん好き。植物が好き、温泉と火山が好き、酒と酒のつまみが好き。影響受け過ぎ。

高所恐怖症のますむら先生はよれよれになりながら高層階の控え室にやってきた。スケスケのエレベーターと吹き抜けのエスカレーターでもうだめだと思って十二階まで階段で来ようとしたが、途中で窓があって外が見えてしまい、もう帰ろうと思ったそうだ。

ふたりとも帰っちゃわなくてよかったことね（笑）。

ますむらさんはとにかく筋の通ったかっこいい男で、あの世界を、あの絵を描くそのままの人だ。強く優しく情けなく、でもきっぱりしていて、怒りをちゃんと持っていて、裏表もないし、うそもない。

## 9月3日

さくら剛くんの「中国初恋」をやっと全部読んだ。全部と言ってもまだこの段階ではアジアに突入していないのだから、長い旅である。次作が待たれる。

幻冬舎でやっているこのプロジェクト、私も立ち上がりから参加しているし、偉人であった故山口小夜子《さよこ》さんの応援も受けているし、なんとしても成功させたいものだ。

私は何回か小さい手術をしているし出産もしたが、そのときにこわければこわいほど、痛ければ痛いほど自分を笑う「おもろいこと好き魂」が力強く立ち上がってくるのを感じる。たいてい医者が「なんでこんなときにそんなこと言える」とぷっと吹き出す状況になる。

さくらくんの場合はアフリカ、しかも観光地でない、絶対行きたくないエチオピアとかマラウィとかスーダンとか（ものすごく治安が悪いことしか知らないほどの国）に行って「よく今生きてるな」というような旅をしているのだが、ちょうどドラえもんのいないのび太（それじゃ絶望的じゃん……）のようなおもろい負けっぷりをえんえんと、その「おもろいこと好き魂」の極限をすばらしい文章で見せつけてくれる。どことなく幼くてかわいいところも大好き。

だいたい「自分は弱い、女にもふられそうだ、これではいかん、とりあえずアフリカを経由して中国に行こう」と思うあたりがもう現実から離れたバーチャルな考え方というか、ダメである。ほんとうのバックパッカーは現実に強いものなんだけれど、彼は完全に文を書くための人生、仕様が違う。私の知っている範囲では、厳しい場所に行くことが多い旅人たかのてるこちゃん&健ちゃん&澤くんには共通項としてある種のずる賢さがあり、逃げを打つ瞬間のタイミングがほとんど賭博師《とばくし》、それで生き抜いているんだと思うんだけれど、さくらくんはその点半端《はんぱ》じゃなくタイミングを読むのがへたくそ（う～ん、全員をすごくほめてるつもりなんだけれどなあ、ほめてるように見えないなあ）。そこも人ごととは思えない好きなところ。

実際の彼は書いてあるよりもずっとしっかりしているし明るいし大人、自分の気の弱さとそれが最後のラインでぶち切れて強くなるタイミングが絶妙なのをよく知っている賢い子だ。

お笑いにはうるさすぎるフラ仲間たちもよく彼のブログを見て、本気で笑っている。この希有《けう》なばかばかしいしかし切ない才能が世に広く受け入れられることを切に願う。

## 9月4日

私の代表的な（というかほとんど決まっているが）一日……朝八時に起きてお弁当と朝食と昼食を作る。

チビを見送って、猛然と家を掃除する。

庭に水をまき、雑草を抜き、草花の手入れ。亀《かめ》の世話。ここらへんで朝ご飯、それから犬の散歩。そのあと執筆とメールチェックとお返事と事務的な仕事と連絡事項をさくさくと片付ける。うまく時間が余ればちょっとフラを練習する。宅配便の手配などもする。

チビが帰ってきて、日によっては外的な仕事を入れる。インタビューとか自分の取材とか。

その帰りに買い物をして晩ご飯を作る。

晩ご飯のあとはチビと遊ぶか、いっしょにTVやDVDを観《み》る。

チビがパパと風呂に入る頃にもう一度執筆とメールチェック。

そして日によってはこのへんで人に会いに行ったり、飲みに行ったりしている。

そして一時か二時くらいに寝る前に翌朝のお弁当の仕込みと汁物を作る。

もちろんゲラを見たり、エッセイを書いたり、もめごとがあったりもする。

作家というのはかなり自由がきき、活動の時間が選べると思っている人がいるが大間違いで、しょせん出版社という大きな企業のつごうでその日の行動が決まることがほとんどだ。私なんか会社もやっているから、その日の動きがその日にならないとわからないことなんかざらだ。

ギリギリいっぱいだ！

と思っていたら、久々に会った洪さんは中国時報の仕事もしながら、千葉の田舎暮らし。豆腐もみそも梅ぼしも点心もみんな手作りして薪《まき》でごはんを炊《た》いているそうだった。上には上がいるものだ。なにごとも文句を言わず徹底的にやる人だったなあ、昔から。

晩ご飯を作りおいて素早く家を出て、じゅんちゃんとヨーロッパ食堂でものすごくたくさんごはんを食べ、ワインも一本あけ、その後じゅんちゃんの家でフラの猛特訓を受けた。そして多すぎて数えきれないほどの巻数の「三国志」を全巻持って帰るはめになった。

フラ仲間はみんなが「三国志」にはまっていて、うら若いおじょうさんたちが「今日は踊る元気ない、だって関羽が死んだから」とか言っているのを聞くにつけ、「いや、もうとっくに死んでいると思う、出てくる人全員」と思っていたのだが、自分もはまるのだろうか。

9月5日

チビ「今日幼稚園でアップルの木にアップルを書いて半分にわったところも書いた」

彼が英語を習得している気が全然しない。あとこの話は「これはママにはとても言えない」と言ってパパに耳うちしていたのを聞いたんだけれど、なんでとても言えないのか、さっぱりわからない！

ヤマニシくんにおせんべいをあげるときも「げんあん、よかったらこれどうぞ食べなさい」といばっているのかへりくだっているのかわからないあげかたであげていた。

9月6日

チビはピアノ。今日の作曲は「おならのうた」。

歌詞の中で「もときた穴に戻って行った」というところが秀逸だった。でも〜。

オレったら、なんだか、お手伝いさんやシッターさんが数人減ったことにより、家事が仕事をぐいぐい押していてものすごく忙しいのだ……。でもチビの世話は最優先！

フラに行ったら、入った時からいつも芸能人のようにきれいだと思ってきたみーさんだが、今日の美しさ優しさ踊りのうまさはありえないくらいで、天女のよう。ママになる人特有の輝きで、なにをしていてもきれい。彼女を射止めた男性はほんとうに得したと思う。

帰りにクムのおひざに手を置いたら自分の手が離れないので、きっとお疲れなんだなと思った。でも疲れているクムは雨に打たれている柳みたいでとってもきれい。

りかちゃんにおみそを、和田ちゃんにビクターの犬とお風呂で聴けるオーディオ装置をもらって、台風の中うきうきで帰宅。でも傘はおちょこになり、門は勝手にあいて道にはりだし、植木鉢は倒れ、自分はずぶぬれで、もはやひたすらにわくわくする感じだった。

## 9月7日

このあいだ書いた、うちの墓のとなりの、大きなギターの形の墓……。なんと、アントニオ古賀さんのお家のお墓だったそうである。ありがとう、アントニオさんの家よ、こんなことでご縁ができるとは！　おかげさまで一生我が先祖のあの小さいお墓を迷わずに発見できます。

夜は奮発してはじめてのお店におすしを食べに行く。おすしやさんって、どうしてあの互いをおしはかる手続きが必ずあるんだろう。まあ数回行けばいいんだから気にならないけれど、あの時間が初めてのデートと同じくらい嫌い。もうはじめから「今日はデートですから」「何時までに帰るというのはあくまで目安です」などと言いたい性格なのだ。おすしやさんでは「私の予算は飲み物抜きで一万五千円が目安、マグロは中トロだけが好きで、さらにそれよりも光り物と白身が好きです。これまでのおすし歴を申しますと、あの店とこの店とこの店を好んでいてよく行きます。傾向がわかりますでしょうか？　おつまみのあと握りをお願いしますが、そのとき予算をあまり気にしないでください。そして巻物をいれてください。お酒はいいものを一合だけいただければけっこうです。お椀《わん》は必ずつけてガリを多めに」と、はじめに挨拶《あいさつ》して言ってしまいたい！　さぐりあうのは面倒だ。

でもたいていの人が最も好きな部分なので、この世からなくならないだろうな、あの手続き。

それからおすしを握る人でほんとうにすごい人は全員筋肉がきゅっとしまっていて、同じ体つきをしているので、大将を見ればそれだけでおいしいかどうかわかると思う。

9月8日

橋本一子さんのすてきなバンドUb-Xと菊地《きくち》成孔《なるよし》さんがセッションするライブに行く。

ものすごくよかった。一子さんはすごい人だとあらためて思った。体調もあまりよくないと聞いていたのだが、ぎりぎりまで力を出し切った激しいライブだった。あのバンドにないもの、それは色気とヤマっ気（笑）。その全《すべ》てを菊地さんが持っていたので「これぞライブ！　ライブだ！」というどきどき感があった。藤本さんのトークと演奏にもほれぼれした。ベースからドラムに転向するいさぎよさもすごかったし、それであんなにうまいっていうのもわけがわからない。底知れない人だ……。

菊地さんも風邪をひいていたけれど、サックスが数年前よりも格段にうまくなっていて、なによりも考え方っていうのかな、解釈かな、それがすばらしい。

楽屋で会うと一子さんはいつものかわいいお姉さんに戻っていて、宴会でしか会ったことのなかった昔のままだ。その切り替えもまたしびれる。

帰りにファンにもてている菊地さんにどさくさにまぎれて抱きついてみたら、案外しっかりしていてかつ柔軟な腕と肩の筋肉をしていた。サックスで鍛えられている！

## 9月9日

ブラジル帰りのMさんとチビを連れて代々木のブラジル祭りへ。シュラスコの煙と熱気と踊り、そしてブラジルにはないもの！　ものすごい湿気で、苦しいほど。へとへとになるまで汗だくで遊んで、実家へ。いきなりひと寝入りしてからシャワーを浴びたらその堂々とした振る舞いを実家の人たちに驚かれた。だって元は住んでいたんですよ、ここに。

あっこおばちゃんと陽子さんが来て、チビとたまごっちレストランを白熱してやった。レストラン経営にあたって、よい食材のために貯金をするということをせず、ちょっとお金が入るとすぐにダルマとかお花とかひょうたんとかタマネギとか買って安物買いの銭失いを繰り返す彼にみんな「ほしいもののために地道に働いて貯金をしなさい」とか「女に働かせてその貯金を使うんじゃない」などとやたらに大きな話をしていた。

陽子ちゃんはまだ体調がよくないのにずっとチビをおひざに乗せていっしょに遊んでくれていた。チビは眠くて白目になっても陽子さんと遊びたくてがんばっていた。

そして車の中で寝てしまい、家に帰ったらもう陽子さんがいなかったので、身をよじって低い苦しみの声を出しながら泣いていた。「陽子ちゃんがいないから淋《さび》しいんでしょ、この夏ずっと淋しかったけどがまんしてたんでしょ？　ママにはその気持ちがわかるよ」と言ったら、抱きついてきて足をばたばたさせて泣いていたので、私ももらい泣きしてしまった。でも思った。口には出さなかったけど。

「ずっとそばにいて自分を愛してくれた人に会えなくなって身をよじるほどうめき声が出るほど悲しい気持ちになることは、なかなかないすばらしいことなんだよ。そしてそんな大事な人でも、自分だけのことを考えなくてはいけないときがあって、そんなときはそっとしておいてあげなくちゃいけないから、君がずっとがまんして、陽子さんにしつこくしなかったことやこのところ来てくれなかったからって意地悪しなかったことは、とても立派なことなんだ、そしてそんなふうに人を好きになったこと自体がすばらしいことなんだと思うよ」

9月10日

チビがナチュラルローソンでレジのお姉さんに「お姉さんかわいいですね、お名前はなんですか？」といきなり聞いたのでびっくりした。おまえがいちばんナチュラルだ！

サンフランシスコからきよみんと高津さんが来ていたので、いっしょにごはんを食べる。なんともきれいでおもむきのある女性たちで、日本を飛び出して活躍しているだけのことはあるなあ、と思う。高津さんが「朗読会やろうよ、私あわび採って来るから」とごく普通に言ったのでおかしかった。サンフランシスコから北に二時間行ったところに、許可さえ取ればあわびを採取していいキャンプ場があるそうだ。だからって！

このあいだ知り合ったばかりのはずなのに、昔からの友達みたいな感じがする懐《なつ》かしい人たちだった。

9月11日

取材。ダ・ヴィンチと朝日新聞。

ダ・ヴィンチ組は瀧さんと岸本さん、ずっといっしょに育ってきてる感じ。いっしょにピンチも乗り越え、長年のおつきあいだ。

タイミングよく「アラジンと魔法のお買物」もいただいた。帯は「野ばらちゃんのプライベートなお買い物エッセイ」。ぷふ。大麻のことけ？なんて笑ってる場合じゃなくって、野ばらちゃん、おばかさんだなあ。なにがあっても友達だけど。あれだけ繊細に生きていればそういったなにかしらを欲してしまうんだろうな。

どちらの取材も私がしゃべらないほうが美しい記事が書けたような、いやな予感がする。作家って、ようするに企画があって取材もしてこつこつとワープロに向かう地味な仕事で、予想外の飛躍っていうのが全然ない。あると思ってくれていることはとっても嬉しいけれど、絶対ない。でも手抜きはしないし、読者の人たちには個人的にはなにもしてあげられないけれど、私の小説は、読者の人たちにいつもどこにでもいっしょに行って寄り添ってあげてほしい。

それとは別に仕事ですっごくいやなことがあるが、昨日きよみんにもなぐさめられたしもう気にしない。だって今は家事が大変だから仕事なんてどうでもいいんだもん！ ただし小説は別。今書いている話に出てくる子たちが愛《いと》おしくて、夢にまで出てくるくらいだ。

9月12日

このあいだの日記を見て「まだ次郎くんを愛してるんだね」というメールが複数来て、あははと笑った。二十年に四百回以上となりにすわって飲んだりごはんを食べるってどういうことかっていうと、夫婦でもないのに、もう会話しなくても何を頼むか、何を頼んだ時はどういう気分かがわかるっていうこと。顔を見たら体調がわかるということ。亡《な》くなった伊丹十三さんに「君たち結婚するんじゃないのか、頼むから彼と結婚してあげてよ」と会うたびに言われた。遺言になったのに当然守りもしなかったなあ。そんなことじゃない、かけがえがないってことは、この人が死んだら、もうこんなふうにとなりに座っただけでぴたっと自分のもともとの立ち位置がはっきりする、そういう人がいなくなるんだなとふと思ったということ。

伊丹さんが亡くなったあと、次郎くんは事後処理も含めて伊丹さんが死ぬ直前までいた部屋にひとり居続け伊丹さんのための仕事をし、忙しさと落ち込みで体調がすごく悪くなった。この人も死ぬんじゃないかと思った。彼にはその時ガールフレンドがいたが、だれも彼の気持ちを救えなかった。もちろん私もだ。でも次郎は絶対にグチを言わなかった。そしてきちんと仕事を全《まっと》うし、他の誰にもできなかった事務所を閉める仕事をしてからフリーのシナリオライターとして独立した。

伊丹さんが亡くなった夜、私はためらいなく彼に電話をかけた。「さっき聞いた。全く、なんてことをしてくれたんだろうな」と彼はつぶやき、そのあとで「電話ありがとう」と言った。その悲しく動揺した状況で言える「電話ありがとう」が私にとっての彼のかけがえのなさだと思う。愛とか恋とかでは語れない、立派な人だ。なんで次郎のことを熱く語ってんだろ、私。

誰かが突然死ぬと、誰かがその後で静かに決心をしてその後のことをするということ。

それを黙って見守っている人もいるということ。

夜ははじめて東京うりずんに行った。松家さん、古浦くん、加藤木さん、望月さんという豪華新潮チームと。うりずんよ、東京の雰囲気に負けるな！　と切に思った。店の人たちはものすごく明るくがんばっていた。

新丸ビル、ほとんどの飲食店がたいしたクラスでもないのに子供お断りで「くそくらえ！」とお下品にも思ってしまった。それはちょうど最近のトリミングの店が「高齢のわんちゃんはなにがあるかわからず責任を負いかねますのでお断りいたします」と書いてあるのと同じ意味だ。食べることと産まれることと死ぬことは最もきれいごとではないことなので、結局逃げられはしない。そういう人たちはどうぞそういう人たちだけで、みな子供も産まず親の世話もしないで、きれいに生きていってください、最後は後悔しても知りませんよ、と思う。

人は人生のどこかで、なにかをたったひとりで決めて引き受けることをしないと、結局だめになる。それがどのジャンルで来るかはわからないが、必ず来るものだと思う。

9月13日

あまりにも体調が悪かったので無理矢理に予約を入れてもらい、ロルフィングを受けて少し回復する。

そしてこういうときは気合いだ！　と思い、スンドゥブ（辛い豆腐のチゲ）を食べる。たった九百八十円なのに、豆腐は手作りでタッパーから大きく切り分けているし、ごはんは石釜《いしがま》でひとつひとつ炊《た》いている。そこだけはゆずれない線という感じ。こういうところ日本は負けているなあって思う。

夜はフラ。発表会に向けて見違えるほどみながうまくなっていたので、見ていて幸せ。なんていい人たちばっかりでしかもみんなきれいなんだろうな、としみじみ思った。

9月14日

蝶々《ちょうちょう》さんと夕方デート。締め切りの彼女は一杯も飲まず！　そしてお遍路さん中なので三茶から歩いてきた。えらい！　えらすぎる！

いつもながらきれいで色っぽくキュートでピュアで面白い彼女であった。お皿に食べ物をとりわけてもらうとどきどきしちゃった。男でもないのに。

そのあと合流したりさっぴも英子ちゃんもきよみんもみんななんとなく元気になった。彼女の人を明るくさせる力はすごいなあ。蝶々さん、生き方もしっかり決まってきてどんどんきれいになっていく。道を開いていく人特有のいさぎよさと瞬間の判断力がある。そして自由の力が彼女のまわりを光のようにとりまいている。なにかから逃げるのではなくって、いつも自由の光がある方向を選んでいるからだろう。

蝶々さん今夜最高の発言「うわ〜、あの人！　なんかへんなラブホテルとかに連れて行かれそう、そしてそこのスタンプ集めてそう！　それをためてもらったぬいぐるみとかまたプレゼントしてくれそう！」

ほんとうにそういうことしそうとしか言いようのない男の人の話をしていたので、腹を抱えて笑いました。最高です！

9月15日

河合先生の追悼文を書くために、机の上に出しておいた「なるほどの対話」の表紙を見て、チビが「あ、ママだ。このじいさん（先生に向かって失礼な！）はだれ？」と聞いたので、「おともだちだよ」と答えたら、「このじいさん、死んじゃったの？」

とチビが言った。「そうだよ、なんで死んじゃったってわかったの？」と聞いたら、「なんとなくそうかな、と思って。どうして死んじゃったの？　疲れて？」と言っていた。こ、こわいよう。

もっと体をのばしたくなりタイマッサージに行く。個室で、やる人は若い男の人で、薄暗い部屋の奥にどかんとベッドが置いてあって、記憶によるとタイマッサージって信じられないかっこうでからみあうはずなので「ど、ど～しよ～」と一瞬思ったが、あまりにもあちこちが痛くてそれどころではなかった。帰りに「女性施術者には女性ならではの良さがあるのですが、単純に男性が女性にマッサージしたほうが女性ホルモンが出やすいということもありますし」と大まじめ（すごくまじめないい人でした、腕もよかった）に言われたので、「痛くてそれどころではありませんでした」と答えた。女性ホルモンなんてもう一滴も残ってないし、俺。

ロルフィングと連続して受けたのが相乗効果を及ぼし、全身がすっとのびた感があり、大成功だった。あまりにもよかったので勢いよく近所の藤谷くんの店に飛び込んで絶対行けと勧めてきた。藤谷くんは少し痩《や》せて精悍《せいかん》になっていた。

9月16日

藤谷くんの顔を見たらどうしてもがまんできなくなって、まとまった時間ができるまで取っておいた「いつか棺桶《かんおけ》はやってくる」を読み始めてしまった。装丁からしてすばらしそうだったが、内容はもっとすばらしい。まだ読み終わってないが最高傑作かもしれないなと思う。

藤谷くんはたまに筆を走らせて流れで書いてしまうくせがあるが、そこでふみとどまって全体を見ることができた場合、絶対傑作を書く。ものすごい才能だと思う。今回も惜しいのは、主人公の職業と性格がたまに微妙にぶれるところだけだ。

そして彼の全身、全文章からわきあがっているこの野心や気迫のようなもの。それは売れたいとか有名になるとかノーベル賞ほしいとかではなく「小説が好きだ！」という思い、小説と恋をしていてもっと小説のことを知りたい、そんな気持ちなのだ。

彼の小説を読んでいるといつも私は思う。私はよい小説を書くことにも、作家であることにもほとんど興味がないんだなあ、と。手抜きはしないし、できるかぎりのことをしているのだが、そこには恋と情熱はもともとない。ようは就職。そこには普通の範囲で愛すべき仕事があるだけなのだ。

よく森先生に「よしもとさんは少なくとも好きで書いてるでしょ〜」と言われるので、「そうですね〜」といちおう答えてはみるのだが、実際は森先生とほとんど小説への向き合いかたは変わらない。私に道で会うと泣いてくれてしまうほど熱心に読んでくれる少数の人たちや、これまでに絆《きずな》を作ってきた編集の人たちへの愛と友情、そして収入がないと家族を養えないし趣味にもお金を注ぎたい、その三点だけが私に書かせている。それで生きていけてしまっているのが森先生との共通項で当然世間から反感を買いやすく傲慢《ごうまん》に思われやすいが、単に育ちがよく正直でなんでも言っちゃうだけ。だから僕たちはおともだちなのである。

まして私は女子。人生を仕事にかける気などさらさらない。まわりの人を幸せにしたり、笑顔にしたり、よい時間を集めることにしか興味はない。根っからチャラチャラしているのである。もしもヒロチンコさんにどば〜んとお金が入ってきたら、仕事を三分の一に明日からでも減らすだろう。見た目が一見地味で自然派風味なのでわかりにくいが、ほんと〜のダメ人間なのである。根っからのなまけものなのである。人のためにつくす気はたくさんあるしそれに関する真剣味もあるが、愛する人々やできる範囲に決まっている。

私の小説が海外や日本で巻き起こしているムーブメントはあくまで新興宗教的なものであって、文学的なものではないのである。ビートニクの人たちがいちばん近いと思う。ある考え方で楽になる若い人たちがいて、その人たちを癒《いや》すためだけに書いているのである。もちろんそれは私が一生かけてしたいことではあるし、そんな状況でも、自分の書くものをおろそかにしたり軽く見るつもりはない。役割があるかぎりは手を抜かずに自分の書けるものを書いていくだろうと思う。

そして話は戻るが、藤谷くんは男子一生の仕事として、作家を選んだ人だと思う。気概や気迫が違うし、根のところにある思想もしっかりしている。私は彼の作品がほんとうに大好きだ。同じ時代にいてくれて嬉《うれ》しいと思うし、こういう人が同じ歳《とし》くらいでしっかりといると、自分はもう趣味のことをしていていいんだなあってなんとなく思う。

9月17日

「鉄コン筋クリート」をやっと観《み》る。原作への愛がいっぱいで、ていねいで、忠実で、いい映画だった。しかしどうしても原作の深みにかなわない。そのことになによりも驚いた。そして昔もそう思ったけれど、これはどんな激しい恋愛映画よりも激しい、ゆがみきった恋愛の物語。彼の潜在的ゲイ度は私の潜在的レズビアン度とどっこいだな。

## 9月18日

月島へもんじゃの旅。

というかレバカツを求めていったらみんな閉まっていたのだった。

一軒目が冷房ほとんどなしの灼熱《しゃくねつ》もんじゃ地獄の店だったので、とにかく涼しいところへ行こうと月島とはなんの関係もないしかも「だいやもんどへっど」という名前なのに沖縄と九州料理！　の店に行くが、それが大当たりでとってもおいしかった。そしてチビが細田くんの電話をいじっていて、なぜか浅田彰さんにかけてしまった。ほんとうにまずいことにご本人が出てしまった。どう考えてもいたずら電話である。ほんとうにごめんなさい、浅田先生。浅田先生に連絡が取れる世界一ハンサムな矢野くんよ、どうかよしもとがぺこぺこあやまっていて他意は全くないって伝えてください！　っていうか加藤木さんこれを読んでいたらすみやかに矢野くんに伝えてください……今度おごりますし、「新潮」の新年エッセイもまじめに書きます！

業務連絡でした。ふう。

ママってこうやって子供の尻拭《しりぬぐ》いをして生きていくんだな。

## 9月19日

「いつか棺桶はやってくる」読了。

ほんとうにすばらしい小説だった……、私も主人公といっしょに旅をして、同じことに切なくなったり苦しくなったり嬉しくなったりした。大好きすぎて感想がこれ以上書けないくらいの傑作だった。ひたすらになにかを求めて得られない、愛《いと》おしく切ない人々が描かれていた。

ところで昨日のことを「日記に書かずに加藤木さんか矢野くんにメールすればいいじゃん」とみなが思うと思うんだけれど、そんなことしたら仕事になってしまってものすごく深刻な事態になってしまうので、日記を通したくらいがちょうどいいかなと思った次第です。

夜はベットラにはじめてごはんを食べにいく。当時の「グラナータ」は評判だったのでよく行った。とってもおいしくそして高かった。そして銀座にてひたすら低価格で突っ走る落合シェフはかっこよかった。「男！」という感じの人だった。もしもあのお店が近所にあってしかもうちょっとだけ空いていたら毎日行くんだけどな。

きっと彼は男気があるから、高い場所で高いものを選ばれた客に食べさせているうっぷんがかなりあったのだろうし、イタリアの街角で庶民がおいしいものを普通に食べているみたいに、普通の日本人においしいイタリアンをいっぱい食べてほしかったんだろうな。

9月20日

コロンビアの領事さんにとんでもない間違いメールを出してしまった。ものすごく丁寧な心動くメールだったのに、悪いことをしちゃった。

でも、子連れでコロンビアにはちょっと行けないよ〜！　いや、行けなくはないけれど、こわいよ、やっぱり。それに、私でなくては代わりがない仕事ではなかったし。

疲れているとこういうミスが多くなり「うふふ、別にもういいわ」という気持ちになるのがすごく幸せ(?)。若い頃だったらここでちょっとタイトな気持ちになっただろうなあ。あやまったのをきっかけに領事さんとメールのやりとりをしていい話を聞くこともできた。

これでたった一ヶ月の間にプラハ、コロンビア、ブラジルと三つの国に行く仕事を断り、行き損なった。つまらないような仕方ないような。でももしも今育児で忙しくなかったら、これらの仕事を「よし、自分が行かなくちゃだめだったなという仕事に持っていってみせよう」としただろうと思う。まあできないことをなげいてもしかたない。せいぜい健康でいて六十過ぎてからいくらでも行こう。

お弁当、家事、太極拳《たいきょくけん》、幼稚園お迎え、ピアノ、フラというすごい一日。ついにこのうちのピアノを、ある意味全員が挫折《ざせつ》した。いちばんきついのは幼稚園が週三日だったのが毎日になって、しかもまだ前のクラスの先生を恋しがっていて、家に帰ってきても前みたいに陽子さんに会えないという三つのつらさのなかで、なんとかピアノにも行っているチビだろうと判断した。ピアノどころではないふうに見える。いつもピアノに触りたくてしかたない他の子を見ているとうちのチビのやる気のなさが申し訳なかったこともあった。歌子さんもそのすばらしいピアノの弾き方を子供に伝えるという貴重な時間をむだにするべきではない。さまざまな名曲ができたしよしとしよう。

発表会前なので、フラは見学。うちのクラスの人たちは人相がいいなあとまたも思う。完璧《かんぺき》な踊りではないが、よい雰囲気そしてなによりもあたたかい光がある。見ているだけでじわっと幸せになってくる踊りだ。

ついにクムに「まぼろしハワイ」の本を渡すことができた。長い道のりだった。六年くらいかかったか？　この歳になってなにかに六年かけるなんて思ってなかった。

すばらしい体験だった。あと一冊書いてハワイにも恩返しをしたら、ちょっと肩の荷がおりるだろうと思う。「まぼろしハワイ」はフラがメインで、次の中公の本はハワイ島への気持ちがメインになっていて、対のような感じなのだ。

## 9月21日

下北宴会仲間たちと飲みに行く。藤谷くんとヌッくんも寄ってくれた。ヌッくんは相変わらず忙しそうだが顔つきが清らかでいい感じだったし、藤谷くんが「よしもとさんはかわいらしさの塊で、世界一のお嬢様ぶりで、僕の知っている人の中でいちばんと言っていいほど、なんだかわからないけどいるだけでものすごくセクシーな人だ、でもだからといって僕にはどうすることもできないタイプのセクシーさなんだ」というとっても！　いい話！　をしだして、最終的には「僕にとって熊田《くまだ》曜子とか安めぐみとかならセクシーなものとして対処できるけど、よしもとさんはあまりにも変にセクシーすぎてたとえふたりでホテルに行っても僕にはなにもできない！」とまで言ってくれたので、かなり気をよくした。今、ここを読んで、熊田曜子命のさくら剛くんが怒りのため息をもらしているのが伝わってくるなあ。さくらくん、幻冬舎から「中国初恋」が出たらすぐさま十冊買うからゆるして。

それにしても藤谷くんの観察眼と表現力はものすごく、ばしっと心に入ってくることをすらすらっと言う。ヌッくんと私はそれで自分たちに関して目が覚めるようなことを（セクシーさのことじゃなくって！）いろいろ言われて、ほんとうに目からうろこが落ちた。藤谷くん、やるなあ。さすがあんなすごい小説を書くだけのことはあるし、超美人の妻をもっているだけのことはあるわ。

でも藤谷くんのおかげで、自分がいつもあまりにも無邪気すぎて、よかれと思って自分の存在感の大きさを度外視してものごとをやっているために、自分本位のほうがまだよっぽどましというか、相手の人たちの気持ちを全く見ていなくて、仕事でもプライベートでもいろいろなことがとんちんかんになっている図がばしっと見えて愕然《がくぜん》とした。ちょうど、自分の形だけがすっぽりと自分の描いている地図から抜けていて、それで旅をしているものだから、違和感がいつもあるというか自分の感じ方と周囲の様子やものごとの結果に不思議なギャップが生じるのだということがわかった。思ったよりも早く到着してしまったり、待ち合わせしたのに自分だけが数日間遅れたり、飛行機の話をしているのに周りは船の話にこだわっている、というような感じで。

その結果、いちばんわからなかったのは「自分の気持ち」だったりするということも。不完全な地図に基づいて動いているから、とりあえず大ざっぱに区分けするしかなく、大事なことはみんな棚上げにして見ないふりという結果になるわけだ。

特に今回は、仕事のもめごとで「なんでこんな大騒ぎになったんだろ？　私ごときで。どうみてもたいしたお金にもならないのにな～（まあ、お金にならないのは事実だが）。みんな意外な反応ばかりだなあ」と思っていたのが、もうありえないくらいものすごくとんちんかんだったことが、突然にぴんときた。持つべきものはよい友達だな～。

酔ってくるとヤマニシくんがじわりじわりと意地悪になってくるところを見るのも大好き。結子にもたれかかっていろいろくだを巻いては、あれこれひどいことを言われるのも大好き。単なるMか!?

帰る前に知らない女の人がいきなりあ～んってタコウィンナーを食べさせてくれたけれど、あれは、なんだったのだろう？　別に私が頼んだ品でもなくって、となりの席のものだったような気がする。宴席ではいろいろなことが起きるものです。

でも、帰宅してまじめに原稿を書いたのは、私も藤谷くんもいっしょであった……。

9月22日

オフにして一日いっしょに遊んであげると、チビはほんとうに嬉しそうになって、表情が充実してくる。

ちょうど、いい状態のぬか床みたいになる。

気だとかエネルギーだとか波動だとか、それが自分ではよく判断できないとかばっかり言っている人は、一度ぬか漬けを作り続けてみるといいんじゃないかな、と思う。ぬか床をひと目みたら、どのくらい手がかかっていて、愛情こめて世話されているのか誰にでもわかるから。そこには大した理屈はないしもちろん神秘もない。清潔さ、単調な作業、乳酸菌が生きていきやすい環境の維持、少し様子がおかしくなったらすぐにぬかを足したり塩を入れたりカビを取ったりするべきだしそれをいつするか、ということの正確な判断の必要性があるだけだ。

9月23日

ただでさえなんでもできる古い友達が、カメラマンとしてもプロだったということがわかって愕然とする。もうこれ以上尊敬しようがない……同じ歳なのに！　もうため口でしゃべれない（思い詰め過ぎ）。
もうすぐサイトがリニューアルされ、日記の文庫本も年に一冊になり新しい体裁になる。それに伴い、少しだけ日記の書き方を変えて書いてみている。一段階踏み込んで、記録以上のものにしようとしている。私の日記用の人格はもちろん私自身ではないけど。

蝶々《ちょうちょう》さんも言っていることだけれど、私のいつも思うことはやっぱり「一生、この心と体は自分だけのもの。自分がどう使ってもよい、自由でないなんて、ありえない」だ。

9月24日

実家へ行ったら、人数六名に対して姉が十五人分くらいのエビトーストを揚げていた。衝撃的な量だった。あんなむつかしい料理をよくあんなにたくさん作れるなあと感心した。でも、いちばんおそろしかったのは姉がクラゲに刺された傷からいまだに血がしたたっていたことだ。血が固まらないのだ。こわいよう！　しかも揚げ物を食べてから「揚げ物の直後はどうかな？」とか言って、その血で姉がなにげなく血糖値を測っていた。そうしたらすごく高かった……全体的にどんなホラーよりもこわい話だ！

来年はなにがなんでも、もし出発日にインターフォンが壊れても、まだ両親が生きているとしてたとえどんなに「やっぱり今日は体調が悪いからやめた」とかごねても、とにかく早めに、クラゲのいない海に行こうと思う。

**9月25日**

共同通信と毎日新聞の取材。

共同通信の人は前に花見の宴会で会ったことがあり、いっしょにトイレに並んだ仲。すごくしっかりした人なので安心だったし、毎日新聞のほうはいつも読んでいる記事のお名前の人だったので、どっちも気楽だった。

石原さまと壺井ちゃんもいたので、ますます気が楽で、いつもこうだったら取材もいいなあと思わずにはいられなかった。

そして毎日新聞の人でこれまでに「なんだろう、この人！　嫌い！」と思った人はひとりもいない。自分がなじんでいるからなのか、それとも本来好きな感じだからなのか。今回もやはり「一生毎日新聞をとろう」としみじみ思った。

9月26日

ＦＢＩ超能力捜査官の番組を観《み》て、マクモニーグルさんのリモートヴューイングは微妙なはずれぐあいにすごいリアリティがあるなあ、と思った。そしてあのブラジルの人、あの根気をなにか他のものにふりむけられないものなのだろうか……られないんだろうな。なにかをすごく信じている人の、遊び心のなさというか、そういうものは私をひきつけはするけれど、息苦しい。人間の種類のサンプルとしてはものすごく興味深いんだけれど。同じような勘を持っていて、かたやＦＢＩ、かたやインチキ扱い。この差は受難ではなく、ある意味で正しい現実なような気がする。

9月27日

えりちゃんとゆりちゃんと昼ごはんを食べる。
大好きなタイプの顔をしたえりちゃんが、長年のおつきあいで私のことをしっかりわかってくれていて、何を言っても少しもずれていない答えが返ってくる幸せ……。それは、なにかを育ててきた喜びでもある。ゆりちゃんも、私を見ただけでどんな調子かわかるし、その逆もそう。つきあいが長くなればなるほど、どんどん好きになっていく人たちだ。

大好きなマルタンマルジェラが恵比寿に突然できたのはものすごく嬉《うれ》しいことなんだけれど、もうひとつ嬉しいのはそこのお姉さんが考えられないくらいきれいだということだ。毎回目の保養になる。せっかく近くにいたので、帰りにセーターとコートを買った。

そしてフラは発表会前の最後の練習だったけれど、みんなの気持ちがひとつになっていて、輝いていた。あまりにもうまくなっていたので、涙ぐみながら見学した。こんなにすてきな人たちといっしょにいられるなんて光栄だと思う。

帰りにごはんを食べていたらのんちゃんとじゅんちゃんがトンボとサルの交尾（比《ひ》喩《ゆ》ではなく、ほんとうのトンボとサル）について大まじめに「だったらどうして！」「ちょっと待って！」「だからそれは！」「じゃあどうして人間もそうなの」「だって、サルはみこすり半じゃない！」「でもオランウータンはこうだよ！」などと論争しているので「論争するならフラのことにして～」とちはるさんと大笑いした。

9月28日

もはやヴェトナムに住んでないでいつのまにかバリ人になっていた、ガールフレンドややばい男友達へのメールをがんがん間違って送りつけてきていた、それなのにバリで俺はスピリチュアルな暮らしをしていたと言い張る、謎《なぞ》のトラヴェラー健ちゃんが二年ぶりに帰国したので、うちの焼肉専門のいとこといっしょにいとこの家の近所の阿佐ヶ谷まで焼肉を食べに行った。あとからヒロチンコさんも合流、小ぎれいなお店だった。炭火で肉を焼くってむつかしいなと思う。ガスの匂《にお》いがないのはすばらしいことだけれど、うまい焼き加減になることはまずないような。自分が悪いのかな、さんまもたいてい失敗するし。

健ちゃんは思ったよりは色が黒くなっていなく、精神的に煮詰まってもいず、二年も会ってないのについ最近会ったばかりの感じ。二年という月日の短さにがくぜんとした。だって先月くらいに下北の路上で「じゃ〜、気をつけて」なんて別れた感じがするんだけれど。こんなことだとすぐ人生終わってしまいそう。

「人生とは運動して健康的なことをするのがいい」とは全く思っていないけれど、やはり太陽の下で歩き回ることがある生活をしていると、人間は大丈夫だな、と思った。

いとこのたづちゃんの手や足や声がとても私に似ていて、なんだか不思議な感じがする。うちの姉と私は見た目や体型はあまり似ていないので、似た姉妹ってこんな気分かな、と思う。

9月29日

韓国続きでついアカスリへ。

韓国サウナにいるときの気持ちって、なんとも言えない。生々しい人間たちにまぎれて、泥みたいに休める。子供の頃の銭湯に似ている。清潔感や細かさは今ひとつでも、働く人の笑顔がほんものなので妙に安らぐ。そして死体になって洗われる気持ちを体験できる。毎日ギリシャの海綿で洗っているにもかかわらず、信じられないくらいアカが出て愕然としていたら「アカがたくさん出る人はいい人ですって」と生まれて初めてのほめられかたをした。

私が今、三食食べてもいいと思うくらいにはまっているスンドゥブ（豆腐の辛いチゲ）、どこの店とは言わないが、はじめてハズレを食べた。あまりにまずくて、吐く前に残してしまった。そのくらいまずかった。韓国料理屋さんでひとりすっぴんで定食を食べながら下北沢一かっこいい「雀鬼」桜井章一の文庫を読みふける謎の女、それが私。スープ（多分牛だし）、よい豆腐、キノコ、アサリ、エビ、卵、唐辛子、ネギ。これだけの内容物でまずく作れるのは材料をけちっているか、豆腐がまずいか、だしがインスタントか、エビなどが冷凍のシーフードミックスか、それしか考えられぬ。くくく。

恵比寿の「チャメ」と「俺のハンバーグ」のとなりの小じゃれた店、そしてもちろん「千里」が、今、私の中でヘビーローテーションに耐えうるスンドゥブである。

9月30日

孔雀《くじやく》茶屋の会へ。店長が亡《な》くなってずいぶんとたつのに、まだ行けば会える気がする。

しかも今回の会場は私が高校時代に半同棲《どうせい》していた子の家の近くで、別れて以来初めて(二十五年以上?)行ったので、めまいがした。今思うと、もしかしてあれが人生でいちばんの大恋愛だったかも、だって好きすぎて離れられなくて物理的にいつも体が痛かったもん。あれほど反対された恋愛もないし。結局大学くらいまで会ってたし。うわあ! いろんな意味で吐きそう!

会場にはそれぞれの子供たちが大勢来ていてみんなかわいかったし、いっぱい抱っこしてチビ欲を満足させたが、結局小さい子ってそのときの親の状態が全《すべ》てだなあ、と感じずにはおれなかった。その勢いで家に帰ってチビと遊んだら、すごく喜ばれたので、親はしつけばかりに燃えてもいけないなあと反省した。

10,2－12,31

10月2日

群馬へ取材旅行。

渡辺くんといつもの珍道中だが、気楽で楽しい。りさっぴは運転をいっぱいしてくれた。ありがたいことだった。

どうも群馬県内の移動の感覚がつかめずそこだけうまく書けなかったので。何日も行きたかったけれど、チビが風邪で幼稚園をしばらく休んでいたこともあり、一泊にむりやりつめこむことになった。

宿では鈴やんのパパ、ママ、そして初めて会う甥《おい》っ子ちゃんと合流。みんなでごはんを食べたり、鈴やんのママといっしょにお風呂《ふろ》に入ったり、鈴やんが甥っ子ちゃんに「おじちゃん！」となつかれていたり、全部が鈴やんのいる長い年月を感じさせて不思議な感じだった。そして彼に比べるとうちの子供の打たれ強いことに驚く。どんなにしかっても全然ひるまない。最後は命がけで止める感じ。なめられてるのもあるし、性質もあると見た。

エピソードを土地に合わせて変えなくちゃと考え込んでいたら、つい二時間もお風呂に入ってしまった。気づいたら時間がうんとたっていて、びっくりしてしまった。魔法みたいだった。

10月3日

おおしまさんと合流して、谷川岳のロープウェイに。寒い！　寒かった！

でもこんなりっぱなロープウェイに乗ったことがないってくらい立派だったので、この地区の真冬の雪深さを感じずにはおれないな……と思って質問してみたら、前に壊れて途中で止まったことがあり、大騒ぎになったから立派になったという話を聞いてぞっとした。あの高さだと外に出て救出されるのはさぞかしこわいだろう！

いらだって乱暴になるチビをしかって大げんかして、そのあと仲直りしてゆる湯という冷泉に入った。「熱いお風呂よりも好きなんだよ」「こっちのほうがあたたまるね、チビの言う通りだね」と会話しながら。

朝も「いっしょに寝てるとあったかいね〜」と言いながら、いつまでもくっついてふとんにくるまっていた。もちろんこんなこといつまでも続くはずがないってわかっているんだけれど、小さい子と暮らすのって、けんかも含めて宝物のような日々だと思う。

ただし本気でやらないと、なにも得られない。それはどの人間関係も同じだと思う。

10月4日

へとへとになってベッドに倒れ込み、一時間半後、いきなりチビがじゃーじゃー吐き出したので、びっくりして片付けてまた寝た。チビもびっくりしていた。ふたりで「びっくりしたね！」「ああびっくりした！」と言い合った。

ぎっくり腰の予感がしたので、サウナに入ってから指圧を受けたら治った。これでここぺりまで保《も》たせられる。ぎっくり腰は明らかに被害者意識と関連があるような気がする。それは持っていてもだれにとっても一文の得にもならないものなので、汗といっしょに流してしまった。そんなことはもはや朝飯前だ。

それで爽快《そうかい》になって家族で楽しくごはんを食べた。

10月5日

恵さんと久々のデート。雨が降って来たのでホテルの中から出ないことにして、北京ダックをちょっぴりと野菜炒《いた》めとスープを分け合って食べる。「高くてもいい、満腹にならない、手間がかかっている、味が複雑」が条件のこういう食べ方で気が合う人ってなかなかいないので、気楽。

恵さんにものすご〜く面白い話をいっぱい聞いた。そして意見を出し合い、人類の神秘について謎《なぞ》をひとつ解いた。ここに書けないのがとっても残念だけれど、とてもじゃないけど書けない。思い出しただけで顔が赤くなるくらい。

彼女の恋人と電話で一瞬しゃべったら、明らかに奈良の男の人。私にはとてもなじみがあるとても懐《なつ》かしい発音だった。奈良に半分くらい住んでいたときいっしょにいた男の人からは、一生の中でいちばん大切だと思うくらいの思い出をたくさんもらった。他のだれもが男のプライドを大事にしてこわがって私にくれなかったものを彼は惜しみなくくれた。最終的にうまくいかなかったことを今でもとても残念に思っている。だから私はずっと奈良を心のふるさとだと思うだろう。どこかでこれを読んでいてくれるといいけど。

10月6日

発表会。朝からお祈りしすぎて胃が痛い。もうこれだったら自分が出たほうが楽なんじゃないかと思うくらい、緊張した。

でも陽子さんとりかちゃんとあっちゃんが舞台でゆる〜くウクレレを弾いているのを見たら、そこに前よりも微妙なうまさでうまくなっているのんちゃんがスラックキーギターでからんでいるのを見たら、がくっと力が抜けた。

そして自分のクラスの本番になって、あまりにも上手だったのでほっとした。一年前よりもずっとうまくなっているし、楽しそうだし、きれいだし。あのうまい中に普段自分が混じって踊っていると思うとそれはそれで冷や汗が出たが、精進しよう……。

タヒチアンではじゅんちゃんがど真ん中で踊っていて、ものすごく堂々としていてうまかったので、誇らしかった。元がチアガールだったので舞台慣れしている。誰よりも強く優しく練習もまじめでいつも人のためにいろいろやっているじゅんちゃん、すばらしい女性だ。

夜は前いっしょに踊っていた懐かしい人たちも交えてしみじみと小さい打ち上げをした。みんなどうして今は会えないのか不思議なくらいの一体感がある。フラをいっしょに踊ったことがある人というのは、比喩《ひゆ》的には「セックスしたことある人」とほとんど変わらないからだと思う。

私は団体行動が大嫌いで、文化祭などほとんど出なかったか毎回いやでいやで役職があるたびに発熱したし、人が五人以上いるだけで具合が悪くなるほどなのに、よくもまあこんなことができているなあと思う。今まわりにいる人たちも同じタイプなのでいやすいのかもしれない。女性ばかり十人くらいに囲まれて一度もぐずらないでにやにやしていたチビと、手をつないで幸せな気持ちで歩いて帰った。

10月7日

一ヶ月ぶりくらいの、家族だけのオフ。

バーニーズに行ってマルコムくんに会って指輪やピアスを買った。何回でも同じデザインを買ってしまうくらいに彼の心の美しさを反映した作品が好きだ。結局彼の作品をいちばん身につけている。

伊勢丹に行っておもちゃを買ったり、ジュンク堂で本を買ったり、チビの買い物にもしっかりつきあいゆっくりとすごした。心から楽しかった。

トラットリアでピザを食べているとき、あまりにもチビがいたずらだったのでしっかりと言い聞かせているところを隣の席の一年生くらいのお兄ちゃんがじっと見ていたので、「おばちゃんは静かな君とうるさいこいつを今すぐにとりかえたいよ」と言ったら、すっごくおびえながらもこちらをちらちらと見ていた。最終的にチビと私が仲直りして抱き合っているのなんか、もう目をまん丸にして見ていた。それを見てヒロチンコさんが「アホアホ親子」と言っているのも、じっくり聞いていた。いい体験だといいが……違う気がするな。

10月8日

頭の中はもう雀鬼でいっぱい、でも麻雀はもちろんできない私。

桜井先生の本の中では「雀鬼流。」というのがいちばんすばらしかった。最盛期の野口先生くらいの気づきがある。これからはいつも北口方面を歩くのが楽しみだなあ、いつお見かけするかと思うとどきどきだ。引っ越して来てよかった……。

ハワイの小説第二弾を、しみじみとしあげている。今日は久々に八時間くらい書いた。できはともかく、いちばん好きなタイプの小説だ。大食いでないところと手先が器用なこと以外(ぐすん)はほとんど主人公の性格が自分というのも珍しいケースかもしれない。ひな菊以来の書きやすさだ。でも、書き込みすぎてもはやなにを書いているのかわからない状態になっている。なんの話かさえ、わからない。大丈夫だろうか。

ブローティガンの最後の小説「不運な女」を仕事の合間に読んだ。もう構成する体力がなくなっているのか、まだ完成ではなかったのか。全部をひとつの旋律にしあげる能力が（もともと薄い人だったけれど）消えたのか。あらゆる意味で哀《かな》しく切ない小説だった。作家っていうのはただでさえぎりぎりなのと頭と体のバランスが悪い仕事なので、お酒に呑《の》まれることは簡単なことだと感じた。

10月9日

今日も十時間執筆。根をつめすぎて、ごはんが喉を通らない。半分くらいあっちの世界に頭を持っていかれている。すてきなことに聞こえなくもないが、首も肩もパンパン、目はずきずき。お弁当は超いいかげん！

しかし自分は食欲がなくても、チビがピザピザ言っているので、ピザを買ってきたり、それに合うスープを作ったり、カボチャサラダを作ったりして気を休めた。ほんとうにありがたいことだと思う。家族がいなかったらとっくに死んでいただろう。

10月10日

結局ほとんど徹夜。

お弁当はクロワッサンとカボチャサラダとゼリー……。手抜き！

五十嵐大介《いがらしだいすけ》「海獣の子供」、あまりにもすばらしすぎ、内容も私の好きな海洋もので何回読んでもあきることはない。「魔女」よりさらに絵がうまくなり、構成力も格段にアップ。その上東北地方に住んで畑仕事をしている（いた？）というこの著者はいったいどこでどういう勉強をしてこれまで生きてきたの？　美大を出ただけではこんな絵にならないし、発想もできないだろう。下北沢や吉祥寺にひそんでいるのならまだわかるが、すごすぎる。

10月11日

むずかるチビにMさんが「そんなに文句言ってるとママにこのお菓子あげちゃうよ！」と言い、私が「もらっちゃうよ、わーい！」と言ったら、クソ憎たらしいチビは「わーいて言ったって面白くないんだよ！」と言いやがった。

このタイプのむつかしさは小学生くらいの感じだと思っていたが、案外早かったなあ。

こうなると幼児期は終わり、こちらも大人に対するのと同じテンションで接しなくてはならず、とっても楽だが、幼児期が懐かしい。

でもそのあとすっごくあやまってひざに乗ってきたので、まだ心構えくらいでいいかな。

というふうに、毎日の微調整が育児の命だと思います。

夜は春樹先生がノーベル賞を取らなかったのでくやしくてやけ酒を飲みに健ちゃんとビザビに行く。さっちゃんの料理、繊細で濃くてていねいで大胆で、まさにビザビの歴史そのものが封じ込められている。あの人たちがお店をやめてしまう日まで、あと何回通えるだろう。一度でも多く橋本さんとさっちゃんの味を舌に焼き付けたい。イタリアらしいイタリアンの店はたくさんあるが、日本の食材と味を持つ日本のイタリアンはあそこでしか食べられない。つい飲み過ぎてしまい、倒れはしなかったけれど、お水をもらったり見送ってもらったり、みんなに優しく介抱されました。寝不足がたたっています。

10月12日

くやしさのあまり「走ることについて語るときに僕の語ること」を買ってきて一気読みする。すばらしい。小説のレベルの違いと同じ（全く同じくらいなのが切ないわ！）くらいに取り組みかたと能力のレベルは違うのだが、彼が走ることにかけている気持ちは私のフラダンスと全く同じだ。私の墓碑銘も「作家そしてフラダンサー人生を踊りつくした」にしてほしいと本気で思っている。この、趣味のようなあてのないものに、もう年齢的にピークは過ぎているのにむりやりに時間を作ってでもかけている気持ちがどんなに切実なものか、作家以外にはわからないだろうな。多分「まほろしハワイ」の後書きを読んで「よしもとさん、いったいど〜してしまったんだ」と思う人は多いだろうし、春樹さんのこの本もそうだろう。「小説を書くのがなによりも大切ではない人たちみたい」って思うだろう。しかしフラダンサーとランナーは首が痛くなるほどうなずくだろう。

小説を書くってものすごく大変なことで、でもその大変さのほうが他の仕事をするよりも自分にとってはまだましで、それにしてもその大変さを肉体が受け止めるにはあまりにもきびしすぎて、体を動かす何かをせざるをえなくなって、その何かに死ぬほど感謝している、そういうことだと思う。

そして私は作家として良いものを書くよりも、むしろ彼のような人たちが読んだとき「よしもとさんの小説、下手だけどなんか俺、やる気出てきたぞ」みたいなでこぼこした小説を書きたい。

ここぺりに行って、あちこち固まっているところをほぐしてもらう。関さんのいちばんの得意技、それは固まっているものを溶かし、奥に眠っていた疲れを表面に流し出してくれることだ。おかげで自分の疲れが自覚できて体と一体感が出てきた。

あまりにも頭と目が疲れていたな、と思いながら風呂《ふろ》に入っていたら、爪《つめ》が折れたところからなにか白いものが勢いよく吹き出ているのが見えてきた……やばい、疲れのあまりオーラが見える奴《やつ》になっちまった（笑）！

10月13日

そしてこれまた春樹さんの言う通りで、純文学作家のいちばん大事なものは体力というか粘り。

私程度の作家でも、ここではあとほんの少しだけ深く潜るために全神経と体力を注ぎ込む。大した小説でなくっても、ここで投げたらだめといういやなポイントがある。

そして思う……これを書いたら、遊んでやる〜！　ひたすらにチャラチャラしてやる！　こんなことはもういやだ、もう深く考えることなんか一個もしたくない！

骨をけずるみたいなこの独特の気持ち。日常生活も侵される。受け答えがうまくできないし、表情がなくなる。子供も淋《さび》しかろう。ほんと〜に暗く邪悪な仕事だと思う。

10月14日

徹夜して、仮眠して、直しをして、やっとできあがり。徹夜ってちっとも効率がよくないけれど、チビが寝ている時間、集中できる時間を見つけようとするとどうしてもそうなってしまう。

じつに売れなさそうだが、これまでに自分の書いたもののなかでいちばん好きな小説が更新された「サウスポイント」ができあがった。「ハチ公の最後の恋人」の続編で、「キッチン」「ハネムーン」の流れを汲《く》む「よしもと調宿命の恋愛もの」の集大成だ。担当の渡辺くんがさっそく読んでくださり、すばらしい感想をいただいた。彼がオッケーならこれでもう安心。今年の自分をほめてもいいだろう。

雀鬼の言う通りで、今回は「チエちゃんと私」「まぼろしハワイ」（どちらも手は抜いていない）というジャンルものを二作書いていたことですっかり精神性がなまっていて、深く潜るための精神力が衰えていた。ふだんの構えがちゃんとしていたらここまできつい精神状態にはならなかったはず。深く反省した。

でも今からとりあえず飲んじゃおうっと（笑）！

**10月15日**

チビが仮面ライダーカブトと電王とゼロノスのベルトを三本いっぺんに巻いて、ゼクターやパスや携帯をばんばん使っていっぺんに変身するというのがはやっているのだが（これだといったい何に変身しちゃうんだろ）、その変身音のうるささと言ったらパチンコ屋の中（あまり行ったことないけど多分……）にいるみたいな感じだ。音にデリケートなヒロチンコさんはすっかり具合が悪くなっていた。

私は仕事も終わったので「思う存分やりなさい、見てあげるから」とシャンパンを飲みながら言ったら「飲みながら？」と聞かれたので、その発言に内心爆笑しながらにこにこ見ていたら、三十回くらい変身して私の耳が痛くなったころにやっと満足して「ママ、変身見てくれてありがとう」と言った。そしてその後「ママは今忙しくないの？　手が離せなくないの？　お仕事終わったの？　遊べるの？」と言い出した。いくらとりつくろって接していても、ママの内面が小説でいっぱいだったことをチビはわかっていて淋しかったんだなあと思い、胸がきゅんとした。

小説を書くってどういうことかと言うと、百本の針がばらばらっと落ちていて、その中から銘が入っている一本をよりわけるようなこと。色とりどりの糸がもつれてからまっている中から赤い毛糸だけをじっくりとほどいてたぐっていくような感じ。毎日集中してそれをしているだけの仕事。上の空にもなりますよ、ごめんごめん、と思う。

## 10月16日

子供のための記録から自分のための記録に切り替えて行く時期なので、そして日記を書く日々もいつ区切りが来るかわからないので、日記に対するスタンスを微妙に変えている（過去の恋愛のことなども多少は書いている……記録しておくために）ということは何回か書いたけれど、それでいろいろな「どうしてそう思ったんですか？」みたいな質問をされる。若いみなさんにいちばん言いたいなと思うのは「男と女は違う、いっしょと思ったら大間違い」ということだろうか。どこにでもいっしょに来てくれてなんでもいっしょにやってくれるような男はいないし、いたら気味が悪いし、存在の意味がないと思う。私はそのジャンルでは全く面白くない人間だけれど、いくらなんでもそのくらいはわかる。でももしかしてわからない人が多いのかも、と人々の質問を読んでいて思った。お友達がほしい気持ちと、行動するときひとりじゃ淋しいっていうのと、暇と退屈と、色と欲と、ほんとうに人を好きになることを混ぜちゃうから、わからなくなっちゃうんじゃないだろうか。私ほど混じってなさすぎるのも昔からまたひとつの大きな問題なのだが。

そして……ついに「三国志」読み始めちゃった、あ〜あ。私があの中にいたら流れ矢が刺さったり、失言してバサッと斬《き》られたりして、一巻のはじめくらいで死んでいるな……。

幻冬舎でインタビューを受け、そのあとマンジャペッシェに。石原さん、壺井ちゃん、りさっぴ、そして久しぶりに斉藤くんもいっしょにごはんを食べた。気心が知れている人たちなのでおいしいワインをいくら飲んでも全く酔わず、楽しいお酒。メニューの組み方も自分で選べるので腹七分目くらいでちょうどよかった。コースものはたいていもうお腹《なか》いっぱいでメインの味がわからなくなるので、自分で組めると助かる。

10月17日

ハワイのことを考えるとても幸せで健康的な日々だったので、反動で暗いものをがつがつ取り入れたい気分。おりしも待ちに待った「Mother of Tears」がイタリアで月末から公開だというではないか、中学生から見続けている三部作のラストなので、もう行って観《み》ちゃうかなというくらいの激しい気持ち。

私のなにであるかわからないが確実に一部ではあるあのお嬢さん、アーシア・アルジェントさん。何回会っても「私たちはなにか持っているものが同じ」と言い合うふたり。きっとそれは異様な価値観のお父さんが手塩にかけて作ってしまった生きにくい、できそこないの娘さんたちだということだろうと思う。

ヤマニシくんをこきつかってしまった忙しい一日だったが、ゆきさんが赤ちゃんを連れて一瞬寄ってくれたので気持ちが和んだ。産まれて一～二ヶ月の赤ちゃんにしかない「人としてものすごく強い感じ」がとても懐《なつ》かしい。

10月18日

フラのプチ打ち上げでカラオケ大会に行った。受付で部屋番号を言ったら「ああ、そのお客様たちは4055に移っております」と言われたので、「おくれてごめ～ん！」とばーんと扉を開けたら知らない人たちだったときの衝撃！　結局みなさんもともとの部屋にいました。なによ！　なんなのよ！

のんちゃんとりかちゃんに洗脳されて聖子ちゃんを必要以上に好きになってしまいそうでこわかった。そのふたりが歌うと知らない曲も名曲に聞こえるのだ。

そして陽子さんとちはるさんの異様なアングラかつ地味系な持ち歌がかぶり、ふたりでマイクを持ってユニゾンで歌っているのが、暗黒世界のPuffyという感じでまことにすばらしかった。

圧巻はあっちゃんの歌う「熱き心に」。すばらしかったのだが、じゅんちゃんと「あっちゃんが選ぶ歌って、他では課長が歌ったのを聞いたのが最後かな」「私はお父さんのを聴いたことがあるくらいかな」と言い合った。

10月19日

結子とお茶していたら、帰宅中のりさっぴが近くにいたので呼び出してみんなでお姉さんの店でワインを飲んだ。ちょうどいいタイミングで雨もあまり降ってなくて、とてもいい感じの夜だった。こういうこと(気のおけない人とちょっと飲みながら何かおいしいものをつまみ情報を交換しあう)がいちばん好きなんだけれど、育児中はなかなかむつかしいが、睡眠を削ってでもしたいことのひとつだ。

そしてこの日記を読んでいる人にはもう飽き飽きだと思うエピソードだろうけれど、竹中直人さんにばったりと会った……。だんだん会話できるようになってきたので幸せな気持ち。でもやっぱり言えなかった。「まさに昨日カラオケで私、木之内みどりさんの『無鉄砲』を歌いましたよう!」とは。

10月20日

なんというすばらしいお天気、光の具合を見ているだけでいいくらい。こんな日ばっかりだったら、ずっと空だけ見て外で座っていられるのにと思うくらい。

しかし家の中には雑用がいっぱいなのでさくさくさくと片付ける。

ろうかに犬のオハナちゃんがおしっこをし、人がシートをかぶせて吸い取らせている間に、多分ゼリちゃんがそのシートの上にきっちりウンチをして、さらにそれをオハナちゃんが食べていた……。

そういう全てのことに疲れ果てた私もヒロチンコさんも少し頭がおかしくなって「シートの上にウンチができてえらかったね」と言いそうになってしまった。ポジティブに考えるというよりは、逃避である。

10月21日

チビと手をつないで歩いていたら、近所のタイ料理屋のかわいいお姉さんがにこにこして手を振ってくれた。
チビ「見つかっちゃったね、恥ずかしい〜」
私「ふたりで歩いてるところ見つかったね、どうする?」
チビ「もうふたりで会わないようにしよう」

ど、ど〜しよう〜！

10月22日

こんなに音楽好きな私がどうしてライブハウス派でクラブ、レイブ系に行かなかったのか考えてみたら、オタク出身で男好きではないからだけではなさそうだ。ひどい中耳炎になって衰える前はものすごく耳がよくって、よすぎるほどで、だから自分で選べない内容の大きな音が流れているところが耐えられないのだ。選べればかなり大きくても大丈夫なんだなあ。チビの幼稚園がパチンコ屋の近くにあり、このあいだ日記に書いた手前「どのくらいの音だったっけ」と近道ついでに通り抜けてみたら、それだけで具合が悪くなることができた。

夜、父の考えたキーボードについての話を聞くために、たづちゃんとお友達のサギサカさんが実家に寄ってくれた。サギサカさんはすごい人だった。これまでいろいろなこういう人（コンピューター関係と言うべき？）に会ったが、ダントツで迫力があった。ほんとうにすごい人は謙虚だということもわかった。リナックスを作った人と同じくらい頭がいいんじゃないかな。もっとかもしれない。言ってることとたたずまいの全《すべ》てにかなり深く感動した。

でもそんな彼に、レイブ系焼肉好き人生エンジョイ派のこれまた超頭のいいたづちゃんは「どうして会社を秋葉原でなく御徒町にしたんだよ、往生際《ぎわ》が悪いんだよ！」などと言っていた。

姉がアジ五十匹ぶんくらいのアジフライをあげてくれたので、みんな大喜びで食べた。

10月23日

次の仕事に入る前に完全に休暇してしまうともう戻れなくなるので、毎日肩ならし程度に次のことを考えたりちょっとだけメモを書いたりする時期、この時期はなにをしていても幸せで、生きているだけで楽しくて笑顔になってしまう。夕方に人の家の明かりを見るだけで幸せなくらいだ。

だが！　この次には必ず「なにを書いてもおもろくない、こりゃもうだめだ」という時期が来て、これのほうが長いこともわかっている。しかし雀鬼の言う通りで「不調こそわが実力」、このいや〜な時期を耐えることのほうが、幸せなんかよりもずっと作品の底を広げるものだ。

そこそこリラックスして、体にいいものを食べて、それなりに運動もし、いつも気持ちよく余裕のあるスケジューリングで、仕事もむりせず、意外なことがなにも起きない……そんなすてきな人生は、肉体と時間の奴隷《どれい》であると思う。その逆（放蕩《ほうとう》、体を無視して忙しくつめこむ、楽しいことのし過ぎ）も同じ意味で奴隷だと思う。奴隷でない人生について長く模索してきたが、気を抜くといつもなにかでバランスを崩して狭くなる。それでも探し続けるのが人生の目標、サーフィンし続けること。それだけだ。

**10月24日**

笑っちゃうほどすごい腱鞘炎《けんしょうえん》。じわじわと来てるなと思ったら、一気にひどくなり、フライパンがぜんぜん持てないし、キーボードがしっかり打てない。手を使いたくないので特に痛い携帯メールの返信なんてもう「どさ?」「ゆさ」の世界に。絵文字だけとか！　風邪で声が出ないときと似ているもどかしさ。これはこれで案外楽な生活なので当分これで通してみようかな。

なのでまだあまり長くは書けないが、夜、原さんのライブに行く。本人は声が出なかったと気にしていたが、バンドとの一体感があり、実にいいライブだった。「約束の満月」なんて久しぶりに聴いた気がする。二十年も同じ曲を聴いていると、体の中に曲が入っているのがわかる。死ぬ時の回想タイムにも、原マスミの音楽が頭の中に流れている時間が長いと思う。実際に亡《な》くなるときに原さんの音楽を大きな音でかけていた方がいらした。原さん本人は傷ついていたが、私はそれを悪いことと思わなかった。人の人生最後の旅に寄り添えるなんて。

10月25日

この腕では無理かな？　と思っていた太極拳《たいきょくけん》が案外できたので、回復に向かっていると信じたい。でもフライパンは持てない。お弁当はみんなゆでもの。朝起きたときがいちばんひどい。太極拳は面白すぎる、どんどん面白くなってきた。これまでやってきたのはまねごと以下だったんだな、と思う。面白くなると気持ちもどんどん謙虚になってくる。

夜は来日中のたくじ、ジョルジョ、石原さま、健ちゃん、りさっぴとうちの家族三人という異様なメンバーでの会食。みんなでいつものおいしい焼肉屋さんに行き、普段日本にいない人たちにどんどん頼んでもらってごちそうした。みんなにこにこしていてチビも嬉《うれ》しそうで良い時間を過ごした。

10月26日

腱鞘炎になってわかること、それはル・クルーゼの鍋《なべ》は重い！　ということだ。これって、出産で恥骨離開（痛そうな字だ）になって立てなかったときも思った。今と同じでどうしても持ち上がらなかったっけ。そして健康になったら忘れていた。健康ってすばらしいよな。こんな重いものを普通に取り回すなんて。

友達が乳がんになったとき、もうひとりのやはり少し前に手術をした友達が自分の手術したあとの胸の写真をその子に写メールで送ってくれたことがある。今は個人情報を守るためにサンプルの写真を病院で見せてくれないので、どうなるかわからないまま手術しなくてはいけないのだ。その写真を彼女が気安く送ってくれたことで、友達がどんなにはげまされたかわからない。そういうケチじゃない人の心がほんとうに大好き。ケチなのはいやだ。

関係ないが、あの「ハメ撮り教頭」が奥さんにとって完璧《かんぺき》な夫だったのは「完璧な夫に邪悪な性癖があった」のではなく「楽しいことが他にいっぱいあったから妻を大切にできた」のではないかなあ。もちろん最悪の男だし仕事上あんなの絶対許されないことだが、人ってそういうものかもしれないと思った。

夜はほら貝を吹くカッコマン宮下さんのお招きで中美恵さんのマクロビ夕食会に参加。クムとクリ先生もいらしたのでどきどきしたが、チビは関係なく暴れていた。宮下さんちの子たちがとても優しくチビに接してくれたのでありがたかった。マクロビごはんは慣れれば慣れるほどおいしさがわかってくる。食べるとちょっと視界が開けるし気が落ち着く。しかしあの手間と快楽の少なさ（味の濃い薄いではなく、生き方として）が私をいつも踏みとどまらせる。原稿が詰めだったらなにも食べないでいい、そういう仕事だからだろうし、肉！　欲！　情熱！　みたいなはみだしたものがある程度好きだからだろう。それにしてもほんとうにおいしかった。

ちなみに私の食に対する信念は「本能が鈍っていなくて、その人の信念体型に沿ったものを食べていればまず大丈夫」というものだ。体が寄っていかないものには近づかない。

東京のマクロビレストランはかなり厳しい状況にある。あのように手間のかかったものを人に食べさせるというのは大変なことだけれど、実りのあるお仕事だと思う。週に一回くらい、ふらっと近所で食べて体をリセットできたらどんなにいいだろう。

## 10月27日

あがた森魚さんのライブに台風の中はりきって出かけた。「タルホロジー」は名曲ばかりのCDだし、ゲストが久保田麻琴さんや鈴木慶一さんと豪華なので、かなり期待していたら期待通りのすばらしさだった。そして日記で昔の恋愛についても書いたなんていきまいていたらバチがあたったのか、突然、なんの前触れもなく五年間も同《どう》棲《せい》していた人（今もよく会うし妻子も仲良しだけど）が舞台に出てきたのでマジでびっくりした。ライブには行ってなかったからなあ。変わらずギターとベースは天才的だったので、さすが俺、と思った。そしてそのガンちゃんに連れて行ってもらって楽屋であがたさんにごあいさつした。お変わりなく繊細で心清らかで暗く陰鬱《いんうつ》で美しく、ああ、北海道の天才と言えばあがた森魚と山本直樹と岩館真理子だなあ、心象風景がそっくりだな、と思った。

どさくさにまぎれて高校生からファンだった鈴木慶一さんと握手してもらった。陽子さんも。そして今日はちゃんと言った。「ちょっと前にカラオケでムーンライダーズをふたりとも熱唱したんです！」それを聞いてにこにこしていらしたので嬉しかった。生きててよかった！

10月28日

やっと手が治ってきたが、朝はやはり動かずカップを取り落とす。そして治りかけているのにチビとゴーストハウスのマジックの練習をして変に中指を使い、だいなしに。中指が動かないのでキーがうまく打てないまま。バカだねえ。

ジョルジョ、たくじ、陽子ちゃんと新宿でお茶。伊勢丹メンズ館は混んでいて大勢の二丁目の人たちのデートコースだった。八階のカフェのメニューがかなりよく、いい人たちばかりでチビのうるささが申し訳ないくらい。ジョルジョとたくじと私はこんなに仲がいいのにどうして近くに住んでいないんだろう。なんでこんなふうにたまにお茶したりできないんだろう。イタリアはあまりに遠い……。

チビとケンカして仲直りして手をつないであやまりあって、もたれあってタクシーでうたた寝して帰ってきた。人間って動物だな、と彼との一連のこういう流れを経験していつも思うのだ。こういうことの代用はなにでもできない。アレクサンダー・ローエンの名著が春秋社から別タイトル「からだのスピリチュアリティ」で復刻していて、昔読んだときと同じ感銘を受けた。自分の考え方の芯《しん》がここにあり、こういうことがみんな書いてある。

徹夜して読んだ藤谷治くんの「洗面器の音楽」もすばらしかった。読み物にするには純文学的過ぎ、純文学に持っていくには筆が走りすぎているが、ここに描かれていること全てのぞっとする孤独の感触は彼の持っているものの中でいちばんすごいものだと思う。恋もない、人間関係もない、好奇心もない。孤独だけがどんどん際立ってくる感じ。

腱鞘炎のくせに書いてるやんとお思いの方もいるでしょうが、これは、治ってきてからあとで書き足しているのでやんす。一日一行をふくらませ。

**10月29日**

名著「生物と無生物のあいだ」を書いた分子生物学者、福岡伸一先生と「ソトコト」のための鼎談《ていだん》。なんとロルファーとしてのヒロチンコさんもいっしょに。福岡先生は頭がものすごくシャープでかつ情緒的な文章も書ける人で、専門の分野の全部のことに自分なりの仮説もしくは結論を持っていて、それを人に説明する術《すべ》も持っていた。意見が違うところがひとつもなかったので、胸がすくような会話が進んだ。だいたいNYがどうしてあんなに心ときめく場所かというのを、科学的に説明してくれた人は他にいない。しかもとってもすてきな人で夫婦そろってぽうっとなった。

ヒロチンコさんはもともと分子生物学を学んでいたので、ふたりが向き合うとまるっきり面接のようで面白かった。汗までかいちゃって。しかも後でほんとうに「あの人の下について研究ができるなら就職したい……午前中はラボ・テクニシャンとして働き、チビを幼稚園に迎えに行ってから、仕事場でロルフィングをやって……」と妙に具体的な夢をつぶやいていた。

10月30日

「まぼろしハワイ」の打ち上げで、石原さまのごひいきの、渋谷にある考えられないくらいおいしいスペイン料理屋さんに行く。ご主人がおいしいと感じたものだけを真剣に出しているので、人の家でものすごく手間のかかったものを食べているのと同じくらいの手応《てごた》えがあった。

わりと近所に住んでいる鈴木成一さんとこの貴子さんが、ものすごおおおおくかわいく酔っぱらったので、送り狼《おおかみ》にならずに送るのに大変な忍耐力を要した。そんな私の気も知らずに彼女は「あ、歩道橋だ、歩道橋があるじゃないですか、そこに。やっぱりあるんですよ、そこでいいんです、ありがとうございました！」と夜道をひとり踊りながら去っていきました。ほんとうに。

そんなとき男子たちはなにをしていたかというと、野口五郎の「私鉄沿線」の歌詞を考えたり、サナダ虫がおしりから出てくる話をしていました。絶望的……。

そして貴子さんも「チャメ」のスンドゥブはすばらしいって言っていた。

10月31日

道を歩いていたらうちの犬たちを散歩に連れ出していたヤマニシくんにばったりと会い、喜び合っていたらこれまたたま、向こうから幼稚園帰りのチビを乗せたパパの車がやってきたので、犬も含めてみんなで道ばたで喜んだ。こういう偶然ってとても嬉しい気持ちになるものだ。

英会話。ベンジャミン・フランクリンの13の格言をマギさんとバーニーさんと順番に読みあげ、全くそのとおり、立派な考えだとうなずきあっていたが、12個目が「セックスは健康のためと子供をつくる以外にはしてはいけない、つつしむべし」だったら、とたんに全員がすうっとさめて「これははずそう」「これはありえないだろう」「これ抜きで全部で12個でいいね」と口々に言い出したのでおかしかった。

11月1日

姉が寄ってくれて、チビ大喜び。

みんなで晩ご飯を食べに行くが、ヒロチンコさんはタイマッサージに出かけて、いっちゃんと後から来た。藤谷くんが通りかかってあいさつだけしていったけど、あいかわらずいいお顔をしていたので、ちょっと会えただけでも得した感があった。

姉に聞いた、この夏に生きている人や死んでいる人の遺《のこ》した言葉や動物などに次々頼られたおそろしい話、怪談よりもずっとこわかった。とてもここには書けないが、姉も基本的にはお嬢でいい人なのだから、利用しようとするのはやめてほしいな、と思った。

世の中にはとんでもない人がたくさんいるものだ。

人間関係というのは双方の好みや事情をわかりあい、それを尊重しながら助け合っていくものであって、一方的なものではない。姉を尊敬していないのなら、姉の気持ちに興味がないのなら、強く優しく見えてしまう姉に甘えたいだけなら、姉に助けてもらわないでほしい、両親の介護だけでもたいへんなのに、そのことの心労ですっかり痩《や》せてしまった姉を見てしみじみとそう思った。

私たち姉妹は、人に親切にするのを控えるべきなのだろう。

関連の話題として、よく突然男の人に「好きになってもらったのに彼女がいます、ごめんなさい」と一方的にあやまられる。どこをどうたたいても、かけらさえも、ほんのちょっぴりも気がないような知人の場合が多い。ほんとうに気があった人なら

「あら、残念ね」と言えるが、ないので内心不快なだけだ。あまりにもびっくりして口もきけなくなる。「男の人ってすごいなあ、しょってるなあ」と思い込んできたが、姉の頼られるのといっしょで、私が人をそう思わせるなにかを持っているということだろう。結婚したときなんて十一人に(ほんとうに数えた)「君は実は俺だけを好きだと思っていたのに」と言われた。あんまりだ。自分のなにかが悪いとはいえ、直しかたはいまひとつわからず。

あっ、蝶々《ちょうちょう》さんに「ばななさんはそんな小さいことで怒ってちゃダメ!」って言われたのに(言い方は違うがそういう感じのこと)ついまたちょっと怒ってしまったわ。

11月2日

寝ているあいだにまぶたを蚊に刺されて、すっごく腫《は》れている。眼帯をして綾波《あやなみ》レイのコスプレをして出かけよう! と言いたいところだが、犬の散歩がやっと。ちはるさんにも「あの格好は寒かろう」と止められた。

厄払いにトッズで眼帯のままブーツとバッグを買った。眼帯のせいでなにを試着してもコスプレに見えるが、とにかくこうでなくっちゃ! 私の変な形のでか足にフィットする靴はアンリークイールとトッズだけだ。ポリーニは三分の一の確率で大丈夫。

姉についてヒロチンコさんが私と全く同じ意見を強く口にしてくれたので、頼もしく思った。姉のことをちゃんと見ていてくれてるんだなあと思った。

11月3日

眼帯のまま、あやちゃんの参加しているアノニマ・スタジオの「冬じたく展」へ。倫子ちゃん、美香ちゃん、すいせいさん、しおりさんなど知ってる人がいっぱいいて嬉しかったし、全体が和やかでいい感じだった。あやちゃんの創《つく》ったニットのマフラーとネックレスやすいせいさんのカレンダーを買って、陽子ちゃんやのんちゃんやちはるさんとおしゃべりして過ごした。

途中、外であっちゃんが私が休んでいるあいだの振り付けを教えてくれた。持つべきものはお友達だ。あっちゃんといっしょに体を動かしたとたん、ほんの少しだけ踊りの勘が戻ってきて体が喜んでいるのがわかった。

帰りは、展示を終えたあやちゃんもさそって久しぶりに浅草の「むつみ」で釜《かま》めしを食べた。私の釜めしの基準は絶対的にここのうす味。茶色すぎる釜めしは苦手だ。

前に浅草で働いていたときはよく帰りにデートで寄ったり、仕事帰りの陽子さんと食べに行ったり、いろいろな思い出がある。あまりにもお店が変わらないので不思議な気分だった。みんなで夜の浅草寺を抜けて帰った。この街を離れて二十年もたってから、新しく知り合った大好きな人たちと歩くことができるなんて思わなかったな。

11月4日

チビと一日中ケンカしながら、たまっていた買い物をする。ゴミ袋とか突っ張り棚とかチビの靴下とかお弁当箱に入れるしきりだとか。こういうどうでもいいことがたまりにたまったのを片っ端から片付ける快感に心はおどる。やりとげるとものすごい達成感がある。

片山洋次郎さんの「身体《からだ》にきく」をしみじみと読みおえた。とてもいい本だった。飛び抜けた目標を目指すのではなく、自分の体にただ根をおろしてみて足りないものを幼少時の記憶の中からおぎなっていくようなやり方、性に目覚める年代の前の本質的なその人を見ること、人間関係を触れ合いからとらえること、どこを取っても彼の思想は素朴で強い。彼の生き方も思想から離れていない。だから芸能活動をしている過敏な人たちが彼の元で安らぐのだろうな……。

11月5日

ロルフィングを受ける。

今、体のバランスが変わるところでとても調子が悪いので調整してもらった。息が深くできるようになり、足はまだちょっとばらばら動く感じ。じょじょによくなっていくだろうという感じがある。吸い込む息がどこで止まっているのかがよくわかった。

数年前に受けたときの写真を見ると、たしかに若くてぴちぴちしているのだが(笑)、全身に力が変なふうに入っていて、これでは疲れるでしょうね、と思った。

夜はおたふくで変わらずにおいしいお好み焼きを食べる。チビが「まず粉でしょ、次がかつお節でしょう、その次がキャベツで、肉で……」と焼いているお兄さんにわざわざ実況中継をしてあげていたら「修行に来るか？ たいへんだけど楽しいぞ！」と言われていた。

11月6日

チビのパスポートを取りにいく。やっと赤ちゃんの写真でなくなったのでほっとした。最近いつもパスポートの写真があまりに赤ちゃんなので入国のとき見比べられ「う〜む」と言われていたのだ。

その後はチビの歯医者さん。転んで折れそうな前歯の治療。見ているだけでどきどきしたし、私が握ってあげているチビの手のひらも汗だくだった。虫歯もいっきょに削られていたが泣かなかったので感心した。あと一回で治療が終わりそうでほっとした。

そろそろヴェトナムに帰っていく健ちゃんと日本的なものを食べようと「てん茂《も》」で天ぷらを食べる。全《すべ》てがおいしくてもはや名人芸を見るようだった。建物もすばらしい。帰りに散歩していたら東京駅が全然知らない駅みたいにリニューアルしていたのでびっくりした。夜九時だというのに大勢の人がいた。さようなら私の好きだった古くさい大丸よ。

健ちゃんが実に調子良さそうで頼もしかった。その人がその人らしくあることはなによりも他人に希望を与える。東京で働いていた頃の彼はいつも死に急いでいるような感じだった。自分が自分でなくなっていっているのにそれに気づかないというか。私も東京でだらっと生きているといつそうなるかもしれないので気をつけよう、と心がひきしまった。

近所にある行きつけの店で二時まで冒険譚《たん》や旅先で出会った強者《つわもの》の旅人たちの人生の話を聞いた。世界にはいろいろな生き方があっていろいろな人がいるなあ！　と思った。結局この世はなんでもありだし、自分の人生をだめにするのは自分だけだ。

11月7日

澤くんがインタビューしにやってきた。日記を読み込んでくださっているかわいい編集の今西さんもいっしょだった。わざわざ神戸から来てくださったので嬉《うれ》しかった。フェリシモのhaco.という雑誌に載るそうだ。梅佳代さんもいっぱい出ていてすばらしいカルチャーページだった。さらに澤くんがカメラマンとしての撮影だったが、あまりにも澤くんが大好きなので、アラーキーや篠山《しのやま》さんの撮影よりも緊張してしまった。この大好きは「つきあいたい！」とかではなくって「澤くんがこの世にいるだけでばんざい」的な気持ち。たまには人に対してこういう純粋な気持ちを持つ私だ。そして澤くんはどうして移動し続けているかというと、きっとひとところにいたらモテすぎるからだな、と思った。

途中「いつ気が狂ってもおかしくないんだけれど、のんびりやさんなのでなんとか助かってきた、これでせかせかした人間だったらもたなかったと思う」と言ったら、澤くんが「よかったねえ」とまじめに言ってくれたのがとても嬉しかった。

この間なにかの本を読んでいたら、目が見えない人は触覚のインプットが目をおぎなって発達するということが細かく説明してあった。私に、ものが変な色彩や陰影で見えるのは、子供のとき目が見えなかったことと関係あるのかもしれないな、と思った。

11月8日

太極拳《たいきょくけん》。足を大事にするようになってその気持ちでロルフィングを受けたので、いつもよりもずっと腰を落としやすい。これがもう少し深まると「足が自分だ」くらいの気分になるとアレクサンダー・ローエンの本には書いてあったが、まだまだ無意識に足に気持ちを置くまでにはいかない。じゅんじゅん先生の教えかたもどんどん深くなってきて、先生のすごさがわかってきた。ほんとうに楽しい。待ち遠しい感じだ。子供の面談。意外に外ではだれにも暴力をふるってないことがわかり、感動。うちべんけいだったのか！ ひとりで遊んでばかりいるのと、絵が好きなのは双方の遺伝でしょうがないな、とあきらめる。
夜はフラ。これもすごく楽しかった。思い切り体を動かした充実感でいっぱいだ。クリ先生になってからはベーシックスが厳しいと聞いてびくびくしていたが、ただ楽しくてしかたなかった。この歳《とし》になってこんなに運動するって思ってなかった。久しぶりにみんなでごはんを食べた。仲間のダンサーたちと駅まで歩く原宿の夜道を、私は歳をとってフラをやめても忘れることはないだろうと思う。

11月9日

チビに風邪をうつされたので、辛い薬膳鍋《やくぜんなべ》を食べる。体があたたまったので大丈夫だろう。珍しく鎮痛剤を飲んで寝た。いつから風邪をこんなに恐怖するようになったのかなあ、とおかしく思う。社会全体がそういうふうになった気がする。
チビは幼稚園を休んで病院に行ったら、休んだことが嬉しくて喜んでほとんど踊りながら診てもらっていた。その後ラーメンを作ってあげたらまるまる一杯食べた。せきがひどい以外はどうして休ませたのか考えてしまうくらいの元気さだった。
そしてチビは夜中に私が仕事をしている部屋に上がってきて、目に涙をいっぱいためているので「どうしたの?」と聞いたら抱きついてきて「パパの手が折れちゃったんだよ〜、でもおならで治ったの」と言いながらしくしく泣いているのでまじめに心配したのがばかばかしくなった。

11月10日

みんな風邪気味。しかもものすごく寒い。久しぶりに結子とお茶。帰省していた高知の話など聞いていろいろおしゃべりする。

最近みんな健康に気をつけすぎじゃない？　と言い合う。確かにあたためるにこしたことはないし、白米よりは玄米がいいだろうし、農薬をつかったものよりも無農薬のほうがいいだろう。それは絶対そうだろう。でもそれでストレスをためちゃしょうがない。この消費者の無意識の不安、もちろん狂牛病から始まり赤福問題にいたるまでみんな企業のやり方が悪かったのだ。そこに冷静に目を向けて信頼できる食関係の企業と自分の本能に投資すべきで、神経質になってただ自分をすりへらしたら思うつぼ。

なにごともほどほどがいちばんです、なんて作家みたいなしょうもない生活の人が言うようになったらおしまいだ〜！

11月11日
陽子さんが来るのをチビといっしょに行きつけの喫茶店で待っていた。陽子さんが私たちに気がついて笑顔で入って来たとき、止まっていた時間が流れ出した。おかえりなさい、陽子さん。とはいうものの、陽子さんの人生をしばることはできないから、今だけのことかもしれないけれど、チビも私も懐《なつ》かしく嬉しかった。チビがこの期間にあったことをずうっとおしゃべりしている声を聞きながら仕事をしている日曜日の幸せを久しぶりに味わった。

夜は来日（？）中の森先生と稲子さんとりさっぴとごはん。一見少なく見えてものすごく量が多い不思議なレストランだった。今流行《はや》りのパークハイアットもどきのホテルの中にあった。いつも賢く愛くるしい森先生に銀杏《ぎんなん》の割りかたをみんなで真剣に聞いた。昔は東大（いちょう並木がある）近くに住み、今は大家さんが毎年銀杏を取ってきてくれるこの人生、銀杏の割り方は大きな課題である。チビも好きだし。お弁当に入れることもできるし。でもわかったことは結局今持っている道具ではだめということであった。

風邪が治らないりさっぴと台湾足裏マッサージに寄り、その空間のあまりの台湾度の高さにすっかり旅行気分になった。久々に呉神父系の激しい足裏マッサージを受けたが、あれって体がびっくりして思わず血行が良くなり治るって感じ。

11月12日

森先生と押井監督の対談会場にコネを使って変装して忍び込み、貴重な話をいろいろ聞く。いつもはおちゃめな名倉さんも立派に司会をしていてとてもよかった。

押井監督の「やるといったらやるし、ちゃんと周りを見ているし、疲れを見せることはあっても人としてだめなことはしない」という態度、まさに昭和の男という感じだ。森先生はバランスの人で常に微妙にバランスをとっているのが見事。やりたいことをやりたいほうだいやっている人に見えて実は違うというところがミソだと思う。いい組み合わせなので、きっといい映画になるだろう。

渡辺くんと打ち合わせをしたあと、森先生もいっしょにごはんを食べに行き、みんなでいろいろ楽しくお話をした。そこでちょっとだけ天ぷらをごちそうになってから実家へ向かったら「少し食べてくるから軽食でいいよ～」というのをどう解釈したのか、人数は最初から八名とわかっていたのに、姉が二十五人前のカナッペを作っていた……。まあジャンルとしては確かに軽食だけれどさ。

でも乗っているものがいちいち凝っていておいしかったので、みんなで苦しくなるまで食べて、たまっていたいただきもののワインなどを三本あけた。来られなくなったたくじの代わりにかりだされた渡辺くんもかなりがんばっていた。

父に「君はマッサージがうまくなってきたね」とほめられたが、小説をほめられるべきなのではないだろうか？　いやいや、次作はさすがに力を入れたので、父も珍しくほめてくれたのであった。年に一冊、はげそうなくらい厳しい内容の小説を書かないと落ち着かないとは因果な仕事だなとまたも思う。父に読んでもらえる期間ももう限られている、だからというわけではないが、しまっていこう！ と思う。

11月13日

チビの歯医者さんへ。虫歯をいちおうみんな治し、前歯もとにかく海外に行ける仕様になんとかしてもらい、一息ついた。飛行機で痛くなるとかわいそうなので、がんばって短い期間にやってもらってよかった。チビもがんばったのでデンカメンソード（これがまた音がうるさいんだよ……）を買ってもらえてよかったようだ。

高砂さんの案内するオアフ「PURE OAHU!」という本が届いていたが、すばらしい。写真データまで大盤振る舞いに載っている。写真も文句なしで、ガイドブックというよりも写真集だ。こんな本を見たら、すぐに飛んで行きたくなった。いつかそういう生活になろうと夢見る。

「探偵伯爵《はくしゃく》と僕」ノベルス版ではじめて読了。こわいくらい自分の子供時代に考え方が似ている人が主人公だったので「そういえばこんなことばかり考えていたなあ」と思った。どこでなにをゆずってしまってこんなふうになってしまったんだろう？ とも思った。今からひとつひとつ拾ってきらきらしたものを取り戻して行かなくては。

人生も折り返し地点なので、本気でそう感じる。

11月14日

チビはまたも風邪がぶりかえして幼稚園を休む。夜中に二時間くらいせきこんでいるので、かわいそうで起こせないし、他の子にうつしても悪い。今月ほとんど幼稚園に行っていないなあ。しかたないなあ。

たくさん寝かせたらよくなってきたので、夜は予定通り名古屋へ向かう。陽子さんが少しだが復帰してきたので、御祝いにごはんでも食べようということで、マリオットの上の中華を食べに行った。かなりおいしかったし、チビもたくさん食べた。この店は汁のある麺類《めんるい》が秀逸。

チビは陽子さんがいるのが嬉しくてせきこみながらもずっとにこにこ笑っている。いっしょに寝ると言って大騒ぎしていたが、陽子さんが疲れるといけないのでべりっとひきはがした。私も陽子さんがいるとぐっすり眠れる。相性としか言いようがない。

マリオットは確かに高級ホテルなんだけれど、そのせいだけでなくて、あまりにも感じがよすぎてこわいくらいだ。ひとりとしてだめな接客の人がいない。全体の雰囲気もぎらぎらしていなくて大らかでほわんとしている。

11月15日

ホテルライフが楽しくてプールで泳いだりサウナに入ったりしてしまった。朝から一仕事終えた感あり。

お昼に味噌《みそ》煮込みうどんのお店で渡辺くん、前田くん、りさっぴ、ヒロチンコさんと合流。うどんをしっかりと食べてから森先生のお家に向かう。

一年ぶりくらいなのでパスカルが大人になっていてびっくりした。

私「パスカル、大きくなりましたね！」

スバルさん「いや〜、チビラくんに比べたら！」

妙にツボにはまって大爆笑した。さすが関西人だ……。

確かにチビはこの前来たときまだろくにおしゃべりもできなかったし、身長も十センチも伸びたのだった。

初めて蒸気機関車に乗せてもらって、ものすごく嬉しかった。うそでも鉄研にいたので、庭園鉄道を維持するのがどのくらい大変なことかよ〜くわかる。庭の手入れも大切だし、点検もおこたりなくしなくちゃいけないし、なによりも車両に接することを日常にしていないと続けられない。すごいなあ、と毎回感心を通り越して尊敬してしまう。

森先生の家は庭も鉄道もガレージも室内も全《すべ》てがこの前と全く違っていて、より楽しそうになり、よりみっちりといい空気がつまっていて胸うたれた。改装のせいだけではなくて、住んでいる人たち（と犬）が充実している雰囲気。スバルさんもすごくいいお顔をしていた。そしてその空間に集っている女子たちの「アメトーク、トップレス芸人の回」の視聴率がものすごく高かったのにも胸うたれた。

帰りは前田くんの送別会をかねて、ひつまぶしを食べに行く。本店ではないところだったせいなのか、うなぎの骨が抜けてないのと焼き過ぎなのが気になった。落ちて行く老舗《しにせ》だわ……。でもやっぱり味はおいしかった。うなぎにまつわる名倉さんの愛・浜松トークとおしぼりで鳥を四半世紀も作ってきた講演会を聞いて、みなが心からの拍手を送る。名倉さんがこの世でいちばん尊敬された瞬間であった。

前田くんにはたくさんの思い出をもらった。彼の賢さ、優しさは特筆に値するものだ。いつも人を思いやっている前田くんに何回も救われた。社会に出てもそのまま良い性質を大切にして、いい大人になっていってほしいなあ。

## 11月16日

旅行の買い物をばたばたとしているうちに、信じられないくらい服を買ってしまった。ど、どうしよう。まあ冬になって太って買い替えたということにしておこうっと。

チビのためにDSのソフトのケースやタッチペンを買って、明日のパンを買って、ここぺりへ。マリコさんもいたので、おしゃべりをしたりして楽しかった。腱鞘炎《けんしょうえん》の最後の重さを魔法の手を持つ関さんがていねいなマッサージで軽くしてくれた。ここでマッサージを受けると、いかに自分が疲れていたかがやっとわかるのだ。

晩ご飯を食べる時間があまりなかったので、自由が丘デパート内のヴェトナム料理屋さんに行った。都内であまりおいしいヴェトナム料理を食べた記憶がないんだけれど、ここはかなりおいしい。お料理がうまい人がやっているのがすぐわかる。そして安い！　ちなみにこれまで最高においしかったヴェトナム料理はなぜかヴェトナムではなくオアフ島の「ハレ・ヴェトナム」。全てが繊細で上品な味だった。

11月17日

いろいろなことがやってもやっても終わらないので、あきらめてときとうに荷造りをする。なんといってもローマたったの二泊だからなあ。でもチビの荷物もいっしょなので大きなスーツケースがぱんぱんだ。

そんな私の気も知らずに、チビはいっちゃんとひらがなを書いたり、おりがみを切ったり、ゲームをしたりしてまったりといちゃつきながら遊んでいる。たまに「そっちが言ったんだろう」「じゃあ知らないよ」などという痴話げんかの声が聞こえてくる。

さっき、恵比寿三越のエスカレーターを降りながら、ふと思った。そうか、自分がもう小さい子供を連れずに街を歩く日はそんなに遠くないんだな、と。いつまでも仲良くいたいものだが、やはり小さい子供が空間を照らす感じの良さというのは格別で、どんなに大変でも幸せに思う。こんな宝物みたいなものを嫌いになったりうとましく思ったりは絶対にできない。

11月18日

飛行機に乗って、12時間も乗って、ひたすらにローマに向かう。

チビはずっとNintendoDSをやっていたので、静かだった。彼はとてもお兄ちゃんになったと思う。出国の荷物検査などの手続きが嫌いで毎回逃げまわる彼だが、今回はおとなしくしていたし、座席に座ったらすぐ自分でシートベルトをして「ふ〜」とため息をついていた。大人だなあ。

着いたら即食事に行って、その足でジョルジョとたくじと深夜の映画館へ。

もちろんダリオ・アルジェントの「La Terza Madre」を観《み》るためです。

すばらしかった。映画の中では夜のローマが無法地帯になって、歩いているだけで殺されたり犯されたりたいへんな騒ぎ。子供も誘拐されて血で脅迫状を書かれていた。その状況の私にはタイムリーすぎるこわさであった。いくら眠くても寝るどころではない。

アーシアちゃんはこれまででいちばん美しく、低予算で映像も荒削りな中にも監督の新しい考えが見えて私にとっては大満足のできだった。

映画館を出たら夜中の一時、映画そっくりの街の中に立ってタクシーを待つのがすっごく怖かった……。三人で震えながら帰ったけれど、楽しかった。親友たちに守られて観た深夜映画の喜びを一生忘れないだろう。現地でイタリア語でアルジェントの映画を観るのは中学生の私の夢だった。

帰って子供を仰向けたらふとんが血だらけで、ものすごおおおくこわかったけれど、単に飛行機の乾燥と風邪で鼻血を出していただけであった。ほっ。

11月19日

たくじとりさっぴとチビとよい天気の中、パンテオン、タッツァドーロ（最高においしいカフェの店、感じもいいし、みな職人さんみたい）、ナボナ広場（ベルニーニの噴水はがむしゃらに修復中）、「サン・ルイージ・デイ・フランチェーゼ教会」（カラバッジオの絵が三枚もある。前に行った時は貸し出し中だった気がする）、「サンテウスタキオ・イル・カッフェ」（たくじに教えてもらったもうひとつのおいしいカフェの店、はじめからクリームと砂糖が入っているのだが、すごくおいしい）などを散歩しながら歩く。ジョルジョと待ち合わせて「カルボナーラ」に行って本家本元のカルボナーラを食べる。ショートパスタでクリームを入れずに作るのがほんとうなんですって。観光客向けっぽい店だったけれど、おいしかった。

ローマがいちばん好きで、ローマにいるだけで幸せだ。ちょうどよい季節で、光も美しかった。5月と11月のローマの晴れた日の光は、言葉にできないほどすばらしい。

夜はダリオ監督と食事。緊張して感想をうまく伝えられなかったが、ジョルジョとたくじが絶妙の通訳でフォローしてくれた。中学生からの憧《あこが》れの人にハグして「I love you」と言ってもらえるなんて、信じられない人生だな……。

たくじが「お腹いっぱいではちきれそう」と言ったので、昨日の映画のシーンを思い出して、「じゃあお腹《なか》を切って腸を出して首に巻いてやる」と言ってそのジェスチャーをしたら、監督がにこにこして自ら「ああ、そうそう、こうやって巻くんだ」と自ら腸の巻きかたを演技指導（笑）。みなが笑顔でひとつになった瞬間だった。なんだかなあ。監督がタルタルステーキを食べてるのもなんとなくどきどきでした。十数年前までヴェジタリアンだった彼、転換し過ぎだ……。

でもなにをしてもどんなでもかっこいいから許す、許すと言うか愛しています。彼がいなかったら私は十三歳で自殺していただろう。多分矢澤さんも荒井くんも武本くんもそうだろう。いつも私は遠くで彼らを近しく思っているし、応援している。そういう仲間が会わなくても世界中にいる、生涯ダリオ・アルジェント命の私だ。

私も、不特定多数なんて救いたくない。こんなふうに異様に狭いピンポイントで、作品でだれかの役に立ちたいし、救いたい。

**11月20日**

朝は二回目のタッツァドーロへ。世界でいちばん好きなコーヒーかも、ここのが。でも豆を買って帰ってもあのようにはおいしくいれられない。

とにかく料理がうまいたくじの家へ行き、お昼をごちそうになる。サラダとフリッタータ。カルチョーフィーのパスタと、サルティンボッカ。全てがおいしくて何回もおかわりしてしまった。どんなレストランに行くよりも嬉《うれ》しかった。

ジョルジョがカードを作ったり、絵本を読んでくれたり、とても優しくチビと遊んでくれたので、じんとする。チビが生まれなければ、こんなかわいい光景を見ることはできなかったんだなあと思う。帰るのがつらくてチビが荒れだしたのも、親バカだがかわいかった。

別れる時はいつもつらい。まだまだ若いし移動もできる私たちだが、何歳になったら行き来ができなくなってしまうんだろう、会えなくなってしまうんだろう？ と思う。そう考えるとテクノロジーの発達は唯一《ゆいいつ》の希望である。パソコンさえあれば最後のあいさつだってできる。それは会ったり触れたらもっといいだろう。もしそれができないときに顔を見ながら会話ができる時代になっているのは、すばらしいことだ。何かを失えば何かを得るものだ。バランスさえ考えれば、発達は悪いことではない。自然回帰みたいな考え方があまり好きでないのは、そういう気持ちからかも。たしかに体の可能性を最高に引き出せたらすばらしいけれど、そうしたら多分生活も野生動物に戻ってしまうだろう。

**11月21日**

帰りの飛行機の客室乗務員が全員行きといっしょでお互いに「ハードな日程ですね」と言い合うも、彼女たちはバンクーバー便だと一泊三日なのでそれに比べたら楽ですよ、とおっしゃっていた。すごいなあ……。

JALの様子とタクシーの運ちゃんで日本の景気の基本がわかるなあ、といつも思うのだが、まあ多少は上向きか？　という感じがした。いろいろな要素が入り交じっているけれど、基本的にはムードはいいというか。でもごはんの質はバブル期に比べてあたりまえだがかなり落ちている。それでもアリタリアよりは、いいと思った。ぜいたくを言っているのではなく、最近のアリタリアはとんでもないものが出てくるのだ！　ネパールの国内便よりもすごいのだ。

**11月22日**

寝ても寝ても寝たりなくて、体がおかしい感じ。まあそれはそうでしょう！　いろいろな片付けをしているが、してもしても終わらず疲れて泣きそうだったので、リフレクソロジーに行く。疲れて泣きそうだとチビがチュウしてくれるので嬉しい。いっちゃんも風邪をひいているのに来てくれて頼もしかった。こういうときに人の力のありがたみを感じる。

リフレクソロジーのお店に電話したとき「前にお願いしたことがある、メガネをかけていて小さくて、それなのに案外力が強い人でお願いします」という指名で通じたのでびっくりした。

11月23日

時差ぼけを利用し合って、海外在住のたまたま今日本にいるメンツで悪質な飲み会を開催。なんといってもお店のマスターが「これ以上見たくない」というような濃い女子たちであった。いつもながらおいしくて幸せな、日本一の居酒屋の話である。

結果的に次のお店にも行って、三時までみっちりとおしゃべりし、すごく楽しかった。お酒を飲むのなら酔わなくては楽しくないという人々なので、みんなおもしろく酔って楽しく帰った。久しぶりに気持ちのよいお酒だった。女同士で、それなりにうわさ話もしているのにちっとも悪口っぽくならないのはみんながそれぞれ自立しているからだろうと思う。このあいだから反響がすごいので書き足すと、恋愛もそうだし、なにか悩みがある場合、そのことについて考える分量が少ないほど解決はしやすい、というのが秘訣《ひけつ》である。

でもみんな考えたいし、余分な行動がしたい。負けたいと思っているとしか思えない、そういうふうに思う。でも人間だからそうなってしまうのよ、というのはすでに負けていいと思っているときの考えである。そういうときは必ず自分の考えに酔うほうが大事になっているときなのだ。

ちほちゃんも来たので、久々にあの輝くような笑顔を見て、ああこの笑顔に飢えていたなあ！　と思った。

11月24日

仕事面で新手の変な人が出てきた（笑）。今度は「ねたましくて仕方ない人には、自分が間違えて転送したと言いながら、わざとよくないことが書いてあるメールを送り、人間関係をコントロールする」という方法だ。これ、一度くらいならわりと有効だと思う。

たとえば、私がだれかと旅行するとする。あと三人がいっしょに行くとする。それをAさんとBさんとCさんとすると、私のところにその変な人Aさんがなぜか間違ってBさんあてのメールを送ってくる。そこには「Cさんがばななさんを嫌っているから、旅行が憂鬱《ゆううつ》だわ、いっそ別行動にできない？」などと書いてあるわけである。そしてあとで変な人Aさんは「ごめんなさい！　とんでもない内容のメールを間違って送ってしまった！」などと言ってひらあやまりにあやまるわけである。

そうするとそこには私の「が〜ん、Cさんは私を嫌ってるのか、なるべく接しないようにしよう」という考えだけが見事に残り、Aさんへの印象は悪くならないわけだ。いちばんの欠点はそれをやりすぎると情報が錯綜してこうやって作戦がばれてしまうということ（笑）、あとはCさんと私の気が合う場合も当然ばれるということか。リスキーというよりは頭が悪すぎる。大人がそんなくだらないことをするとは思わなかったので、怒るというよりもなんだか気の毒になった。

そしてAさんの信用ならざるルックスを思い出し「人は、やっぱり、見た目だな」ってまた思ってしまった……。

今日エステに行ったら、そこの鈴木さんがあまりにも美人で、いつも美しいんだけれど、輝くばかりの美しさで、そんじょそこらのアイドルよりもずっとかわいくて、なんでこの人が普通にお店にいるのだろう？　と思うんだけれど、彼女の仕事に対する真摯《しんし》な姿勢がこの美しさを支えているんだなあ、としみじみ思い、ますます見た目には全部出るという気持ちをかためた。

11月25日

ものすごくいらだつできごとがあり、なるべく心静かに過ごそう、と思ってとにかく書店に行って心静かになりそうな本を買ってきた。カート・ヴォネガットの遺作を読んでかなり心が静まった。そしてそのあととどめに（？）川上弘美さんの日記の本を読んだら、ものすごく癒《いや》された。文学の力だ……というかもはや個人の力と言っても過言ではないということか。川上さんのこの日記は微妙に現実をシュールに変えて書いているのだけれど、中でもそうとうにシュールに思えるエピソードが、うちのわりと近所のことで全てが実話なので、もしかして他のこともみんなほんとうなんじゃ？　とつい思ってしまった。

さらに癒しを求めてなぜか狂ったようにイルカの昔のCDを次々聴いてみたら、すごいことに気づいた。新しいもの以外ほとんど全部の歌詞を丸暗記しているのだ、私は。聴いていたのは小学生～高校まで。その全てだ。びっくりした。そして改めてイルカの声と歌唱は国宝だと思った……。だいたいよく考えてみたら、名前もすごいよ、だっていきなり「イルカ」だよ！　ばななななんてかわいいものだよ！

さらに驚いたのは、みゆきさん（地元民、愛しています）もユーミン（いちばん影響受けてます！）も現実の男を描いていないが、イルカさんはデビューのときから「女！」そして描いている男が「現実の人間の男！」なのだ。

11月26日

「アムリタ」という小説、自分では嫌いではないんだけれど、幼い時期に書いたので大人の悲哀がいれ込めなかった。文庫版の最後にいれた短編がせめてもの救いだ。もちろんそう思わない人がたくさんいるのも知っているけれど、自分は自分の目指しているものしか書けないので、しかたがない。「まぼろしハワイ」の中の「銀の月の下で」に出てくる作家の人は、つながり上名前を変えてあるし、エピソード自体は実話なのだが、性格とか生き方は「アムリタ」に出てきた作家の人の大人になったときを意識して書いた。それで昔に書き方を失敗したことの気の重さがちょっとだけ晴れた。というのは、私の描いた青年の性格では主人公と絶対別れられなさそうだからだ。それでは困る。

小説に女の作家が出てくるときは明らかに別人なんだけれど、男の作家が出てくるときは明らかに自分の性格。いかに私のジェンダーが腐っているかわかるなあ！　だいたい水野さんがかなり俺のタイプだし。

父の誕生会で、夜は石森さん、大島さん、りさっぴを呼んでコロッケ大会だった。ひとり五個軽く食べた。とてもおいしかった。父の食べた数は今年はちょっと少なめだったが、八十過ぎてコロッケを食べているだけですてきと言えると思う。念入りに肩や腕をマッサージした。

11月27日

おそろしく夢見の悪い日々だったが、やっと少し回復してきた。不調なときにはそれなりの味わいがあるので、不調を嫌いとは思わない。嫌いなのは寝不足だけだ。久々にチビを幼稚園にお迎えに行き、帰りは歯医者さんへ。ローマでまた欠けた歯を治してもらう。もう抜けるのも時間の問題ということで、まあしかたない。歯のない子でしばらくはがんばってもらいましょう。

夜は三年ぶりくらいの立原へ。とにかく潮さんの味付けは甘み&酸味。それに関しては魔術師の域。なつかしいお料理がいっぱいでてきて胸がいっぱいになった。

井沢くんに会うといつでも自分が大学生に戻ってしまうのでおかしい。しゃべりかたまで少し戻る。そして変わらず頭があがらない。生き方が違いすぎるのに尊敬がとぎれたことはない。しみじみと思うのは、自分は根っからのオタクだなあということだ。彼に全くオタクさがないので、心からそう思う。お互いの魅力が全くわからないのに、よく長年友達でいるよな。それは食を含むたいていのものごとに関して意見が全く違わないから。ただ、私が世間に遠慮してずばっと言わないことを、彼はいつも率直に言うだけだ。私の知っている人の中ではいちばん過激な発言が多い（無神経なのではなく実績で）彼だが子育てはコンサバなのも実に面白い。育ちの違いと言ったらそれまでだけれど、こういう様々な要因がからんだ環境の中で、子供たちはそれぞれ大きく育っていくんだなあ。楽しみだなあ。

11月28日

今日はヤマニシくんが来る日なのでチビがずっと待ち遠しそうでかわいかった。ローマの車の中でも「ジョルジョとげんあんは……」と急に言い出したのでなにかと思えば「絵がうまいね」だって。そりゃそうでしょう、ジョルジョはともかくヤマニシくんは本職だ。

ヤマニシくんは基本的にとてもむつかしい人で、かなり相性のいい私でも「こりゃたいへんだ」と思うことがある。さすが絵を描く人だなと思う。でも私は裏表のない意地悪い彼が大好きで、数少ない友達のひとりだと思っている。彼は子供を人間として扱える（自分のうまくいっていない感情を子供に投影してすがるシッターさんはたくさんいる）し、うその感情を見せないのでうちのチビは彼に素直にぶつかっていく。

ふたりを見ていると、いい関係だなあ、と思う。

同じテーマを先日スバルさんと、今週人とけんかして苦しむヤマニシくんと同じく友達が少ないうえに減る一方の私が悩みながら話したので面白く思って書いておくけど、表現者が生きるか死ぬかの勢いで怒り出した場合、周囲の人には80％の割合で非がないと思う。自分でもひどい数字だと思うが、たぶん正確。表現者は生きているだけで基本的に内面が大変なことになっているので、ふだんはそれを処理する術《すべ》を知り抜いている。なんとか大丈夫な状態を実に根気強く保っているのである。まわりはその状態をデフォルト（このデフォルトの使い方、合ってるかどうかかなり微妙だなあ）だと思って接しているので、彼ら（私も含む）がいきなり怒りだしたと解釈して驚くし、当然理不尽に思うわけだ。

しかし表現者にしてみればこれまで気が狂うほど根気よくがまんして周りの人のために平和を保ってきたのに、たまたま自分が弱ってバランスが悪いときに言っていることがどうして伝わらない、もう絶交だ、ということになるわけだ。

私は父親が表現者、母もそうだったが父のためにそれを控えて生きてきたこと、その家の中でなんとかお笑いでバランスをとり身をふってきたこと、自分がまた表現者であり、そうでない男の人たちと暮らしてきたことで、このからくりが痛いほどわかっている。わかっていてもどうしようもないことはあり、たまに唐突に烈火のように怒るし、気の毒だがまわりはそれに慣れてもらうしかないな、と思うのだった。まあ慣れない人だけが去っていくのだし、仕方ないことなんだろうな。

11月29日

忙しい一日。

お弁当、旅行の買い物、獣医さん、フラとかけぬけた。

買い物中に牧瀬里穂ちゃんとばったり会った。十五年ぶり以上なんだけれど、全然変わらないその心の明るさきれいさに感動した。ちっともえらそうになっていないのね！　ほんとうにすてきな人なのね！

結局獣医さんがおしてフラには遅刻。くやしいが、しかたない。まじめに参加するも、体はなまっているしへたっぴだししょうもない。来年もまじめにはじっこにひっかかっていこう（立派なのかだめなのかわからない決心）！

帰りは鳥良であっちゃんのお誕生会をする。久しぶりに美人たちと共に髪の毛をちょっぴり切っていっそうきれいになったあっちゃんを囲んで、みな基本的に無言で狂ったように手羽先を食べた。大辛がいちばんおいしかった。そんなふうに上品にすすんでいた会だが、最終的にはあっちゃんと私のトイレが速すぎるというびろうな話になり、どうしてそんなに速いのか、なにで差がついているのかを真剣に考え込んだり、タイムを測ってあっちゃんが勝利したりする不思議な会になった。そんなことで評価されてしまったあっちゃんのこれからの一年間が思いやられる。

11月30日

近所のフレンチに行ったら、とてもおいしくてワインもすばらしく窓際《まどぎわ》の足下にはストーブがついていてサービスもかなり完璧《かんぺき》で、幸せになった。

しかし場所柄、どうしてもカウンターでワイン一杯とアラカルト一品というお客さんが多くなるから、ひとつひとつのポーションの量が異様に多くなるのだな……と惜しく思うも、そのことにくじけずにちゃんとその人たちでもとをとっている姿勢もいいなあと思った。そこで高飛車な気持ちになったらもうだめだっただろう。いいお店を見ると教訓も得られるなあ。

12月1日

チビのクリスマス音楽発表会。客観的に彼のなにが優れていたって服装が茶色でクロックスのふさふさのマンモスの型をはいていることにより、角をつけただけですごくトナカイに似てることとサオリ先生をなんとしてもひきつけておく技だけであった。歌は、体はノリノリで口パクなのが見え見えで恥ずかしかったが、仕事のつごうでさんざん休ませた自分が悪い。舞台の上にはほっしゃん（のような子供）や土屋アンナ（のような子供）がいて幼い頃からロック、パンクの素質やカリスマ性を発揮していた。

久々にえりちゃんのところへ行く。学校のプログラムで一週間断食をしてほっそりしていた。そして頭も冴《さ》え冴えに冴えていて、自分のほうがよっぽどお姉さんなのに、ものすごくはげまされた。話題はうちの犬の腫瘍《しゅよう》について。手術と寿命の判断が微妙な年齢の愛犬なので、いろいろな人のいろいろな話を聞いたが、えりちゃんにも意見を聞いてみた。だいたい私の決めたことと同じだったので、よし、と決心も固まった。

家に帰ったら森先生から味噌《みそ》煮込みうどんのセットが届いていたので、夜は味噌煮込み鍋《なべ》うどんにする。思い切ってしじみを入れてみたのが、邪道ながら大ヒットだった。こんなすばらしいものを送ってくれるなんて、ふつうは解説は書かないし二回目なんてありえない私であるが、三回目の解説も引き受けてしまうかも（業界の癒着の構造丸わかり）。

それと関係あるようなないようなことで、確か「つぐみ」の映画は「山田洋行ライトヴィジョン」という会社がやっていたなあ……。スポンサーはあそこだったんだなあ……。

12月2日

片付けと荷造りの一日。

なんだかしょっちゅう荷造りをしている。一度つめ終えるも、一足先に現地にいる健ちゃんから「寒い！」というメールが来てあわてて服を全部入れ替えた。それでもローマに持って行った服は応用できない。明日合流するたづちゃんも「ね〜、エレファントショーは行くの？」とか言っているし、もうなんでもいいや。

チビと昼間いっしょにピザを食べたり散歩したりしんちゃんのゲームをしたりして、久しぶりにゆっくり過ごした。「ママといるのが大好き、いっしょに歩けて嬉《うれ》しいな〜」とかぐねぐねしながら言っている。パパが帰ってきたら床に寝ながら「パパかっこいい、すてき〜」とか言っている。この感じをなんとなく知っている、そうだ、酔っぱらいだ！

友達の親御さんが次々病に倒れたり亡《な》くなったりしている。うちの犬も病気だ。そしてなぜだか友達もどんどん減っている。こんな中で全《すべ》てをじっと見ているとその悲しさが形を成してくる。今考えていることが実を結ぶのは数年後だろう、生きていたい、健康でいて、書いていたい。そう思う。

12月3日

タイへ。

陽子、りさっぴ、たづちゃんと待ち合わせて飛行機に乗り込む。行きのタイ航空の人たちは子供に優しく美しくすばらしかった。ごはんは……すごい感じだったので、食べずに寝ていた。

バンコクの空港が話に聞いていたのと全然違い、超近代的でびっくり。最近建て直したらしい。あまりにもきれいなのでふらふらと外に出たくなったが、乗り換えだけであった。

そのままチェンマイのタオガーデンへ。現地で健ちゃんと合流。

まわりにあまりにもなにもなく、全てのストイックさにさっそくびっくりして持ち込みのビールを飲んでしまう。それにしてもすばらしい場所で、広い国立公園のようだった。空気もきれいで夜咲く花の甘い匂《にお》いがいっぱいだった。

12月4日

寒い！　寒くて夫婦そろって朝は寝ている子供で暖をとった。

太極拳《たいきょくけん》や気功があるというので行ってみたら、ここで独自に開発された独自の気功であった。なんとも言えない内容である。でも体が温まった。

八時から採血、コンサルテーションをそれぞれがやる。今日からは健康三昧《ざんまい》だ。自分の血のどろどろさにいちおう驚くけれど、実はそんなにひどくはなかった。たづちゃんは健康そのもので、なんでここに来たのか？　という感じ。彼女はストレスがすごく少ない性格をしているので、タバコよりも運動不足よりもストレスが多いのが健康に悪いというのが実証された感あり。最高に弱ったときにはその弱る原因である人物を問答無用でずばっと切り離したしなあ。でもそんなすごいたづちゃんでもなぜかシロダーラを受けたらぐにゃぐにゃになり、部屋で寝ていると言って去って行った。シロダーラ、後の全員はなんでもなかったのに、謎《なぞ》だ。

ちなみに私がここで受けたトリートメントのうちつらかったことのトップは腸内洗浄で、ヒロチンコさんは玉マッサージ初回とキレーション(点滴)だった。それも人によって全然違う。

健ちゃんの血液検査がいちばんシビアな結果で、彼はそもそもまじめなものだからすすめられるがままにおそろしいトリートメントを悲壮な顔で次々予約していた。

初日だし、と思って箱蒸しサウナ（頭のマッサージつき）をしたあとで、チネイザン（内臓マッサージ）を受ける。すっごく痛かったけれどなんだかいい感じでうとうとしさえした。それを言ったら、ありえない、とヒロチンコさんに驚かれた。とてもうとうとなんてできなかったそうだ。まあそうかも。へそから指が入ってきたもん、奥まで。

夜はやっぱり飲酒がこらえきれずナイトマーケットへ、同じくこらえきれなくなった日本人のマルヤマさんと共にくりだす。ホテルの人の「遊ぶならこんなとこ来なきゃいいのに」という冷ややかな、かわいそうな人を見るような目が忘れられない。でも気にしない。人生は遊ばなくちゃ。一週間くらい酒や肉を抜いたって、大して変わらないし。

私も言いたい。「肉に似せた肉なんて食べるなら、食わないほうがいい！」これはたづちゃんと大きな声で意見が一致したけど、知人にマクロバイオティックの人が多いから、ここでの声は小さく。

ビールなんか飲みながらカニ春雨だの激辛のイカだの、タオガーデンには決してない濃い味付けのものを食べていたらちょっと体が落ち着いた。

12月5日

朝八時からカルサイネイザン。つまり生殖器マッサージ。はじめは腹部のマッサージを受け、最終的にはぴしっと手袋をした手で思い切り穴に指をつっこまれた。少しもエロくなく、プロな感じ。腰のいつも痛いところに電気が走った。私の腰痛《ようつう》はやはり子宮と腎臓《じんぞう》の問題が大きかったのだな。

そしてついに腸内洗浄。しかし、アメリカで受けたのと違い水量が弱く、超絶技巧のマッサージおばさんがついていたので、苦しみながらもなんとか終える。そのあとキレート剤とビタミンの点滴。体中が笑えるくらいにビタミンくさくなった。

チビは一日中陽子さんとりさっぴといられるのでものすごくごきげんで自然の中でなぜかしんちゃんのゲームをやりつづけていた。

今日はタクシーをチャーターして王様の誕生日にわく町中へ。火のついた灯籠《とうろう》が天高く登って行く美しいようすを幸せに眺めた。でもあれっていつか落ちてくるんだよね、と思っていたら、やっぱり落ちてきて火事になるんだって……。でも続けている。ううむ。

タイの王様はすばらしい人で、ボート創《づく》りやジャズの演奏などとにかくなんでもできるらしい。それから仕事のない人に仕事をあげるよい政治をしているそうだ。国民にほんとうに愛され、みな心から誕生を祝って黄色いシャツを着ている感じがうらやましいほどだ。澤くんに聞いた話だと、王様が病気になると、もっと死にそうなおばあさんたちが道で倒れながらも王宮前に並び、王様の無事を祈っていてそっちのほうがよほど心配な感じらしい。

健ちゃん御用達《ごようたし》のものすごくおいしいチェンマイカレーを食べて、鶏の唐揚げを食べた瞬間に突然自分が復活したのでおかしかった。目が急に見えるようになり、だるさが抜けて頭がはっきりした。腸内洗浄で空腹過ぎたらしい。

王様の誕生日なのでビールがないから、締めは外国人向けのお店でビールやワインを飲んで、大満足。

12月6日

今日が山場。朝いちばんにチネイザン(内臓マッサージ)。

まだ痛いおなかを深くもまれるのは痛かったが、ふわふわに柔らかくなってまたびっくり。

引き続き腸内洗浄。すっかり慣れて楽になり、内臓を柔らかくしたのもものすごく助けになってすいすい進んだ。あれ？　こんなに楽でいいのかな？　というくらいだった。これを克服できたのは大きなことだったな。昨日はやめようか迷っていたが、みんなが自分の時間を割いて子供を見てくれているので、今しかないとやはりふみきった。ここまできたらやってよかったと思う。隣の部屋では健ちゃんが余裕で世間話をしながら腸を洗っていたが、まさか並んで腸を洗うことになるとは知り合った当時は思わなかった俺たちだ。うわさになるよりもある意味すごい！

たづちゃんは月に一回くらい突然に痛みもないのにすごい下痢をして真っ黒いウンコが出るので、宿便もなく毒素もたまらないというすばらしい体であることがまたも判明。やはりストレス少なめを心がけるのが健康の道ね。脳のシンクロバランスを見るセッションでは私もたづちゃんもグラフを振り切るほどの脳の力があることが発覚し、親戚《しんせき》だねえと言い合う。

午後はバナナの葉っぱ蒸しをしたあとでシロダーラとアビヤンガ。オイルに包まれかなりいい感じになり、たづちゃんのようにぐったりすることもなく、プールサイドでココナツジュースを飲んでなごむ。

そして最後のカルサイネイザンを受ける。すっかり親しくなったブンさんというおばちゃんにいろいろ質問して、筋腫はないがこういう形の毒素の塊はあるねと言われる。どうやったらこの柔らかさを保てるのかと聞いたら、それはむつかしいことだからまたおいで、と言われた。ほんとうのプロだった。穴に指を入れられて情が移って親しい気持ちになったわけではなく、尊敬できる人だった。

夜はタムくんのライブがチェンマイ大学であるので、観《み》に行く。健ちゃんは肝臓の解毒《げどく》があるのでひとり部屋で下剤を飲み続けるのでパス。うぷぷ。

チビの大好きなヴィーちゃんが門の近くにいてくれて、久々の再会。相変わらず美人だった。チビは恥ずかしがりながらも最後は彼女のふとももに倒れ込んで寝た。

ライブは大学の屋上の特設会場で行われ、何回も観たのにやはり泣いてしまった。すばらしかった。タイで観ることができたのもよかった。

いっしょに居酒屋に行き、日本食を食べる。タムくんがみんなの顔を壁に描いてくれた。こわいくらいそれぞれの特徴をつかんでいてそっくりで、嬉しかったし、いとこといっしょに異国で壁に描かれるなんて、すごく幸せ。ヒロチンコさんが抱っこしている寝ているチビまで完璧《かんぺき》にそっくりだった。

12月7日

最後の採血、みなあちこちが改善され、健ちゃんに至っては五キロ痩《や》せて露骨にさらさら血に！

午後はリフレクソロジーとタイマッサージ。

水辺に浮かぶ小屋で受けたタイマッサージはすばらしかった。夏休みのお昼寝のような気候で、夢みたい。

自然の中を歩いていると自分の子供がきゃあきゃあいいながら走り回って遊んでいる声が聞こえてきたり、夫や友達やいとことばったり会うとみんなぽわんと顔がゆるんでいて、天国のような日々だった。酒がないけど。肉もあんまりないけど、味付け薄いけど。でも、緑のなかで幸せそうな好きな人たちにばったり会うのはとにかく最高だった。

12月8日

さようなら慣れ親しんだタオガーデン、顔もおぼえたドクターやセラピストたち。チェンマイを後にしてバンコクへ向かう。大都会でびっくり。ホテルについていきなり出かけたら陽子さんが倒れたので、あわてて戻ってちょっとホテルで休憩した。バンコク慣れした健ちゃんが陽子さんにすごく親切だったので、ありがたかった。

私たちは澤くんとモリちゃんと合流してタイスキへ。玉川高島屋とサイアムにものすごい高級ショッピングモールがあっておどろいた。みなとみらいを足したような……。車や家具やエルメスやトッズやバング&オルフセンや、なんでも売っていた。好景気だなあ。久しぶりに夕方の電車が楽しそうっていう雰囲気を味わった。日本ではずいぶん前になくなった、夕方になり仕事が終わった嬉しさでみんなの顔が輝いている、あの感じだ。

澤くんはバンコクで普通に暮らしていて、そこにいるだけでなんだか頼もしかった。なにかに守られているみたいに。そしてしみじみと思った。私たちのような、ものを創る人やその周りの人は澤くんに会えるといつも嬉しい。澤くんが幸せだといつでもこちらも幸せに感じる。彼に妻や子供がいたら、その人たちも私たちはみんながみんな愛するだろうと思う。しかし澤くんはこんなにみんなを支えているのに、表には名前が出てこない人だし、本人があえてそうつとめている。私も彼をそっとしておいてあげたいからエッセイなどには名前を出さない。でも余計なお世話だけれど、私の生きた証《あかし》の一部として、なにかで彼のすばらしい人生の痕跡《こんせき》をどうしても残したい。だから私は彼のことをしつようにせめて日記には書くのだろうと思う。

あと、りさっぴが眠くなると手足がするするしてきて、靴下もぬげるほどだが、それはこの世のみんながそうだと思っていたということも、書き残しておこう。そんなの君だけだって！

12月9日

朝、町で最後のフットマッサージを受ける。うまい！ 超絶技巧。しかも安い。

それからプラーブダーくんと澤くんとモリちゃんとタムくんとヴィーちゃんと合流して、プラーブダーくんおすすめの港に面した静かなレストランへ。上品でおいしいタイ料理をいただいた。あとは街を観光してアイスやデザートのパンを食べ、ほんもののジャトゥカーム・ラーマテープ（お守り）を探しに行く。偽物《にせもの》がいっぱいでなにがなんだかわからなかったが、みんなちゃんとしたお店でなにかしらをゲットした。プラーブダーくんの「僕はこういうことはどうでもいいと思っているけれど、みんな幸せでよかったですね」といういい感じの顔も実によかった。

カオサン通りの近くにある澤くんおすすめのすてきな服屋に行き、それから最後のカレータイムを過ごす。カオサン通りはヘイトアシュベリーみたい、懐《なつ》かしい夏のいい夕方の雰囲気があった。

タムくんとヴィーちゃんはホテルの部屋まで来てくれて、最後までチビと遊んでくれた。ありがたかったし、友達と別れる切なさもあった。健ちゃんもここから別れて半年間くらいのインドの旅へ。旅の終わりはいつでも悲しい。さっきまでみんなに触れたのにな。

空港に飛び、一路日本へ。優しいふたりをのぞいたタイ航空の最低最悪のサービスにかなりみなが衝撃を受けた。めんつゆを頼んだらしょうゆが来て、パンはよほど頼まないと配られず飛ばされ、水を頼んだら舌打ちされ、通路側の席がダブルブッキングだったら「いいじゃない、窓際《まどぎわ》に座れば」と言われ、子供のとなりが空いていれば座りたいんです、と言ったらいやな顔をする、そういう人たちであった。タイ人の大らかで子供好きな優しさにずっと触れて過ごしていたので、そんなタイ人たちがいるのにも衝撃を受けた。あちこちから苦情の声があがって、機内は妙な雰囲気だった。プラーブダーくんの日本についての良いエッセイの本「座右の日本」を読みながら、個人的に心静かに過ごした。

そしてこの旅でチビはぐんとおしゃべりが上手になり、女に関しては常にその場にいるいちばん美人にまっすぐ行くこともよくわかった！

12月11日

マッサージの効果がリアルにわかったのは、寒くないということでだった。はじめは「さっきまで夏の国にいたのに、寒すぎる、ありえない、もう泣く」と思っていて、出かけると全然寒くない。私だけがコートなしで歩いていて、あれ？　と思った。ヒロチンコさんもそうだという。血のめぐりがよくなったらしい。

中島デザインに打ち合わせにいって、あいかわらずシャープな仕事ぶりを見て静かにうなずいた。速いというのは、意味なく速いわけではなくって「これしかない」というのが瞬時にわかるから速いんだな。

実家で姉の唐揚げを食べる。タイで唐揚げに飢えて唐揚げの夢を見ているころ、姉も「なぜか唐揚げを作りたい、こんど作ろう」ともやもやしていたそうである。すばらしいんだけれど、太るテレパシー能力だ。気が済むまでばりばり食べた。

チビが作ったマンゴと塩と小麦粉とはちみつと牛乳を焼いたすっごい味のデザートを、イタリアンシェフに「特製デザートだ」と言ってむりやり食べさせることにする。彼の舌がためされる瞬間……しかし、見事に「ほんとうに悪いけれど、なぜかしょっぱいし、おいしくなく感じる」みたいな言葉が出て来て一同ほっとする。そりゃそうだろう！

チビはそれをお弁当に入れて持っていくと言ったので、ほんとうに入れたら、なんと食べていた。味覚心配。

そういえばこのあいだ森先生のおうちに行ったとき、スバルさんがチビ用にいちご牛乳とコーヒー牛乳を二箱ずつ買っておいてくれた。出てきたときには全部で三箱でチビはあっという間にふたつ飲んでしまい、みなを驚かせた。なんで三箱になっていたかと言うと、野菜ジュースと間違って森先生が飲んでしまったからだそうだ。スバルさん「ごめんね、ほんとうはそれもうひとつあったんだけどね……」と優しくおっしゃったあとに「まさかあんなことするとは思わへんかった!」と付け足したのが最高におかしかった。

12月12日

としちゃんが来て、事務所で打ち合わせ。膨大な整理事項をさくさく処理する彼にみんながほれなおす。さすがだ……。

おいしい居酒屋さんに行って、久々の和食の喜びをたんのうした。焼いた白子なんて日本でしか食べられない。外国に住む日本人がいちばん恋しいのも居酒屋だというが、わかる気がする。

12月13日

太極拳《たいきょくけん》に行って、体を動かしたあとにじゅんじゅん先生にちょっとつぼを押されたら、気がめぐりすぎてばったりと倒れた私。

旅の疲れがたまっていたらしい。起きていられないので、素直にフラを休んで家でじっとしている。つらさをしのぐ感じでじっとじっとしているさまはまるで獣のようであった。

12月14日

ゆりちゃん、えりちゃんとごはん、断食明けでももりもりと生姜《しょうが》焼きやハンバーグを食べていてなんだか美しく頼もしかった。

新潮社打ち上げで神楽坂へ。ペコちゃん焼は六種類の味があり、ケースの中にあるそれぞれの残りの個数を見ながら自分の注文したいものを並んでいるあいだにいろいろ考えているものだが、前の人が突然に「チーズを十二個」とか変則的なことを言い出すと、全《すべ》てが水泡に帰してしまうのがすごいスリル。

新潮社の担当の人たちは全員がまじめに仕事をして自分たちの人生も楽しもうとし

て忙しくてもおかしくならずに生きている人たちなので、お話ししていても気が楽だ。最終的には矢野くんも顔を出してくれて、みんながこのいちばん忙しい時期でもいい顔をしていたので、これまた頼もしかった。来年も楽しく仕事ができそう。

ちょっとお酒が入ったときのヤマニシくんの意地悪さの冴《さ》えは最高で、放送コードぎりぎりの面白さ。家に帰ってからも思い出し笑いをした。

12月15日

森田さんといっちゃんの黄金コンビ。すてきなプレゼントもいただく。ふたりにいってらっしゃいと言われると、この世にはもうなにも問題はないような気がしてくる。

タイラミホコさんが渋谷でお皿を売っているので、かけつけた。いつもながら使いやすくかわいく楽しいお皿。うちの基本のお皿。どんなに大事にしても年間に何枚か割ってしまうので、補充した。タイラさんは白く小さく若くなっていた。

12月16日

夕方からいっちゃんといっしょにイクスピアリに、じゅんちゃんと待ち合わせてクムのライブを観に行く。クムは歌っていると幸せそうなのでよかった。いろんな人が出世して舞台に出ていてじんときた。そしてサンドリアさんとあゆちゃん先生の体がすばらしいな！　と思った。ひとつひとつの筋肉がむだなく動いて連動していく感じ……ダンサーっていいなあ。三奈ちゃんもにこにこしていてかわいかった。そしてそのかわいい三奈ちゃんのおしりを触ったり、クムのおっぱいをもんだり、チビはやりたいほうだいだった。

そのあとごはんを食べに、ホテルに行った。どことは言わないけれど、まああのあたりの。きっとものすごく忙しいのだろうと思う。働いている特に男性たちがもうよれよれで顔色も悪く、完璧な接客とうらはらに心の中のマイナス的な声が聞こえてくるような作り笑顔。客というもの全般に対する憎しみさえ感じられた。かなり遠くからでもその人たちの胃が悪い口臭が感じられて、ほんと～うに気の毒で悲しい気持ちになった。

そんな中でほんとうにフットワークが軽くはきはきしている人が十分の一くらいの確率でいると、嬉《うれ》しくなる。ここでそのすてきな人たちが未来を背負っているにもかかわらず、足をひっぱろうとするのが日本人の特性だけれど、そんなに国際化をうたうならもうそういうのはやめてそういう人たちを大事にしてあげればいいと思う。

昔ステーキハマに行ったとき天才的な若き焼き職人（？）がいて、なにを食べても他の三倍くらいおいしかった。考えてみればあの高い素材を生かすも殺すも焼きかたなのだから、天才がいても当然だ。あまりにもおいしかったので、素直に彼にそれを伝えた。「なんでなにを焼いてもこんなにおいしく焼けるんですか？　こんなにおいしい鉄板焼き食べたことがないです」

帰りに別の席でコーヒーを飲んでいたら、若いウェイターさんがやってきて「あいつのことほめてくれてありがとうございます。あいつはすごい腕がいいからねたまれて、いつもいじめられているんです、わかってくれる人がいるだけではげみになると思います」と言った。お友達がいてよかったね、とその天才に対して思った。

12月17日

ヒロチンコさんと合流して、もうひとりのお友達Oさんもいっしょにディズニーシーに行く。ものすごくすてきな景色なんだけれど、現実の街と違って絶妙にパースが狂っているので、かなり酔う。三半規管が「うそだ！」という叫びをあげていた。「海底2万マイル」に感動して、とてもいい気分になっていたらチビが「こわかった……」と泣いていた。「もう二度とは乗せないで」とまで。そうだよね、現実と思ったらそりゃあこわいよね。なんだかんだ言ってもまだ四歳だ。そのあと「ストームライダー」でも泣いていたので、バーチャル系乗り物には弱いということが判明した。ジーニーのマジックショーとかアリエルのショーは大喜びだった。

でも私がこわくて泣いていた三歳児向けのジェットコースターには喜んで三回も乗っていた。カップルとしては相性最悪のふたりだと思う。

いっちゃんがまるでほんとうの親のように優しくチビをエスコートしてくれたので、私とOさんはまったりと園内を散歩したり座ったりした。ジーニーのマジックショーではじめにマジシャン見習いの主人公の少年役の人が、ステージから降りてきてほんとうに困ってる感じの演技で「鍵《かぎ》を知りませんか?」とお客さんに聞いて回るシーンがあるんだけれど、Oさんが真顔で「私にはこういう役がいちばんできないことだな……」と言っていた。37歳のベテラン美人OLの彼女、いつそんな心配をする機会があるのか? 妙にかわいかった。

ディズニーシーのほうが働いている人たちが楽しそうだったので、よかったと思ったけれど、テーマパークがとことん苦手な私、一生に一回くらいでいいかなと思っていたら、風邪がどんどんこじれてきて最後には気分が悪くなって倒れました。だって寒いんだもん! それにどうも昨日のホテルのバイキングの食料が少しいたんでいたような気がする。ぶどうなんか特に。なんだかぬるっとしていたし。

帰りは新記で小さい麵《めん》を食べて、ラ・テールでプリンなど買って、あたたまって帰った。

12月18日

夜中じゅう、胃痛と熱に苦しんだ。

まるでプロ・アクティブのまわしもののようだが、こんなときもピュアシナジーはすごい力を発揮する。あと陀羅尼《だらに》助丸《すけがん》も。最後のラインまで落ちていくことなくなんとなく回復。

朝はよれよれになって病院に行くも、混んでいてインフルエンザがうつりそうで挫《ざ》折《せつ》。体をあたためてみようと思い、ハーブテントとオイルマッサージを受けたら、少し落ち着いた。夜は鈴やん母が送ってくれたきんぴらとほうれん草のおひたしとお餅《もち》でなんとか命をつなぐ。ふう。昨日今日とほとんどお酒を飲んでいないというのが、具合がいかに悪いかをものがたっていると思う。牡蠣《かき》にあたっても「酒で消毒だ！」と言い合う姉妹の妹なのに……。

12月19日

まだまだなにも食べられず、ふらふらになって英会話に行くもダブルブッキングですごすご帰宅……もちろん優しいマギ先生はあやまりにあやまってくれて、いっしょにクラスを受けませんかと誘ってくれたけれど、この体調では他の人の足を引っ張るなと思って辞退した。このところのついてないことといったら、なにかの呪いとしか思えない。でもそんなこと気にしてたら生きていけない。

晩ご飯もほとんど食べずに十二時にはぴしっと寝た。「女子アゲ↑」を読んだらほんとうに少し気持ちが明るくなったので、蝶々《ちょうちょう》さんに感謝した。ほんとうのことを書くとたいていの人がきつい感じになるけれど、彼女の気配りでマイルドな仕上がりになっているのがよかった。どの書店にも一冊もなかったから、猛烈に売れているはず。女子はみんな苦しんでいるんだなあ。

チビ（マリオをうまく操れなかったヤマニシくんにむかって）「クソ野郎！」
ヤマニシくん「クソ野郎って言われた〜……」
チビ「これあげる、チーズです。はちみつがついてるの」
ヤマニシくん「やさしいね、くれるの？　このクソ野郎に」

このやりとりを聞いて、親としては憂えるべきなんだと思うんだけれど、笑いが止まらなくなった。

12月20日

やっと一食食べられるようになったけれど、一食食べたらもうなにも食べられないという状況……やせないのが不思議だなあ。

くらくらしながらもどうしても行きたかった長谷川竹次郎さんの展覧会を見にディーズホールに行く。すごかった。こんなの見せてもらっていいの？ という感じで、本の百倍くらいすごいものがいっぱいあった。ディーズホールの土器さんは会うたびにすてきになっているし、あの人の人生こそが展覧会だなあと思う。人々が「東京にいるからできない」と思っていることを普通にみんなやっているのは、やはり自由にあちこちを移動してきた人生だからなんだろうと思う。それにちゃんと経済もついてきていて、でもきりきりしていなくて、異様に女っぽくもなく……。はじめてお会いした頃の土器さんはきっと今の私くらいの年齢だったはずで、それを考えると身がひきしまる思い。

笹嶋社長ががんばった「竹原ピストル展」ものぞく。こちらは清志郎、佐内的な永遠の男の子世界。若者たちがひきつけられるのがわかるストレートな作品群だった。

そのままフラに行き、倒れるかな？ と思ったらなんとか大丈夫だった。じゅんちゃんに特訓してもらったおかげで、かろうじてついていけた。踊ったあと、クリ先生が真顔で「ばななさん……」と言ったので、ごめんなさい！　と頭を下げようとしたら「の靴下の裏が気になってしかたなかった」と言われた。

昔マリ先生が私の踊りを真剣なこわい顔でじっと見ていて、終わってから「わかった、そのシャツは全体でドラえもんを表してるんだ！　なんか知っているイメージだなあと思ったんだ」と言われたとき以来の衝撃だった。

変な服や靴下をはいていけば踊りが間違っているのがごまかせる！　かもしれない、という教訓でした。

12月21日

帯や対談や解説や感想の仕事が異様にたくさん来るんだけれど、俺の本業は作家だ、と思い、来年は子供と多くいっしょにいるためにそういう仕事を不義理でもバンバン断ることにした。もしそれで売れなくなったら、それが自分の実力だと思って、あきらめて少額の貯金を持って親に買ったはずの伊東の小さい部屋にでも引っ越そう……。

そのくらいの固い決意でのぞんでいるので、不義理をしてしまった人には言い訳はできないけれど、事情を察して可能なら許してほしいと思います。子供が子供なのは今しかない。それをいちばんにもってくるともう仕事を断ることに言い訳はできない。半引退している自分が悪いなと思うだけだ。もちろん親しい人の仕事は時間がゆるせば受けますけれど。

それに、たとえば「××先生の絵について書く」とか「この展覧会のキュレーターをする」とかいう仕事を引き受けたとしても、最近の現代美術の作品群をほとんど見ていないので、受けることがかえって失礼にあたると思う。お仕事で自分の名前で看板を出しているのに断る私も私だが、専門外のことを気楽に頼むほうも多少安易だな、と思う。

ここぺりに行けば体調はなんとかなる！　を合い言葉に生きてきたが、今日もまさにそれ。ほんとうになんとかなって元気になったのでびっくりした。チビに大きなカールなどすてきなものをいただいた。

夜は次郎と忘年会。あまり食べられないし飲めないので、行きつけの店とはじめての焼き鳥屋さんなどをはしごして、いろいろしゃべる。一年間ずっとお世話になった居酒屋さんで黒豆をいただいて、喜んで帰る。

## 12月22日

前田くんの働き始めた会社の主催するちびっ子のパーティにちょっと顔を出す。とてもいい感じだった。前田くんもいいところが見つかってほんとうによかったと思う。そこで出している「mammoth」という雑誌もかわいいし、ハワイの号ではうちのクムのハラウがいっぱい載っていて良かったし、社長はサンタさんしてるし、会場になったところのLIMI feu prankster をやっているリミさんとはお互いが同時期に妊娠中でやりとりをしたなあ……今は出産して子供服を創《つく》っているなんてさすがだなあ、といろいろ思う。ちょっともう遅いけれど、今私が二十〜三十代だったら、どんなにたいへんでもいいからあと三人くらい産みたい。それで仕事なんか一切しない。十年間は子供とだけいたい。子供がいない人生なんてもう考えられない。しつけはたいへんだけど、いっちゃんに今日もずっと手伝ってもらったけど、クソ野郎って言われるけど！

夜は近所でやっていたカルメン・マキさんのライブへ。五歳のときよく彼女の歌を歌ってまわりをさびし〜くさせていた私、まさかいつかライブに行けるなんて思っても見なかった。ご本人はとてもきれいで、全然だめになっていないすばらしい歌声だった。そして自分が「ふしあわせという名の猫」を一言一句間違わずに歌えることにもびっくりした。そういえばよくこれをカラオケで歌って周囲をどん引きさせるから、三つ子の魂百までとはよく言ったものである。

それとは全然関係ないけれど、フォイルから出た杉戸洋さんの作品集はすばらしかった。彼の謙虚で孤独な心がしみじみと伝わってくるようだった。内容は少ないのにぐっと重みのある本だった。大判でもないのに、とても大きく感じられた。

12月23日

私のいちばん嫌いなのは、混んでいる場所に行くこと。それからひとりになれない状況。もちろん行列なんてありえない。インドの鉄道か配給とかとにかくぎりぎりの状況でしかしたくない。

そんな私が今ひとりになる時間が一日十五分くらいしかない上にがんばってチビの要望により、体調の悪い状態でディズニーシーとクリスマス前の激混みレジ大行列のさくらやに行ったことにより、イライラ度数がヒートアップし、さらに混んでいて疲れて聞き分けのないチビと大げんか。店の人に驚かれるほどの鬼ママぶり。よれよれで帰宅したら留守中にテーブルの上に！　わざとおしっこしたオハナちゃんを虐待《ぎゃくたい》と言われてもおかしくないくらいかんかんに怒る。

そんな大人げない自分に自己嫌悪《けんお》。

とにかく向いてないこと（子育て）をしているなあとしみじみ思う。自分の面倒も見られないうえに鷹揚《おうよう》さのかけらもない性格なのになあ。でも文句を言ってても家事がたまるだけで意味なく仕方ないし、だったら産まなきゃよかったし飼わなきゃいいだけだったので、何回でもぐっとこらえて立ち上がるしかないのだった。核家族のママたちはみんなこの気持ちを味わっているだろうと思う。子供のいる友達同士で支え合っても人間関係が複雑になるだけで解決できない問題だし、夫婦だけでも（しょせん男が育児をそんなにできるわけではないので）だめだろう。偉大なるカート・ヴォネガットの言う通りだ。あんたんちはお手伝いさんがいるじゃんと言われても、最後の最後は結局自分がやるわけで、お手伝いさんのいた時間帯をちょっと借りただけというか、同じだけの時間を後に自分が育児や家事に必ず返すことになる。ただひとり、じっとこらえるしかないのである。

辞めるシッターさんにはたいてい「座って飲んだり食べたりばかりしていてちっとも育児をしてない、人任せだ」ととがめられるが、そりゃそうだろう、その人たちがいない時間は自分がしゃかりきになってやっているのだ。人がいるときは休むだろう、そのために君に金を払ってるんだよ！　と思うが、黙っている。その人たちがいないときの自分をその人たちが見ることは永遠にないのだしな。

とにかく自分の親が元気で手伝ってもらえるうちに、自分も体力があるうちに子供をばんばん産むのが人生いちばんの幸せだったなと思い、万が一生まれかわったら次回はそうしようっと（笑）。

いちばん大事なことはそれでも「子供がいてよかった」と思えることだと思うし、わかってくれるシッターさんもいるということだ。

そして年明けにいつも過労で倒れるので今年こそは！と思ってタイに行ったのに、前倒しで倒れたので、意味がな〜い！　毎年果たせないこの目標、また来年目指してがんばろう（？）。

12月24日

小指を思い切りぶつけて、大掃除を挫折した。まあいいか。

実家へ行き、まだ胃がはっきりしないので姉のつくった鳥煮込みうどんを食べる。おいしかったので、少し復活してきた。チビはまた謎《なぞ》のデザートを焼いていた。ぶるぶる。彼のおじいちゃんもおばあちゃんもおばさんも両親もみんなそれを「ありがとう、でもいいよ、おなかいっぱいだし！」と全身であとずさりながら辞退した。

ジュンク堂でみんなが私をじろじろ見るから「ふっ、やはりこんな地味顔でも書店では有名人なのね」とか思ってすかしていたら、単にスカートのすそがタイツにはさまってケツを出して歩いていただけだった。有名人よりもすごいことをしてしまったわ。

12月25日

今日もまだクリスマスだよね、ということでなんとなく鶏を食べる。体がいうことをきかない感じなので、なるべくたくさん寝るようにする。チビは私よりもさらによく寝ている。育つはずだ……。

すでにデパートは空きはじめているのでらくらく買い物をして、お手伝いさんたちに小さなプレゼントを買った。ちょっとお高いリップグロスを四本。ぼろぼろの身なりでカウンターに行ったらがら空きなのに全員に無視され、必死に声をかけたらひとりだけがいやいやふりむきすごく意地悪い顔で「お客さまは、顧客用のカードなんておもちなはずはないですよね」と言われ、ちょっといやな性格になって唯一《ゆいいつ》持っているゴールド以上のカードを見せたら、がらりと対応が変わっておまけまでくれて、露骨すぎ。こんなみっともない国は日本だけです。いちばんみっともないのはこの場合自分であるが、こんなマンガみたいな状況じゃあ、ちょっぴりいたずら心もわき、そんなことやってみたくもなるよ。

12月26日

鈴やんと事務所で打ち合わせ。サイトリニューアルのためのものであった。ずいぶんとすっきりして鈴やんも新しいシステムのもと、作業がやりやすそうでよかった。私にとってこのサイトは鈴やんが全《すべ》てなので、全く頼もしい。鈴やんがそばにいるだけで安心できる。鈴やんが死んだらどうしよう、私も死ぬかも（思いつめてどうする）！

一通り話し合って、お茶を飲んでお菓子を食べながらしょこたんのブログの貯金箱の動画を見て大笑いした。

今日も時間がなかったし小指が使えないので、あれこれ考えずにデパ地下で材料をが〜っと買って、いただきもののローストビーフとサラダとスープだけのごはんを、まだ骨折が治らないヤマニシくんを交えて食べる。突き指により小指を痛め、過労と風邪で倒れた私と「どっちが先にこのついてない状況を脱出するか競争だ！」と言い合うも、相手の松葉杖《まつばづえ》を見ちゃうとなんとなく私の指のほうが生易しくて勝っている気がして、空《むな》しい。

## 12月27日

寝不足でないというだけで、世界が輝いて見える。

私は寝だめができるタイプなんだけれど、それでも今回は十時間以上四日間寝ないと立ち直らなかったから、そうとう寝不足だったのだろう。

けんかしてケガしたゼリ子を病院に連れて行き、見てもらってついでに手術の日程まで決める。歳《とし》をとると麻酔が負担になるから、なるべく一回の麻酔でなんでもかんでもやってしまうということにした。がんばれ〜。

そして前田くんの送別会。淋《さび》しいなあ……。まあ近い業界にいるのでまた会えるんだけれど、前田くんとは楽しい思い出をいっぱい作ったので、やはりしんみりする。

そんなときにすばらしいのがチビの存在で、しんみり感がずいぶん減った。でも円満退社の人をひとり数えるたびに、円満でなかった退社の人たちとのカルマ的なものが解消されていく気がする。そういう意味でも優しく賢くちょっと気が弱くて運動神経がいい前田くんに対する感謝とか、これからの人生の幸福を祈る気持ちでいっぱいだ。

こういう、形以外のものを人からもらえるかどうか、それが人の人生を左右すると思う。

## 12月28日

セントグレゴリースパ原宿店ともお別れなので、切ない気持ちでたずねていく。鈴木さんの天才的エステティシャンぶりと、ハーブテントでずいぶん冷えが治ったのに！　ここぺりとここがあればとりあえずなんとかもちこたえられたのに！　ラフォーレのバカバカ！　若者でもうけるという目先の欲に惑わされないで続けてほしかったな……。でも五階のあの場所は今までものすごい変遷《へんせん》があるから、そういうふうにする方針なのか？

クムのお誕生会に、チビをしばしあずけてかけつける。仕事がなんとか終わった人たちも集まってきて、最後にのんちゃんやあっちゃんやじゅんちゃんやちはるさんに会えたことが嬉《うれ》しかった。

あゆちゃん先生の服がフリーマーケットに出されていたが、特殊な服&布地が少なすぎてだれもが「この小さい服にこの肉を押し込めるのはむり」としょんぼりした。そんな葛藤《かっとう》のあいだ、ヒロチンコさんは面と向かってあゆちゃん先生の体の不調について相談に乗っていたから、さぞかし嬉しかっただろうと思って聞いてみたら「よろしくお願いします、と頭を下げるたびに目の前に胸の谷間があって、いけないいけない、よくTVでここに隠しカメラを仕込んでおいて目線が何回ここに落ちたかを記録しているではないか、あのまんまだ」とこちらも葛藤していたそうであった。人々の心に葛藤を呼びまくる美しく罪な女だわ！

クムは変わらず美しくかわいらしかった。みんなに「今しかないぞ！」と押し出されてハグをしていたヒロチンコさんはまたもどきどきしていた。よかったよかった。

12月29日

実家の忘年会。

今回は出席率が高く、久しぶりに加藤さんにも会えて嬉しかった。加藤さんがにっとするともうなんでも大丈夫という気がしたものだった。懐《なつ》かしい。

前田くんとハワイ組が全員会えたことも嬉しかった。前田くんと作ったいちばんの思い出はハワイでみんな楽しく過ごしたことだったので、奇跡的に今日ホノルルから飛んできたちほちゃんもいつも忙しい渡辺くんも原さんも参加できて、あの旅の感じがよみがえったのがとってもよかった。てるちゃんも来て笑いをとっていた。久しぶりにあの人特有の瞬間的なギャグで本気で笑ったわ！　前田くんとの別れもおかげで淋しくなかった。

「さくら水産」に日本人店員がゼロだったのにもびっくりした！

12月30日

一日チビサービス。散歩に行ったり、お茶を飲んだり、いっしょにWiiをしたりしてひたすらに遊ぶ。ずっといっしょだととても嬉しそうなので、よかった。こんなに楽しいなら専業主婦になりたいってくらい。

前の大家さんに千両をいただきに行き、代わりにお花を持って行く。会えて嬉しい、いなくて淋しいとまだ泣いて喜んでくれたので切なくなった。

12月31日

にぎやかな下北沢に少し歩いて出かけていく。実はうちは下北ではないのだが、いちばん近い都会は確かに下北。はしょって下北在住と言うたびに、浦安は千葉なのに東京ディズニーランド……という気分になる。

名物だった軍用品のお店がなくなってそこのご家族がスイスへ越してしまうとのこと、淋しい気持ちになり、お別れのあいさつをする。またひとつ風景が変わってしまうんだな。超リアルな実物大軍人人形、多分フル装備で五万円。なんという微妙な値段であろう。ヒロチンコさんが「これを森先生の家に送ったらすごいいやがらせだね〜」とにやにやしていた。そう、全く関係ないものよりも、絶妙にジャンルが違うものほどいやなもの。あの家だと手作りのNゲージ山手線セットとか。うちでいうとディズニーのフィギュアとかね。もちろん送らなかったけどっ

それから車でデパートへ行き、実家に持って行くエビ天やアイスなどを買った。

実家ではおおしまさんとハルタさんが来ていて、みんなで静かに紅白を見ながらおそばを食べた。両親が今年もここにいる、それだけで嬉しい。そんな娘の気も知らず、父は今日も辛辣《しんらつ》トークが止まらなくて頼もしかった。歩けない両親の代わりにお焚《た》き上げやお参りをはしごして、歩いて帰ってきた。ハルタさんに会うのがあまりにも久しぶりだったけれど、変わらず自分の道を歩んでいて、話すだけでもみなの心があたたかくなった。

いずれにせよ、ばななさんや、ばななさんの小説に出てくる人たちのまっすぐな生き方はいつも励みになります。

(2007.11.29－豆田)


それは43歳にもなればね……！　あとは、時代の変化です。当時と今ではバイトとかフリーターという言葉の意味が変わってきちゃいましたね。

フリーターって、今を生きているようでいて実はそうではないというか、やっぱりむつかしいと思います。でも今の社会も悪いよ。若者には夢も希望もないっていうか、親にお金がなかったらどうするの？　というか、ハードル高すぎだ。

なんとかしてください、若者よ、と思います。新しい価値観を大人たちの中でも声が小さい人たちから見いだせることもあるしなあ。

この仕事、ひどいこともいいこともたくさんあり、そりゃそうだ、全ての仕事がそうだと思うけれど、とにかく己の甘えとの戦いで過ぎた二十年でした。乗り切って来た自信はありますし、それに乗っからない自信もついてきました。

(2007.12.10－よしもとばなな)

(2007.11.23－小屋敷愛)


**あまり関係ありません。ハワイ島のサウスポイントという地名がタイトルで、ノースポイントというのはマイク・オールドフィールドの曲からとりました。**

**そんなふうに読んでもらえていること、ほんとうにありがたいです。**

**(2007.11.26－よしもとばなな)**


ばななさんこんにちは。

私が高校生のころから、ばななさんの本を読み続けてきました。

進学、恋愛、就職、出産、子育て……とちんまりした人生ながらも色々経験し、ばななさんの本を読んで感じることも少しずつ変わってきたように思います。

また、ばななさんの小説も、どんどん研ぎ澄まされて、より深い所へ突き進んでいるような印象を受けます。私も以前のようにただ雰囲気に染まって軽く読むのではなく、じっくりと嚙み締めながら読むようになりました。

そうしているうちに思ったのですが、初期の作品と最近の作品では、ばななさんの仕事に対する意識というものがすごく変化しているのではないかということです。バイトやフリーターをしている、これから自分の人生がどこに行くのか見極めようとしている、といった感じの初期の登場人物にくらべ、最近の作品に出てくる人たちは、自分の道を厳しいまでに見極めて、精進しようとしている人が多いように思います。

これは、ばななさん自身のキャリアの積み重ねがそうさせているのでしょうか？　ご自分の仕事観は、デビュー当時と比べてどのように変わられたのか、教えてほしいです。

のです。

(2007.09.23－hiro)


いちばん嬉しい読者です。どうか、逃げ延びてください。私が、ではないですが、私の小説が少しでも役に立てたらほんとうに光栄に思います。

いただきものでいちばん役にたったのは、おもちゃ用の乾電池大量（これでもかというくらい消費する）と、自分では子供に普段買わない、日常のものではないよそゆきのジャケットでした。

(2007.09.24－よしもとばなな)


ばななさん、どうしても気になりすぎてメールさせてもらいました。今からとっても楽しみにしすぎて首がきりんになりそうな新作『サウスポイント』についてです！

毎日通勤中に小説を読んでいて、今ちょうど『N・P』を読み返しているところだったのですが、『N・P』はノースポイントの略ですよね？　これは『サウスポイント』と何か関係があってのタイトルなのでしょうか？

ばななさんの日記やインタビュー記事にはハチ公の続編だと書かれていましたが（もちろん楽しみです!!）どうか教えてほしいです。気になりすぎて仕事中にもこっそりHPを見ています。

高校の図書館でのばななさんとの出会い（一方的ですが）からもう10年たちました。いつかきっと、あたしの子供もばななさんの小説を本棚からこっそり抜き取って読んでいる気がします。

いつもいつも、素敵な言葉の魔法に感謝しています。どうかお身体をご自愛下さいませ。

ありがとうございました！

ギャップが辛い時があります。心温まる交流が大半ですが、たまにギュッと不快な目にあいます。そして時々よそさんから私への評価を気にして子供を叱ってる自分に気づきます。

ばななさんは、そういう時どういうふうにぶれない自分を持っておられますか？　教えて欲しいです。

(2007.07.19－shigino)


ここは家じゃない、いろんな人がいる、その人たちはいい人たちとはかぎらない、だからその人たちが本気で怒る前に親が怒るしかない、そう言い聞かせます。ばしっとぶつときもあります。

これは「ほら、あのお姉さん怒ってるからそんなことやめなさい」と似ているけどもっと大きな話のつもりです。

それをさしひいても今の日本人はおかしい、大人の子供に対する態度が異常です。

(2007.07.26－よしもとばなな)


こんにちは。

去年疲れて自殺を考えたとき、ばななさんが「自分の小説を読んで2時間でも自殺を遅らせてくれたら」というような趣旨のことを書いてらっしゃったのを思い出してそのとき部屋にあったばななさんの本を読み、「とりあえず、明日の朝が来るまで生きてよう、それまで我慢しよう」と思い、その後はなんだかとんとんと物事が進んで去年の暮れから今年にかけて今までで1番幸せな時間を過ごせています。死ななくてよかったと思いました。本当にありがとうございます。

質問は、1～2歳頃のお子様へのプレゼントで嬉しかったものや喜ばれたもの、役に立ったものは何でしょうか？　というも

（2007.05.26－よしもとばなな）


ばななさん、初めまして、こんにちは。

一作品を読むのに一文一文を大抵５回は読み返すくらい、ばななさんの文章が大好きです。そのたびに言葉が心に沁みて、無性に泣きたくなります。本当に読めて幸せだなぁ……と感じる瞬間です。

さて、ばななさんの作品内に存在する言葉はどれも的確で、これ以上の代替する言葉はないんじゃないかといつも思います。それらは最初からばななさんの内に存在している言葉たちで、作品を書いている時に特に深く考えることもなく自然と出てくるのでしょうか？　それとも、作品を書いていく中で深く考えて、何度も「これは違う」と書き直しし、最終的にご自身で納得されるまで書き直しを繰り返されるのでしょうか？

是非教えて頂きたいです。よろしくお願い致します。

（2007.05.30－ユカ）


ゲロ吐くほど書き直します……。

そのかわりへんなところがごっそり間違えてたりして、こだわりの箇所が自分でももうわかりません！

だから、大事に読んでもらってとってもありがたいです。

（2007.06.06－よしもとばなな）


こんにちは、私にはもうすぐ２歳の息子がいます。妊娠してから、ばななさんの『こんにちわ！　赤ちゃん』などチビちゃんのシリーズを順に読み、こちらの日記も楽しく拝読しています。

子育てしていると、自由奔放な生き物と社会のルールの間での

飯をつくれなくてすごく久しぶりにカップメンを食べたのですがとても美味しく……ふとこんなことを考えてしまいました。

よろしくお願いします。

(2007.04.23－ムササビ)


**食べ物って別に体にいいから食べるわけではないですからね～、私も食べますよ。たまに。食べたいから食べるんですよね。**

**そして毎日カップラーメンが食べたい自分に気づいた時にはさすがになにか問題があるのに気づくかも。幸いそういうことはなく、たまにだからおいしいの世界ですが。**

**(2007.05.10－よしもとばなな)**

こんにちは。ばななさんの日記が何とも言えず好きです。寝る前に読まないと1日が終わった感じがしません。あと、不思議とごはんを食べている最中にすごく読みたくなる時があります。
質問です。日記でチビラくんがよく丁寧語（「～ですよ」など）を使っているのを見て、「か、かわいいやつめ！」（すいません）と勝手に胸キュンしています。
日頃から頻繁に使ってるんでしょうか？　また、これは身近な人の影響ですか？（たとえばおじいさまの吉本隆明氏ですとか）
(2007.05.10－はる)

**いつも私がお手伝いさんには敬語で話すので、そうするものだと思ったらしいですね。いいことですが、別に私にはしなくてもいいような……。**

**今日も隣の家のおばちゃんに「これを発掘したんです」と海賊の宝を自慢しに行っていました。**

ばななさん、こんにちは！　いつも大切に思える本をありがとうございます。

ばななさんの作品はどれも大好きで、読み直し読み直し生きています（笑）が、最近特に『王国』が好きで、4度目の読破を終えました。

しかし！　王国熱さめやらぬまま、同じくばななさんファンの双子の姉（その3が出版されたとき、「雫石、男と別れたよ」と友達のことのように教えてくれた）に、いつ続きが出るかな？　と尋ねたら「あれ……もう完結じゃないかな。帯に、最大のクライマックスへ！　って書いてあったよ。クライマックスの先は何？」と言われ、「……締めだよ。締めが出るはず……」と答えたものの、ショックを受けています。

ばななさん、『王国』はその3で完結したのでしょうか？

良ければ教えて下さい。

(2007.04.16－リウ)


**時代を変えて、あと2冊分、残っています。もう少し先になりますが。**

**何回も読んでくださってありがとうございます。**

**(2007.04.21－よしもとばなな)**


はじめまして。ばななさんの作品を、そして日記を毎日楽しみにしている者です。

もしも、とてもおいしく居心地もよく大好きな食べ物屋の尊敬してしまうオーナーの方が、「俺カップラーメンも食べるときあるよ」とおっしゃったらどう感じられますか？

わたしは立派な調理人ではありませんが、今日どうしても昼御

HPや小説など、ばななさんの作品や文章に触れるといつも背筋がぴんとのびる感じがします。気持ちが正されるというか、ちゃんとした方に向くというか。

私はまだまだ未熟で子育ても、夫に対してもそのときの気持ちをストレートにぶつけてしまいます。いらいらを子供にぶつけてしまい、そのあとでものすごく反省します。でも、また同じことを繰り返してしまうばか母です。

質問です。

ばななさんはお子さんに対して、とても悪いことをしたなぁ……と思ったら、どのように対処しますか？　素直に謝るだけで子供とまたよりよい関係を作っていけると思いますか？　子供との仲直りで気をつけていることがあれば教えてください。

毎日子育てに主婦業に忙しく、新刊を読むのが追いつきません。でも必ず読みます。これからも素敵な本を期待しています。

(2007.03.24－のりあき)


あくまで親という絶対的なものは根底に意識しつつ、大人のけんかくらい本気であやまると、子供には通じる気がします。きれいでいようとしたらやっぱりだめみたいね。「ママもうぶたないって言ったじゃん！」「だって頭にきたんだもん！　大人だって頭にくるんだよ！　そういうことされたら」などと説明したり。

幼稚園がつらいとねちねちと意地悪をされたときには、泣きましたよ。本気で泣いたら、相手も泣いて、そして意地悪がなくなりました。本気がミソかも。

冷静でいなくてはいけないとき（病気や、大人としての判断）は体でわかるような気がします。

(2007.03.24－よしもとばなな)

うちのお父さんもギックリ、した人です。つらさは傍目から見ていても……。お大事にしてください。

質問です。ばななさんは宗教全般についてどう思いますか？

実は私、新興宗教の家庭に生まれて、その中で育ってきてしまって。それから抜け出したときに、今までの人生は無かったことにして新しく生きなおそうと思いました。無理でしたが。

それからというもの、宗教全般にすごい拒否反応が出ていて。

でも宗教も持っている人で、すばらしい人もいっぱいいる……。

いったいどこが違ったのだろう、と。

お体が大変なときにこんな重いテーマですいません。でも私にとってこの質問を書けただけで、救われたような気分です。ずーっと自分の奥底にしまっていたものだったので。

(2007.02.26－ミキ)


お葬式とか結婚式とかする限り、ある程度は信仰みたいなものがあるのがまあ、一般的に人生の基本だと思います。ふだんなにもしていなくても病気になるといきなり神社や教会やモスクなどに行く人は世界中どこの国にもいるし。

私は誘う人がとにかく（どこであれなんであれ）苦手なのですが、自分の生活にさりげなく信仰を取り入れていていちいち言わないような人なら、信頼できるのではないかと思います。

信仰よりも強く刷り込まれるのは、幼い時の家庭環境だと思います。なので全面的に否定するにしても、どこか取り入れるにしても、そこが基本になってしまうのは良くも悪くも仕方ないんじゃないかな、と思います。

(2007.03.08－よしもとばなな)


ばななさん、こんにちは。

互いがんばりましょう。

(2007.02.23－よしもとばなな)


はじめまして！

1歳と3歳の息子をもつ32歳の専業主婦です(^^)

いつも作品を読ませていただくたびに、どこか旅に出ていたような気持ちにさせられます。そして、どの作品も大好きです。

ところで質問ですが、最近私はチーム・マイナス6％に入りました。といってもしがない専業主婦の私にできることは何を購入するときもマイバッグを持ってでかけることくらいです。

ばななさんは未来の地球のことを考えられることはありますか？

(2007.02.26－higaki)


ありますが、人には決して強要しないというのをいちばん気をつけています。身近に毎日カロリーメイトだけを食べ、一度着た服をみんな洗濯して、農薬にまみれたいちごをいちご狩りしてむしゃむしゃ食べ、顔にものすごい量のなにかを塗り付け、車に乗りまくっている人がいても、冷房が好きでいつも部屋は十五度以下の人がいても、その人がスーパーで十枚くらい余分にビニール袋をかすめていても、人のことには口を出さないようにしています。友達にもなりにくいけれど。

自分ではとにかく自分が快適である状況と環境の折り合い点を常に見つけています。

(2007.03.08－よしもとばなな)


ばななさんこんばんは。腰が大変なことになっていたのですね。

気がする。

(2007.01.22－よしもとばなな)


ばななさん、こんにちは。

いつも文庫で日記と質問コーナーを楽しんでいます。ちびたちを寝かしつけたあとの、のんびりタイムの友です。

さて、わたしには4歳の息子がいるので、よく絵本を読みます。自分が読んでいたものを息子も読み、それが息子のお気に入りになったりすると、気持ちがほわーと暖かくなります。

先日は、『ゆうびんやさんのホネホネさん』という本を読みました。これはシリーズ物で、主人公のホネホネさんが木の上や池の中や土の中にある家に、いろんな手紙を配達すると言うお話です。この中で、ナマズさんは海のアンコウさんから、いっしょに読書をしようという手紙をもらうのですが、なんと、アンコウさんちの本棚には、『アムリタ』や『N・P』が並んでいるのです。うーん、海底でも読まれているばなな作品!!　質問です。

ばななさんは、本を読むときどこで読むのが一番落ち着きますか？　私は自分用の座椅子が一番落ち着くのですが、ちびたちがうろうろするため、今はベッドが一番……というより、ベッドでしか読めません。

しかも某メディカル枕のせい、いや、おかげで、すぐに寝入ってしまい、毎日の読書時間は平均10分ほどです……トホホ……。

(2007.02.05－たねまき)


いいアンコウさんですな〜！

私はソファで読むのが好きですが、同じくむつかしいので、最悪の場合トイレで読みます。が、子供に電気を消されます。お逆に犬がまだ若いなら、犬と子供がいっしょにいられる時間が長い、それはすばらしいことかも。

まあ無理して作ることはないけど、犬がいるから子供は無理ってことは絶対ないよ。

(2007.01.22-よしもとばなな)


ばななさんこんにちわ。私は26歳、独身、女性です。ばななさんの文章はグサッと突き刺さるように本当のことを教えてくれるのに、フワッとやさしい感じがするので大好きです。

最近本当にわからないことがあります。女の人にとっての幸せって精神的な相性なのか、それとも肉体的な相性どちらなのでしょうか。今までは、主となるべきものは絶対に精神だと思ってきました。私には精神的にわかりあえる家族のような男性がいます。でも違うある男性と出会ってしまってからはその考えが揺らぎ始めてしまったんです。肉体的な相性に重きを置くことを放棄してしまったら人間としての能力を放棄してしまう気がしてきて……。

どちらも両立できればそれにこしたことはないと思います。結局どちらが自分にとって重要かは人それぞれだとは思いますが、ばななさんはどのように思われますか？

(2007.01.20-みみ)


本能をとぎすますことが自分には大事です。

体が寄って行くような人が大事です。友達でもそう思います。

そして恋のさかった時期が過ぎてからも、体がその人に寄っていきたいかどうか、時間をかけて見極めるというか、体で判断しますね、私は。精神はたいてい一致しています。

それがずれている場合は、自分の本能から見直すといいという出かけるところもできるだけ犬と一緒に行き、すごせる時間はめいっぱい一緒にすごしています。毎日、３人（２人＋１匹）で川の字になって寝ていて、そんな犬を私は本当に大好きで、大好きでたまりません。

私は今28歳で、彼氏は子どもが欲しいようなことを言っています。私も子どもは好きなのですが、犬のことを考えると、どうしても子どもを作ってはいけないような気がしてしまうのです。なぜかというと、犬は一緒に行けないところが多いので、子どもは一緒にいれるけど、犬は一人になってしまうことが多いとか、自分の中での優先順位やかわいさ順位が子ども１位になってしまいそうなことが気に入らないからです。子どもを作ったら、きっと犬は悲しいと思うのです。

ばななさんは犬も猫ちゃんも子どもも一緒に住んでらっしゃって、飼い主の先輩なので、子どもとペットの関係についてどう思うか、ずばり子どもは作らないほうが良いか、聞いてみたいと思いました。このメールを書いたことによって、割と真剣に悩んでいる自分に気づいてしまいました……。

『チエちゃんと私』、楽しみにしています。発売日が私のバースディ！　Wはっぴぃです！

(2007.01.20－なな)


犬は悲しみますよ。

でも受け入れます。

いちばん肝心なのは、「この赤ちゃんを育てる上であなたの力が必要なの」というアプローチを犬に対してしっかりすることです。「手伝ってください、お願いします」っていう感じで。

そうしたらその仕事を生きがいとして犬はやってくれます。

私も動物のほうが好きなくらいですが、それでもね、人間の子供を人間が育てることに優先されることはないと思う。

ばななさん、はじめまして。いつも、本、からだを熱くして読んでいます。いっぱいいっぱい、『とかげ』も『イルカ』もすごかった、そして今日読んだ『虹』も……。

『虹』のなかで出てくる音楽が聴きたくて質問します。

「私」が猫太郎をご主人様から引き取る、大雨の降る夜のシーン、車のステレオから流れている「世にも悲しい音楽」は、実在するギタリストによる曲ですか？　もし聴けるのであればぜひ探して聴きたいのです！

お返事いただけたらとても嬉しいです。よろしくお願いします。

これからもたくさんの本、楽しみにしています。

わたしもいつかタヒチへ行きます。

(2007.01.11－hisano)


もちろん、ジョン・フルシアンテですよ（もちろん？）。

ただ、このソロアルバムは今廃盤みたいです。残念！　だれか持っている人に貸してもらってください。

タヒチは一回しか行ったことないのですが、最高でした。ぜひぜひ。

(2007.01.22－よしもとばなな)


ずっと大好きです。ここ何年かは、自分のタイプなキャラクターが増えてきて、嬉しい気持ちです。

さて、質問です。

私は今、彼氏と同棲6年目で、4年前から犬を飼っています。

Q&A

# あとがき

ポータル（ってなに？　まだよくわからない）が開いているせいか、ほんとうになにもかも二倍の一年間でびっくりしました。よいことも悪いこともどかんときました。大きな一年だったと言えるでしょう。

これほど海外に出ることはとても珍しいです。しかもひとつひとつが生涯忘れがたいよい旅だったのでよかったです。

「この世にこれほど幼い四十三歳がいるだろうか？」というのがおおかたの感想だと思うし、私ももちろんそう思っていますが、年齢ではなくこれが私だ、というのがわりとよく出ていると思います。日記用の人格は私のほんの一部ですが、私が死んだあとで実際の私を知っている友達や家族が読んだら、いちばん私を感じるのがこれでしょう。それからいつも読んでくださる人にとっては、その方の人生の時期と重ね合わせて懐《なつ》かしい感じがするのもきっとこのシリーズでしょう。

あんな偉大な著作といっしょにするのもなんですが、カスタネダのドン・ファンシリーズのように「自分には関係ない、どうでもいいかもしれないと思うことを気を抜いてだらだらと読んでいると、中に自分にとってとんでもない大事なことが入っていた、宝探しみたい」というふうに書こうと意図しています。がらくたが多すぎるときもありますが、いいことばかり抜粋した教訓っぽい本っていうのがたいていあんまり面白くないと思うので、たぶんがらくたが好きなのでしょう。

おつきあいくださってありがとうございます。

「私の新潮社」松家さん、キュートな古浦くん、私の直しをこまめにアップし続けてくれたサイト管理人の鈴木くん、事務所の美人さんたち、りさっぴ&小口さん、ありがとうございました。それから日常も共に過ごすことが多いのにちっとも作品の気が抜けることのない偉大な山西くん、すてきな絵をありがとう！

２００８年２月

よしもとばなな

本書は新潮文庫のオリジナル編集である。

なにもかも二倍《にばい》
— yoshimotobanana.com 2007 —

新潮文庫　よ - 18 - 20

平成二十年五月一日　発行

著者　よしもとばなな
発行者　佐藤隆信
発行所　株式会社　新潮社
郵便番号　一六二―八七一一
東京都新宿区矢来町七一
電話　編集部(〇三)三二六六―五四四〇
　　　読者係(〇三)三二六六―五一一一
http://www.shinchosha.co.jp

価格はカバーに表示してあります。

乱丁・落丁本は、ご面倒ですが小社読者係宛ご送付ください。送料小社負担にてお取替えいたします。

印刷・錦明印刷株式会社　製本・錦明印刷株式会社

ISBN978-4-10-135931-1 C0195